快乐读中外文学故事
KUAILEDUZHONGWAIWENXUEGUSHI

U0614862

文学故事

垣悲歌——轩亭吟别离

范中华◎编著

湖南人民出版社

图书在版编目（CIP）数据

秋垣悲歌：轩亭吟别离：宋代文学故事 / 范中华编著 . —长沙：湖南人民出版社，2013.1（2024.09 重印）

（快乐读中外文学故事）

ISBN 978-7-5438-8643-8

I.①秋… Ⅱ.①范… Ⅲ.①故事—作品集—中国—当代 Ⅳ.① I247.8

中国版本图书馆 CIP 数据核字（2012）第 186815 号

快乐读中外文学故事：秋垣悲歌——轩亭吟别离（宋代文学故事）

编 著 者	范中华
责任编辑	骆荣顺
装帧设计	君和设计

出版发行　湖南人民出版社〔http://www.hnppp.com〕

地　　址　长沙市营盘东路3号

邮　　编　410005

经　　销　湖南省新华书店

印　　刷　永清县晔盛亚胶印有限公司

版　　次　2013 年 1 月第 1 版
　　　　　2024 年 9 月第 4 次印刷

开　　本　710×1000　1/16

印　　张　15

字　　数　250千字

书　　号　ISBN 978-7-5438-8643-8

定　　价　25.00元

营销电话：0731-82683348　　（如发现印装质量问题请与出版社调换）

目 录

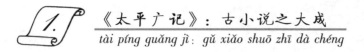

《太平广记》：古小说之大成

tài píng guǎng jì：gǔ xiǎo shuō zhī dà chéng

鲁迅先生在《中国小说的历史的变迁》中说，《太平广记》一书"可谓集小说之大成"，又称其为"古小说的林薮"；《四库全书总目》也称此书"盖小说家之渊海"。那么，这部备受世人瞩目的《太平广记》究竟是一部什么样的书呢？

《太平广记表》和《宋会要》的编纂是奉旨而行。编纂的起因是因为"六籍既分，九流并起，皆得圣人之道，以尽万物之情，足以启迪聪明，鉴照古今"；而且皇帝"博综群言，不遗众善"，只是"编秩既广，观览难周"，所以才"采摭菁英，裁成类例"，编成这样一部书。参加此书的撰集之人有：吕文仲、吴淑、陈鄂、赵邻几、董淳、王克贞、张泊、宋白、徐铉、汤悦、李穆、扈蒙等，共十三人（有人说是十二人，恐误）。编纂始于宋太宗太平兴国二年（977 年）三月，第二年八月十三日表进，八月二十五日奉敕送史馆，名《太平广记》，并于太平兴国六年（981 年）正月奉圣旨雕印版。

《太平广记》一书共五百卷，另有目录十卷。有人曾做过统计，全书辑录了自汉至宋初六千九百七十多个故事。这些故事按题材分为九十二类（所附类不计在内），内容十分丰富多彩。

《太平广记》一书的价值，首先是文献价值。《四库全书总目》曾有很好的概括："是书虽多谈神怪，而采摭繁复，名物典故，错出其间，词章家恒所采用，考证家亦多所取资；又唐以前书，世所不传者，断简残编，尚间存其什一，尤足贵也。"也就是说，这部书内容是谈神说怪，但采摭收录的非常繁富，尤其是唐以前的书而后世不传的，多赖此书得以保存。明刻本《太平广记》书前有引用书目（疑非原有），列了三百四十三种书（据后世学者研究，书中实际所引书远不止此，约有四百多种），其中大部分都已亡佚。比如唐代的《朝野佥载》，元代后即散佚不传，虽有《资治

补纳图。画中老僧穿针引线，正在补纳，表现了节俭的生活方式和禅家的信念，具有浓郁的宋代生活气息。

通鉴》等书曾加引用，但并非全帙。而清人却从《太平广记》中辑出六卷之多！它的文献价值于此可以窥见一斑。后世人利用《太平广记》这部书来校辑旧籍佚书，考订名物典故，补订史书之阙疑，也就是情理之中的事情，所以说"考证家亦多所取资"。

但从文学的角度来看，《太平广记》的价值却在于对古小说的保存。鲁迅先生曾说："我以为《太平广记》的好处有二，一是从六朝到宋初的小说几乎全收在内，倘若大略的研究，即可以不必另买许多书。二是精怪、鬼神、和尚、道士，一类一类的分得很清楚，聚得很多，可以使我们看到厌而又厌，对于现在谈狐鬼的《太平广记》的子孙，再没有拜读的勇气。"（《破〈唐人说荟〉》）《太平广记》可以看成是中国古代文言小说的第一部总集。如果不是这部书保存了大量的汉唐小说，我们对前代小说就不会有今天这样深入的了解和具体的

把握。对于唐代传奇来说，尤其如此，因为传奇小说的创作虽然在唐代已经蔚然成风，并因为它能"见史才、诗笔、议论"（赵彦卫《云麓漫钞》卷八）而成为当时进士行卷的重要作品。但毕竟因为它的稗官野史地位，始终登不了大雅之堂，一般别集很少收它，一般选本也很少选它；但《太

平广记》却保存了许多。一些唐代传奇小说或者仅见于《太平广记》，或者最早见于《太平广记》，如《王度》（即《古镜记》）、《王宙》（即《离魂记》）、《任氏》（即《任氏传》）、《李娃传》、《柳氏传》、《无双传》、《霍小玉传》、《莺莺传》等唐代传奇作品，无不如此，因此显得十分珍贵。鲁迅先生就曾利用此书来辑录《古小说钩沉》和《唐宋传奇集》。

《太平广记》一书对后世文学产生了极为深远的影响。这可以从两个角度来看，一是对文人的创作的影响，也就是《四库全书总目》所说的"词章家恒所采用"的意思。自宋以后，《太平广记》中的许多故事都被文人作为典故来用（比如裴航蓝桥驿遇仙、张倩娘离魂等），或者被文人重新加工创作（如秦观〔调笑令〕之于《莺莺传》）。但更重要的则是对通俗文学（戏曲和小说）的影响。南宋罗烨《醉翁谈录》就记载宋时说书人必须"幼习《太平广记》"。宋元以来的话本小说大多取材于《太平广记》一书，元明清以来的戏曲也多从此书中寻找素材。比如前文提到的传奇《王宙》（即《离魂记》），宋有《惠娘魂偶》话本，金有《倩女离魂》诸宫调，元有《倩女离魂》杂剧；《任氏》（即《任氏传》），金有《郑子遇妖狐》诸宫调；《李娃传》，宋有《李亚仙》话本，元有《曲江池》杂剧，明有《绣襦记》传奇；《柳氏传》，宋有《章台柳》话本，明有《章台柳》传奇；《无双传》，明有《明珠记》传奇；《霍小玉传》，明有《紫箫记》、《紫钗记》，清有《紫玉钗》传奇；《莺莺传》，宋有《莺莺传》话本、《商调蝶恋花会真记鼓子词》、《莺莺六幺》官本杂剧，金有《西厢记》诸宫调，元有《西厢记》杂剧等；至于元明话本中取材于唐传奇的就更多。《太平广记》中的故事几乎大部分都被后世翻新过。这一切都表明《太平广记》对后世的深远影响。

2. 陈抟：高卧华山的世外高人
chén tuán: gāo wò huá shān de shì wài gāo rén

陈抟，字图南，亳州真源人。他一生喜读《易经》，如饥似渴，手不

释卷，所以自号为扶摇子。他是北宋初颇具传奇色彩的诗人。

相传陈抟四五岁的时候，有一天在一条小河边玩耍，忽然来了一个身穿青衣的老太太。这青衣老太太见陈抟天真可爱，便把他抱在怀里，撩起衣襟，喂陈抟吃奶。说来奇了，自从陈抟吃过青衣老太太的奶，一天比一天聪明，等他长大之后，读起书来，便能过目不忘；吟起诗来，也出口成章，如吐珠玉。

在封建社会里，有才能的人并不一定都能才有所用，陈抟便是如此。在后唐长兴年间，陈抟曾抱着幻想进京赶考，结果名落孙山。从此，他便无意于功名，而是放情于山水之间。据说，陈抟在遨游山水期间，曾遇到过两位世外高人，经高人点拨，他便去武当山九室岩过起了隐居的生活。他在武当山隐居了二十余年，这期间，他吐纳天地之气，不食五谷杂粮，唯喜饮酒，日饮数杯，以此为乐。后来，陈抟又从武当山移居华山，隐栖于云台观。在华山隐居时，他常在少华石室中卧睡，往往是一觉便睡上一百多天，人皆称奇。就这样，他在华山度过了后半生，坐化于华山莲花峰下张超谷中。

虽说陈抟高卧华山，常常百日长睡，但他并非浑浑噩噩、糊涂一世的人。

《宋史·隐逸传》中记述了陈抟的两则故事，颇能说明陈抟这个世外之人关心着世内之事，不同于一般的隐者。

第一则故事说：

五代后周的世宗皇帝柴荣，喜慕道家炼丹化成金银的黄白之术，于是便有人向世宗皇帝推荐了华山隐士陈抟。显德三年（956年），世宗下诏命华州地方官送陈抟到京城，留居宫中。一天，世宗很悠闲地询问黄白之术，陈抟回答说："陛下是一国之君，应当时刻考虑如何治理天下，怎么能去关心炼丹化金化银的事情呢？"世宗听了不大高兴，但没有降罪于他，以为他视黄白之术如至宝，秘而不传，就下诏封陈抟为谏议大夫，想先将他留下来再说，可陈抟拒不受命。最后世宗皇帝没有办法，才放陈抟回山。

第二则故事说：

宋太宗得天下，四海一统，宇内太平。陈抟得此消息，亲自下山到京城拜贺。你道陈抟因何有此举？原来隐居华山的陈抟，历经了五代乱世，自从五代后晋之后，每逢听说一次朝代更替，便皱起眉头，几日也无笑容。假如有人问他为何有此种表情，他只是瞪大眼睛看着你，一言不发。直到他有一天骑着驴下山，听说宋朝立国，赵氏坐了天下，才放声大笑。人们不解地问他，他说："天下从此可以安定了。"为此他还写了一首《归隐》诗，诗曰：

> 十年踪迹走红尘，回首青山入梦频。
>
> 紫陌纵荣争及睡，朱门虽贵不如贫。
>
> 愁闻剑戟扶危主，闷见笙歌聒醉人。
>
> 携取琴书归旧隐，野花啼鸟一般春。

诗中表现了陈抟渴盼天下安定、四海统一的情志。宋太宗听说陈抟来朝，热情地接待了他，并对当朝的宰相宋琪等人说："陈抟是个独善其身的隐士，从不涉足势利之事，真可以说是个方外之人。他在华山隐居已有四十多年，算来他最少也有一百岁了，听说他自己声称历经了五个朝代的离乱，如今天下太平，才特意进京朝拜。我和他谈了谈，他谈的话很有道理，所以我让他去中书省和你们谈谈。"陈抟到了中书省，宰相宋琪等人请教他说："您非常精通道家的修身养性长寿之道，可以教给我们吗？"陈抟回答说："我是个山野之人，对于国家来说是最没用处的人了，我也不懂得什么神仙的黄白之术，更不懂得什么吐故纳新的养生之法，我实在没有什么东西可以传授给你们。可是话又说回来了，即使我传授给你们白日升天、羽化成仙的方法，这对于国家社会有什么好处呢！当今的皇上龙颜俊秀，与众不同，况且皇上博古通今，精明治乱，是个仁义圣明的君主。当前正是君臣同心协力治理国家、平定天下的时候，你们这些大臣却热衷于修炼，这与你们应当做的事距离太远啦！"宰相宋琪等人听了只觉惭愧，连连称先生说的极是。事后，宋琪把陈抟的话转告给了太宗皇帝，太宗大

加称赞，下诏赐号陈抟希夷先生。

从上述两则故事中，我们可以看到陈抟高卧华山而胸怀天下的品格。

关于陈抟，还有些超人的故事，据说他能预知未来。

在陈抟的斋房墙壁上挂着一个大瓢，这大概是仰慕颜回"一箪食，一瓢饮，回也不改其乐"的品德，或许是敬重上古隐者许由追求原始挂瓢于树的风范。有一个道士叫贾休复，他有心索要那墙上之瓢，便造访陈抟。陈抟见了他，便说："我知道你来没有别的意思，是想向我要那个瓢。"说完，便命小童摘下瓢来送给了道士。这是陈抟预知当时之事的故事。

有一个叫郭沆的人，从小就在华山修道。一天，郭沆夜宿云台观。半夜时，陈抟突然喊他起床，让他火速回家。郭沆不知为何，犹豫未决。过了一会儿，陈抟又说："可以不回去了。"直叫得郭沆丈二和尚摸不着头脑。第二天，郭沆回到了家，听说老母昨夜突发心痛病，几乎命归西天，过了片刻又平安无事，这才晓悟陈抟的话事出有因。这是陈抟预知当天之事的故事。

有一个叫张忠定的人，年轻的时候曾到华山拜谒陈抟。当时，陈抟手书一绝送给他：

> 自吴入蜀是寻常，歌舞筵中救火忙。
>
> 乞得金陵养闲散，也须多谢鬓边疮。

张忠定不解其意，茫然记下。后来，张忠定为官，最初在杭州，合了"吴"字；转迁益州，又合了"蜀"字；晚年因鬓边生一疮，不宜远镇，移官金陵修养，这才佩服陈抟的先见之明。终了，张忠定终因疮发而卒。这是陈抟预知人一生之事的故事。

这三则轶事为陈抟罩上了神秘的光环。其实，陈抟只是一个隐居的平常人，用他自己的诗句说，他是"三峰千载客，四海一闲人"。

柳开：倡导古文的先驱

liǔ kāi：chàng dǎo gǔ wén de xiān qū

柳开，字仲途，大名府人。他是北宋初年著名的散文家，也是继中唐韩愈、柳宗元以后在北宋首倡古文体散文一代文风的先导。

柳开出生于一个官宦之家，其父柳承翰，在宋太祖乾德年间，官至监察御史。柳开幼年时便聪慧过人，有大志向，文慕古文，武习弓箭，戏者喜弈棋，且有胆气，为人勇敢。五代后周显德末年，柳开随父在南乐。一夜，柳开与家人在庭院中乘凉，有一个小偷潜入柳家。众人发觉有贼，都吓得不敢作声，躲在一边动也不敢动弹一下。当时，柳开才十三岁，只见他冲进房中，急取长剑，大呼捉贼。那小偷见状，逾墙而逃。柳开追来，举剑便砍，削下小偷的两个脚趾。家人极赞其少年英雄。

宋太祖开宝六年（973年），柳开进士及第。此后，开始一生的宦游生活，历任多处地方官，政绩颇显。

柳开知全州时，全州西部有延洞粟氏，聚集族人作乱，常犯汉民地区，抢掠人口，劫走粮畜。柳开为延洞粟氏族民作了衣带巾帽，选派了三个勇敢善辩的衙吏作为使者去粟氏居处，并让使者转告粟氏族民说："你们若能归顺，定有厚赏。我会请求朝廷，拨给你们土地，为你们建造房屋，使你们安居乐业。如若不归顺，我就派大军剿灭你们一族。"粟氏听了，既惧于朝廷威力，又疑虑许诺的虚实，于是，便留下两个使者作人质，带着四位头领随一个使者到了全州。柳开命州人鼓乐欢迎，设盛宴款待，赏赐极厚。粟氏确认柳开招安是一片诚心，便携老带幼，归顺了朝廷。柳开果真拨给了粟氏族民土地房屋，并作《时鉴》一篇，刻石立碑，为粟氏族民永诫。全州自此太平无事。

柳开知邠州时，朝廷已经二次征调邠州的百姓，为环州、庆州的边防驻军送运粮草，弄得许多百姓倾家荡产。后来朝廷的转运使又要向百姓征运粮草。百姓们被逼无奈，便聚集了数千人，闯到州衙哭号诉苦。柳开非常同情百姓的疾苦，便给转运使写了一封信，信中说："我管辖的郐州距环州不远，据我所知，环州驻军的粮草即使不再运送，也足够四年的使用。郐州的百姓老幼疲惫，车马也缺乏，为什么不停止向环、庆二州运送粮草呢？"转运使不听，柳开就亲自骑快马奔到京城，面见皇上，为民请愿，终于停止了扰民的运送粮草的弊政。郐州百姓为此称颂父母官柳开。

柳开为官清正，为人也豪侠。

柳开在家乡大名府时，有一次在酒馆里饮酒，有一个文士模样的人坐在他身边。从情貌言谈上看，好像有什么为难的事，柳开便搭话询问。那人说，他自从到了北京大名府，生活一直贫困。如今亲人死了，没有钱安葬。他听说大名府知府王祐是个很讲义气的父母官，他想去向王祐求助。柳开听了便问："安葬你的亲人需要多少钱？"那人回答："二十万钱就足够了。"于是柳开拿出自己的全部积蓄，总计有白金百余两、钱数万，送给了那人。那人感恩不尽。

柳开在文学史上的突出贡献，就是高扬复古的旗帜，在北宋文坛中首倡古文体散文。

众所周知，自汉代以后，骈文盛行。这种只追求形式华美而内容空洞的文风，一直延续到魏晋南北朝几个朝代。虽然在中唐时，有韩愈和柳宗元倡导古文，发起了古文运动，但到了晚唐五代，讲究声律对偶的骈文又大盛于文坛，成了一代时文。宋初仍继续着这种不良的文风。

柳开在年轻时便深谙时文之弊。他认为，晚唐五代乃至宋初的时文"文格浅弱"，因而崇尚韩愈、柳宗元倡导的古文。于是，他立志追随韩柳，再倡古文，以扭转一代文风。柳开起初名肩愈，字绍元。其含义是：肩负韩愈的使命，努力继承柳宗元。足见柳开的文学思想倾向。柳开成年后，又改名换字，即是传世的名开，字仲途。含义是：要开辟一条散文新路，而这条新路又是孔子仲尼儒道的继续。这表明了柳开"文以载道"的文学意识。然而，柳开的古文主张是与世俗习尚相违背的，尽管他的古文创作曾得到大名府知府王祐的激赏，得到了知名学者杨昭俭、卢多逊的褒奖，获得了与当时的古文家范杲齐名的美誉，但也遭到了当时追随杨亿、刘筠，专为骈偶之文的一大批保守文人的责难。

4. 效仿白居易的诗人王黄州

xiào fǎng bái jū yì de shī rén wáng huáng zhōu

王禹偁，字元之，济州钜野人，是宋代著名文学家。因为王禹偁官终黄州知州，所以人们又称他为王黄州。

王禹偁出身于一个农民家庭，父亲是个开磨坊磨米磨面的农家手艺人。据说，王禹偁九岁时便能作文赋诗，可谓是山沟沟里飞出的金凤凰。《西清诗话》中说：王禹偁小的时候，常帮开磨坊的父亲干些力所能及的活计。有一次，他替父亲给济州从事毕士安送磨好的面粉，在毕士安家的庭院中等候传见，正赶上毕士安教孩子们对对子。只听毕士安朗声吟出上联："鹦鹉能言争比凤。"一时间，毕家的孩子们你看我，我看你，抓耳挠腮对不出下联。王禹偁忍不住，大声作对说："蜘蛛虽巧不如蚕。"这下联对得非常之好，不仅平仄工稳，而且用事精当，用蜘蛛织网之巧对鹦鹉学舌之言，用吐丝为人造福的蚕对百鸟之王的凤，实在是自然天成的妙对。毕士安听了大加称赞，对王禹偁说："你这个小孩子，小小年纪便有如此诗才，将来一定名动诗坛。"

毕士安的话没有说错，后来王禹偁果然成为一代著名的诗人。

北宋初期的诗坛，诗人效仿白居易体成为一种风气。许多诗人喜爱白居易诗通俗浅近、流畅爽滑的风格，竞相学习。王禹偁也是学白体诗诗人中的一个，他在人到中年之时，曾专心学习白居易诗。他在自己所作的一首诗的自注中说："予自谪居时，多取白公诗，时时玩之。"然而白居易诗看似词语浅近易学，但其现实主义的平淡中蕴深意的诗风，却是一般人很难学到的。因此北宋初期学白体诗的人，多流于学其体貌而不得其精神的境地，他们的诗往往写成了缺乏诗味的顺口溜。欧阳修曾以"有禄肥妻子，无恩及吏民"为例，批评那些学得肤浅的人"常慕白乐天体，故其语多得于容易"（见《六一诗话》）。而王禹偁则非同一般，他能登堂入室，

学得白居易诗的精髓，并博采各家之长，形成自己诗歌的特点、风格，确实开启了宋代诗歌风气之先。所以《蔡宽夫诗话》说，宋初"士大夫皆宗乐天诗，故王黄州主盟一时"。且看王禹偁的《村行》诗：

　　马穿山径菊初黄，信马悠悠野兴长。

　　万壑有声含晚籁，数峰无语立斜阳。

　　棠梨叶落胭脂色，荞麦花开白雪香。

　　何事吟余忽惆怅？村桥原树似吾乡。

　　这诗作于商州，是诗人首次遭贬谪居悲凉情感的流露。诗的写法深得白居易诗的旨趣，语言浅近，叙述从容连贯，层次清楚，没有突兀惊人的意象，也没有跳荡的表现，色彩鲜明而并不浓腻，对仗工稳而不事雕琢，读来只觉娓娓道来，浅易自然，更多有情味。王禹偁主张诗歌要"词丽而不冶，气直而不讦，意远而不泥"，这是王禹偁学白居易诗所悟出的写诗

纺车图（局部）。此图是北宋前期遗存不多的风俗画代表作之一，表现了农村妇女纺纱的情景，生活场面生动真实。

的经验之谈。《村行》一诗，正体现了王禹偁这种诗歌主张，显现出中正平和、自然流畅的风格和品位。

王禹偁为何被贬商州？提起来让人颇感不平。

宋太宗淳化二年（991年），王禹偁为大理寺通判。这大理寺是古代朝廷最高的司法机关，而宋代所设的通判则是封建社会最高法官廷尉的佐官，并有监察廷尉的权力。这一年，有一个卢州的尼姑法号叫道安，来大理寺告状，状告朝廷命官左散骑常侍徐铉"奸私下吏"。王禹偁接手此案，可一经调查，尼姑道安所言与事实不符，实属诬告。于是王禹偁便将案情上报给朝廷，请皇上定夺，不想皇上竟下诏命大理寺不要治尼姑道安之罪。按宋代的法律，诬告有罪。王禹偁见皇命于理不公，便毅然上书，言明徐铉一案的情状，请治尼姑道安的诬陷之罪。被告徐铉也上书申冤。太宗皇帝在王禹偁、徐铉义正词严的诤谏面前，不得不收回成命，判尼姑道安有罪，然而太宗皇帝更迁怒于王禹偁、徐铉抗旨不遵，贬徐铉为静难行军司马，贬王禹偁为商州团练副使。这样，为人申冤之人，自己却蒙受了不白之冤。

其实，王禹偁更崇尚李白与杜甫。他在《赠朱严》诗中说："谁怜所好还同我，韩柳文章李杜诗。"而在李白与杜甫中尤推崇杜甫，在《日长简仲咸》诗中，他称颂杜甫说："子美集开诗世界。"只是李杜诗博大精深，浪漫者飞驰天地，现实者堪称诗史，豪放者气吞山河，沉郁者心怀悲忧，是极不易学的，而白居易步武李杜，从李杜诗的博大精深中演化出浅近意笃一体，因而王禹偁才从学白居易诗入手，以追随李白、杜甫。

王禹偁学诗还有一段诗坛佳话。

王禹偁谪居商州，赋闲无事，便潜心研习白居易的诗歌，玩味语句，揣摩诗法，体悟境界，发掘旨趣。一日，触景生情，忽有所悟，下笔成诗，得《春居杂兴》诗二首：

其 一

两株桃杏映篱斜，妆点商山副使家。

何事春风容不得，和莺吹折数枝花。

其 二

春云如兽复如禽，日照风吹浅又深。

谁道无心便容与，亦同翻覆小人心。

诗成，王禹偁颇为得意，便唤来长子嘉祐、次子嘉言同赏，二子以为父偶得佳句共贺之。不想事过半载，长子嘉祐求见父亲说："我近日读《杜工部集》，见杜甫诗中有'恰似春风相欺得，夜来吹折数枝花'一联，我觉得父亲所写的《春居杂兴》诗中'何事春风容不得，和莺吹折数枝花'一联，与杜诗相类，请父亲把诗修改一下，如若不然，恐怕有剽窃之嫌。"王禹偁听了不以为然，反而高兴地说："我的诗大有长进了，日显其精深，若不然，怎么能与杜甫的诗暗暗相合呢？"欣喜之余，意犹未尽，又提笔命篇，写下了一首《示子》聊以自贺：

命屈由来道日新，诗家权柄敌陶钧。

任无功业调金鼎，且有篇章到古人。

本与乐天为后进，敢期子美是前身。

从今莫厌闲官职，主管风骚胜要津。

诗中表现了王禹偁"一失一得"的悲喜之情：失者，贬官商州，得者，学诗有成；悲者，功业不就，喜者，独领风骚。从这首诗中，我们也能看到，王禹偁学诗于白居易，而意在登杜甫之堂的学诗初衷。

尽管人们评价王禹偁的诗，常常如《许彦周诗话》所说："王元之诗可重，大抵语迫切而意雍容。……大类乐天也。"但是王禹偁的诗中也有类杜甫者。如《新秋即事》三首之一：

露莎烟竹冷凄凄，秋吹无端入客衣。

鉴里鬓毛衰飒尽，日边京国信音稀。

风蝉历历和枝响，雨燕差差掠地飞。

系滞不如商岭叶，解随流水向东归。

诗中所写，是诗人谪居商州的失落之感和对京城的怀恋，流露出政治上不甘沉沦的情志。此诗不但内涵意境与杜诗接近，而且那种开合跌宕的严整结构，声韵顿挫的平仄格律，工稳的对仗，情景的映衬，也都与杜诗接近。清人贺裳《载酒园诗话》说，王禹偁"虽学乐天，然得其清，不堕其俗"，正说明了王禹偁学白居易是在于学杜甫的学诗初衷。正是在这种诗歌观的指导下，才使王禹偁能够学人所长，去人所短，形成自家风格，成为"主盟一时"的一位有代表性的诗人。

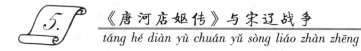

5. 《唐河店姬传》与宋辽战争

táng hé diàn yù chuán yǔ sòng liáo zhàn zhēng

北宋初期的著名文学家王禹偁，不仅诗名显赫，而且亦有文名。他与柳开、穆修，同是宋初古文运动的先驱者。于散文，王禹偁主张"传道而明心"，他承继了唐代古文家韩愈"文从字顺"、"随言短长"的文风，把韩愈提出的"不师今，不师古，不师难，不师易，不师多，不师少，唯师是尔"的为文之道作为文章的规范，因而他既反对五代艳冶的文风，又反对拙劣的拟古，他一方面批评"文自咸通后，流散不复雅。因仍历五代，秉笔多艳冶"，另一方面又指出，"模其语而谓之古，亦文之弊也"。他自己的文章确能做到明白流畅、质朴中正，史有"典雅敏赡，简易醇质"之好评。

《唐河店姬传》是王禹偁散文的代表性作品，是一篇以民间一人之事转论国家万民瞩目之事的奇文。

文章开篇，以纪传体的笔法，叙述了唐河店的一位老年妇女的惊人之举。一胡虏贸然犯边，骄横肆虐，呼呵老妇人为其打水。老妇人沉着应对，遇事不慌，佯称井绳太短打不到井水，让胡虏自汲。当胡虏自汲时，老妇人乘机推胡虏于井下，夺马回城。这老妇人，有勇有谋，巧杀敌寇，

在边疆传为美谈。王禹偁记叙此人此事，并非像一般纪传散文那样叙其事，褒其人，而是借之为前提，讨论国家御边抗辽之大策。文章接着发表议论：

蹴鞠图。描绘的是宋太祖与宋太宗以及大臣内侍们玩蹴鞠的场面。

北宋建国以后，宋太祖吸取了晚唐藩镇割据而导致唐王朝灭亡的教训，采取了虚外实内的策略，调集重兵驻守京城，结果造成了边防的空虚。这样一来，辽国便乘虚而入，屡屡犯边。宋太宗即位后，曾两次派兵反击辽军，结果均遭败绩。太平兴国四年（979年），宋太宗攻灭北汉以后，曾乘胜进攻幽州，企图从辽国手中夺取燕云十六州，但结果失败了。雍熙三年（986年），宋太宗再次发动大军，分两路进攻幽州，最后仍是大败，不得不全线溃退。而辽国则更加猖獗，企图夺取中原。宋太宗端拱元年（988年），辽军大举南进，占领了唐河以北诸州。一时间，朝野震动，如何抗辽御边成了当时的政治热点。面对着边塞烽火，国家危难，王禹偁侃侃而谈，表达了自己的独到见解。

在文章中，王禹偁首先提出了自己的边防观，他认为：国家在边防用兵上，应当多征用边民当兵，因为他们熟悉如何与胡虏战斗，而且不胆怯，不懦弱。并且承上文所述的唐河店妪的英雄事迹推而广之，极赞边民勇武，以证明自己观点的正确。接着，王禹偁以招募边民而组建起来的静塞、骁捷、厅子三支边防军为例，说明了这些边防士兵们，听说胡虏来犯，父母为之备马，妻子为之取弓箭，甚至有的来不及顶盔戴甲就冲上战场的剽悍神勇，和他们成功地守卫边疆的事实。至于上谷的失守，王禹偁认为，不在于静塞军不勇敢作战，而在于边镇守将调走了静塞军的兵马，隶属自己指挥，以图自保。而后，王禹偁又分析了当今边民不愿应征入伍的原因，认为造成这种情况的原因有三：一是边民入伍多被调往内地驻守京城，离开了家乡故土；二是边民入伍即便留守边防却月俸微薄，供给又常得不到补充，配备的战马也都瘦弱驽劣，不足抵御胡虏；三是在与胡虏作战时，边镇将领多派边民组建的军队冲锋陷阵当炮灰，挫伤了他们的斗志。针对上述的症结，他提出了三条相应的措施：一是让边民组建的军队驻守边疆，使他们有乡土的依恋之情；二是优厚供给，使他们丰衣足食，无后顾之忧；三是再拨给他们坚甲利兵和健壮的战马，使他们在装备上能与胡虏抗衡。文章最后结论说，"如是得边兵一万，可敌客军五万矣"，"则何敌不破"！

可是，令人遗憾的是，北宋的统治者并没有采纳王禹偁以及许许多多有识之士的正确建议，仍然固守着宋太祖"虚外实内"的既定方针，终于失去了与辽国对抗的能力。辽统和二十二年（1004年），辽圣宗亲率大军从幽州出发，进逼澶州，迫使宋真宗订立了"澶渊之盟"。北宋统治者以每年向辽王朝输送银十万两、绢二十万匹，作为辽军北撤的条件。自从这丧权辱国的"澶渊之盟"签订以后，北宋王朝便一蹶不振，直至北宋灭亡。在边防战争中，北宋无论对辽、对金，还是对西夏，几乎就没有打过一次胜仗，真可谓"羞辱中国堪伤悲"！

6. 魏野：草堂居士传绝唱

wèi yě: cǎo táng jū shì chuán jué chàng

魏野，字仲先，祖籍蜀州，后居陕州东郊。魏野家世代为农，而魏野嗜喜吟诗赋文，可以说魏野是位农民出身的诗人，有《草堂集》、《钜鹿东观集》传世。

传说魏野的母亲曾做过一个奇异的梦，她梦见自己扬起长袖，这袖子突然变得奇长无比，直伸入月亮之中，她还清楚地看见，月中的玉兔扑到了她的袖口。魏野的母亲一梦醒来，便觉自己身已受孕，于是便生下了魏野。

等到魏野长大成人，虽貌若农夫憨厚质朴，但心有灵犀，写的一手好诗，一时间名声大振。然而，魏野不慕功名，不求闻达，只愿钟情山水，拙守田园。他在陕州东郊自己的家乡，寻找到一个风景优美的地方，凿了一室窑洞，又在洞前盖了一间草堂，而后定居下来。魏野自己亲手营建的居所，有清泉环绕，竹树成林，朝对远山云霞，暮伴窗前月辉，真可谓是个世外小桃源。魏野居于此间，或踏青青草色吟咏诗篇，或逐啾啾鸟语弹指抚琴，清闲淡雅，其乐无穷。于是魏野便自命雅号，号曰草堂居士。

魏野的草堂建成后，常有文人雅士载酒肴慕名造访，啸咏终日，以求一乐。当时，陕州的郡守，前前后后不知换了多少人，无论文臣武将，或旧相名宦，都非常尊重魏野，有的达官显贵还亲自到草堂拜访过魏野。据说，陕州有一任郡守，名唤赵昌言，他为人极其高傲，不愿屈尊拜访魏野。但他却在自己的家中特别置设一个座位，留待魏野来访时坐，并对手下的官吏千叮万嘱，如果魏野来访，要立时禀报。在来草堂小筑过访的官员中，要数两度为相的寇准寇莱公地位最显。魏野《谢寇相公见访二首》其中一诗记述了此事，诗说：

　　昼睡方浓向竹斋，柴门日午尚慵开。

惊回一觉游仙梦，村巷传呼宰相来。

据《宋史·隐逸传》记载，魏野为人潇洒倜傥，不喜巾帻，无论来访者身份贵贱，他都是身着白衣、头戴纱帽会见客人；如若出门游赏，总是骑着一头白驴。魏野又极为好客，倘若有人来访，他总是请客人留诗题词，还常常与客人作彻夜长谈，尽欢而散。但魏野风雅有余，而经营生计不足，家中常是"烧叶炉中无宿火，读书窗下有残灯"。他在《春日述怀》一诗中自嘲说：

> 春暖出茅亭，携筇傍水行。
>
> 易谙驯鹿性，难辨斗鸡情。
>
> 妻喜栽花活，儿夸斗草赢。
>
> 翻嫌我慵拙，不解强谋生。

尽管魏野家境清贫，但他也决不作蝇营狗苟之事，更不愿在污浊的官场中谋生计，即便机会找上门来，他也不为之动心。魏野的信条是："无才动圣君，养拙住西村。临事知闲贵，澄心觉道尊。"宋真宗大中祥符年间，有契丹使者来朝，言说契丹国得到了魏野的《草堂集》，但仅有半部，希望求得全本。这样一来，魏野的诗名便传到了皇上的耳中。此后，宋真宗到汾阴祭祀，想起了居住离汾水不远的魏野，便下诏命陕州令王希招魏野见驾。当皇上的特使来到了魏野的草堂前，魏野却关上了大门，而自己却跳墙逃掉了。这逃避特使的魏野，在友人家中的墙壁上题了一首诗，以表达心志。诗说：

> 达人轻禄位，居处傍林泉。
>
> 洗砚鱼吞墨，烹茶鹤避烟。
>
> 闲唯歌圣代，老不恨流年。
>
> 静想闲来者，还应我最偏。

皇上的特使找不到逃隐的魏野，只好抄下魏野题的诗向皇上交差。宋

真宗读了魏野的诗,叹了口气说:"魏野是不愿意来呀!"而宋真宗极慕魏野高名,颇喜魏野居处幽致。既然找不到魏野,皇上便命画师去画下了魏野草堂的景色,挂在宫中,以寄思慕之情。

魏野虽名声远播,但他并不居高自傲,极恶轻浮,律己如此,对人亦如此。《续湘山野录》记有这样一则故事:

凤阁舍人孙仅,与魏野是笔友。孙仅做京兆尹时,曾写诗寄与魏野,诗中所述是他于府中的风雅之事,诗中提到了他与长安名妓添苏的乐游。魏野曾以诗酬和,诗的最后两句是"见说添苏亚苏小,随轩应是佩珊珊"。一天,孙仅对添苏说:"魏处士诗中,把你和南北朝钱塘名妓苏小小相提并论,你觉得怎么样?"添苏笑着说:"魏处士的诗名远播天下,在他的诗中能提到我这浅薄之人,这是当年的苏小小想做而做不到的,这说明苏小小不如我,诗中把我与苏小小并提又有何妨!"孙仅听了添苏的话非常高兴,便拿出魏野的和诗送给了添苏。添苏虽然从未见过魏野,但对魏野久怀仰慕之情,于是便请书法名家在她家的墙壁上写了魏野的那首诗,以此向与她交往的人夸耀自己,提高自己的身价。过了不久,魏野来到了长安。有个好事的朋友,秘密地邀请魏野来到添苏的家,见了添苏,也不向添苏介绍魏野姓甚名谁。添苏见魏野其貌不扬,衣着简朴,性情鲁顿,类于山野村夫,便没有上前寒暄问候。魏野抬头见到墙壁上所题之诗,颇觉惊诧。添苏立即夸说:"这是魏处士褒赞我的诗作。"魏野听了也不答话,让人取来文房四宝,在那诗旁又题了一首诗。诗道:

> 谁人把我狂诗句,写向添苏绣户中。
>
> 闲暇若将红袖拂,还应胜得碧纱笼。

诗中用碧纱笼比喻添苏,实是批评她虽生得貌美,但人很肤浅,就像我们今天常说的俗语"绣花枕头"。添苏看了诗,才知道来人是魏野,羞愧得连忙上前热情款待。

前面说过魏野的出生颇具神话色彩,传说魏野之死也非同一般。魏野有个表兄名叫李渎。天禧三年(1019年),魏野获悉表兄的死讯,哭之甚悲，对儿子说："我不能去奔丧了，就是我去也到不了那里。"于是让儿子去奔丧。就在魏野得到表兄死讯的六天后，这位一生不仕而名动朝野的魏处士无疾而终。时人都觉得事情神异。魏野享年整整六十岁。

后人评述魏野为诗精苦，有唐人风格，多警策之句，虽无飘逸俊迈之气，但平朴而常不事虚语。他有一首《清明》诗最为后世传唱：

> 无花无酒过清明，兴味都来似野僧。
>
> 昨日邻翁乞新火，晓窗分与读书灯。

7. 寇准：富贵宰相愁苦词

kòu zhǔn: fù guì zǎi xiāng chóu kǔ cí

"天上神仙府，地上宰相家"，一句民谣道出了历代宰相的荣华富贵、赫赫权势。北宋宰相寇准虽然在历史上以刚正直言、力主抗辽而闻名于世，但由于他生活在"太平世，且欢娱，不惜金樽频倒"的享乐成风的时代，难免又有其对奢华享乐热切追求的一面。《宋史》本传云："准少年富贵，性豪侈。"沈括《梦溪笔谈》中说他"好柘枝舞，会客必舞柘枝，每舞必尽日，时谓之'柘枝颠'。"然而，在历尽沧桑、几经浮沉之后，这位功业卓著的政治家却看到他一生的慷慨大志在黑暗腐败的现实社会中无法实现，于是胸中的悲哀和慨叹便又造就了一位才华横溢的诗人。

寇准（961—1023 年），字平仲，华州下邽（今陕西渭南县）人。出生于显赫的官宦世家、书香门第，自幼受到良好的教育，加上他天分极高，攻读勤奋刻苦，十九岁便考中进士甲科，可谓少年得志。后来又凭借满腹经纶，在仕途上屡屡升迁，最后官至宰相。但由于他过于刚直不阿，终究难免官场横祸，于晚年遭陷害被贬，卒于雷州（今广东省海康县）。谥号"忠愍"。传世之作有《寇莱公集》、《寇忠愍公诗集》。

寇准熟谙古今之变，善于旁征博引，他诗学王维、韦应物，风格清丽深婉，有晚唐韵味，尤以七言绝句为佳。他的词能够状物抒情，表达出许

力主抗辽的良相寇准，力促真宗北上，迫使辽接受澶渊之盟，使华北民众得到了一个世纪的安定岁月。

多难以言状的情怀。〔江南春〕就是最典型的代表：

波渺渺，柳依依，孤村芳草远，斜日杏花飞。江南春尽离肠断，萍满汀洲人未归。　烟波渺渺隔千里，白萍香散东风起。日暮汀洲一望时，柔情不断如春水。

《湘山野录》中记载："莱公富贵之时所作诗，皆凄楚愁怨，尝为〔江南春〕云云。"《苕溪渔隐丛话》云："以〔江南春〕二首观之，则语意疑若优柔无断者。至其端委庙堂，决澶渊之策，其气锐然，奋仁者之勇，全与此不相类。盖人之难知也如此。"其实，虽为富贵宰相，但他已经陷入了一种难以自明的是非漩涡之中了，他的悲酸和苦衷只有寄情于诗词了。

然而，这种难以名状的感触一般都发自于"高处不胜寒"之后。在年轻时，他的骄奢享乐也是丝毫不辱没宰相门庭的。从他侍妾蒨桃所作的《呈寇公二首》诗中，我们便可窥得一二：

一曲清歌一束绫，美人犹自意嫌轻。

不知织女萤窗下，几度抛梭织得成。

风劲衣单手屡呵，幽窗轧轧度寒梭。

腊天日短不盈尺，何似燕姬一曲歌。

一个独特的角度，道出了寇准醉生梦死的生活。诗中美人与织女因

"一束绫"联系在一起，形成鲜明的对比，给人以深刻、强烈的感受。

当时的寇准正春风得意，自然不会把"织女"劳作的艰辛放在心上，他的《和蒨桃》诗就说得很清楚："将相功名终若何，不堪急景似奔梭。人间万事何须问，且向樽前听艳歌。"蒨桃质朴浓烈的诗句未对寇准有丝毫触动，相反，他还劝蒨桃不必去操那份心，要及时享乐。

时过境迁，当他在政治上开始走下坡路时，他才渐渐感到社会的虚伪和黑暗，才渐渐更深地体察到民间的疾苦。在被贬谪之时，他才忽然发觉，自己的满腹才学和满腔抱负都只能付诸流水了。虽有一颗忧国忧民之心，却只有在"处江湖之远"处亮起一片春天了。这样难免会怅惘不尽，于是，在被贬道州时写下了一首《春陵闻雁》诗：

> 萧萧疏叶下长亭，云澹秋空一雁经。
>
> 唯有北人偏怅望，孤城独上倚楼听。

然而，"怅望"总归是"怅望"，仅是一种憧憬和梦想罢了。

"离心杳杳思迟迟"（《夏日》），失意人落魄的情怀难以倾诉，只好把一腔哀怨、悲怆凝汇在某一深远意象上。《书河上亭壁四首》从四季景物入手，以景代情，堪称"凄婉迷离，韵味悠长"的佳作。尤以其三为最，凉秋暮景备伤情怀：

> 岸阔樯稀波渺茫，独凭危槛思何长。
>
> 萧萧远树疏林外，一半秋山带夕阳。

诗中有画，江河、帆船、烟波、远树、疏林、秋山、夕阳，构成了一幅意境淡远的地方暮秋图，而深沉空寂的画面中溶化的是作者难以言状的情思。环境冷寂，人更孤独，满腔心事，无限怨痛。

诚然，从"一人之下，万人之上"一下子被贬到道州，是让人感到无法承受。但寇准所作所为，老百姓们却能公正评说，有民谣说得好："欲得天下好，无如召寇老。"是非曲直不辩自明。寇准晚年曾再起为相，但后来又被丁谓谗害，排挤去位，被贬雷州。

乾兴元年（1022年），年逾花甲的寇准到了荒远偏僻的雷州，孤苦之感日日袭来，遂作一首《海康西馆有怀》：

> 风露凄清西馆静，悄然怀旧一长叹。
>
> 海云销尽金波冷，半夜无人独凭栏。

回想起二十余年的几度沉浮，忧思满怀，化为一声"长叹"，这声叹息中有山川载不动的愁情。

宦途艰难、险恶，身世之感，忧愤之情不时侵扰他孤苦的心灵。于是，寇准扼腕生愤，大声道出了自己的心声，赋《感兴诗》一首：

> 忆昔金门初射策，一日声华喧九陌。
>
> 少年得志出风尘，自为青云无所隔。
>
> 主上抡才登桂堂，神京进秩奔殊方。
>
> 墨绶铜章竟何用，巴云瘴雨徒荒凉。
>
> 有时扼腕生忧端，儒书读尽犹饥寒。
>
> 丈夫意气到如此，搔首空歌行路难。

回首前尘，抚今伤昔，举目苍凉，道尽了他这一生的无可奈何。庙堂之上不辨忠奸，寇准那颗悴倦的心都快被敲碎了。

宋仁宗天圣元年（1023年），寇准病倒了。他曾用《病中书》为题，再写一首描述志行和遭遇的律诗：

> 多病将经岁，逢迎故不能。
>
> 书唯看药录，客只待医僧。
>
> 壮志销如雪，幽怀冷似冰。
>
> 郡斋风雨后，无睡对寒灯。

这时的他，虽然操守和情怀如旧，但他的心却已经彻底冷了。

可怜一世英才，在这年九月，带着无限的遗憾与世长辞了。

寇准名垂青史，蜚声后世。留给后人的是忠正、机智、善断大事的完美形象，可他的悲哀和愁苦，谁又曾去体会过呢？透过对他留世作品的参悟，我们劈云拨雾，却发现了寇准内心深处的另一个孤寂哀愁的世界。

8. "梅妻鹤子"的和靖先生
méi qī hè zǐ de hé jìng xiān shēng

北宋初年，有一位才华出众的文人，他一生不仕、不商、不娶，而情愿与梅鹤相伴终生，时人称之为"梅妻鹤子"。他就是著名的隐士高人林逋。

　　林逋，字君复，杭州钱塘人，宋太祖乾德五年（967 年）出生于一个世代书香门第之家。祖父名克己，曾出仕于五代时吴越的钱镠王，为通儒院学士。但到了林逋时，家道已败落，生活变得相当贫困。更不幸的是，在林逋十多岁时，双亲相继过世，他只好与一个

"和靖咏梅"是古代画家喜爱的一个题材

哥哥相依为命。家庭的熏陶，生活的艰苦，使林逋"性恬淡，好古，弗趋荣利"（《宋史·本传》）。

　　林逋早年曾"放游于江湖之间"。不久，回到西湖，在孤山建造了草庐，作为自己的隐居之地，他在草庐周围种植了大量花草，并饲养白鹤，并常常吟诗题字，描绘自己的隐居生活。如《小隐自题》：

竹树绕吾庐，清深趣有余。

鹤闲临水久，蜂懒采花疏。

酒病妨开卷，春阴入荷锄。

尝怜古图画，多半写樵渔。

林和靖《孤山隐居书壁》诗意图

林逋虽然过着隐居生活，但是他的人品、才学出众，因此声名依然显赫在外，并且为当时的皇帝宋真宗所知。大中祥符五年（1012 年），宋真宗下诏赐林逋以帛、粟，并诏杭州的地方官岁时劳问。天圣年间（1023—1032 年），丞相王随到杭州拜访林逋，亲自到孤山草庐，每日与林逋唱和诗词。他看到林逋住的茅屋非常简陋，于是用自己的俸禄重新修葺。林逋非常感激，曾撰写骈文以致谢。其他的官员也时有造访，如做过杭州地方官的薛映和李及等，"每造其庐，清谈终日而去"。

尽管林逋已声名很大，有许多人也劝他出山入仕，但他却一再推辞。他在不同场合均表示坚持过隐居生活。他曾对造访的丞相王随说过：自己隐居并不是为了去做官，走终南捷径，而是觉得做官实在是很辛苦，而自己未必具有这个本事。自己最擅长的还是栽花种草，吟咏山水。他在《深居杂兴六首·序》中表述了这种人生态度："诸葛孔明、谢安石蓄经济之才……鄙夫则不然，胸腹空洞，谫然无所存置，但能行樵坐钓外，寄心于小律诗，时或鏖兵景物……"他又在《孤山隐居书壁》中表达了他希望终身隐居的愿望：

> 山水未深猿鸟少，此生犹拟别移居。
>
> 直过天竺溪流上，独树为桥小结庐。

林逋没有经国济世的大志，他从大自然的山水中得到心灵的净化，他在平和的生活中极力描摹大自然的美景，尤其是梅花和白鹤。

林逋极其酷爱梅花。他在孤山草庐周围大片种植梅树。神清骨秀的梅花正与他超然的品格相契合。他共有咏梅诗八首。"不辞日日旁边站，长愿年年末上看。"（《梅花二首》）充分表现了林逋对梅花的酷爱之情，最著名的就是那首《山园小梅》：

> 众芳摇落独暄妍，占尽风情向小园。
>
> 疏影横斜水清浅，暗香浮动月黄昏。
>
> 霜禽欲下先偷眼，粉蝶如知合断魂。
>
> 幸有微吟可相狎，不须檀板共金尊。

尤其是"疏影横斜"一联，被司马光称之为"曲尽梅之体态"。正因林逋极其喜爱梅花，观察细致入微，所以他的咏梅诗才能令人拍案叫绝。看到梅花那清幽的神韵，就仿佛看到了一位高洁的隐士形象。林逋也以其诗的独特魅力，开启了北宋咏梅之风。

除了梅花，林逋还钟爱白鹤。在他看来，那无忧无虑、悠然自怡的白鹤正好与他闲适的隐居生活相照应，他曾买两只白鹤，精心驯养，"纵之则飞入云霄，盘旋久之复入笼中"。（沈括《梦溪笔谈》）后来，当林逋坐着小船闲游西湖之时，恰好有客人拜访。童子就放出白鹤，不一会儿，林逋就会回来。这样，白鹤又成了报信的信使。林逋观察白鹤同样细微，他在《荣家鹤》中写道：

种莎池馆久淹留，品格堪怜绝比俦。

春静棋边窥野客，雨寒廊底梦沧州。

清形已入仙经说，冷格曾为古画偷。

数啄稻粱无事外，极言鸡雀懒回头。

诗人已把白鹤引为知己，白鹤是那么通人性，以至于诗人常常把白鹤当成自己的儿子。

杭州放鹤亭，相传是林逋放鹤之处。

林逋过的是幽静、恬淡的隐居生活，他的诗也充满了平静、闲逸之情。据《宋史·本传》记载，林逋写诗从不留稿，随写随丢。曾经有人劝他保留起来，以传后世。林逋答道："我之所以要隐迹于山林之间，就是不想出名，更没想凭借诗出名，何谈要留名后世呢？"尽管如此，还是有人将他的作品偷偷地抄录保存下来，大约有三百多篇，辑为《林和靖先生诗集》。

林逋除早年漫游江淮之间外，其余时间都在孤山度过，与梅、鹤形影相随。与有些隐士不同的是，他的隐居地并不是选择人迹罕至的深山，他也不是完全与外界绝缘，时常有客人来访，林逋也不拒见。只是林逋心性淡泊，因此依然过的是平和的生活。

仁宗天圣五年（1027年），林逋六十一岁，他嘱托侄孙要把他葬在孤山。第二年，林逋自觉不久于人世，他来到梅林，与梅告别；又亲手放飞了与之相依为命的白鹤。临终前，作了一首《自作寿堂因书一绝以志之》：

> 湖上青山对结庐，坟前修竹亦萧疏。
>
> 茂陵他日求遗稿，犹喜曾无封禅书。

司马相如临死时留下封禅书，嘱咐家人，待皇帝寻访时便呈上去。而林逋却说幸喜自己没有封禅书，那意思自然是表示自己到死也不愿出仕的了。这也是诗人一生的总结。

林逋生活在太平盛世，又有出众的才华和做官的机会，但他甘于平淡，寄情于山水之间，这并不是一般的封建士大夫所能做到的。正如欧阳修所说："自逋之卒，湖山寂寥未有继者。"仁宗皇帝有感于林逋的高尚品格，特赐谥"和靖先生"，因此后人也称林逋为"和靖先生"。

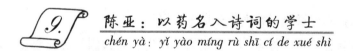

陈亚：以药名入诗词的学士
chén yà：yǐ yào míng rù shī cí de xué shì

宋代对文人士大夫的优待，使得当时的文人士大夫既高贵，又闲雅，这很使人羡慕。所以便有更多的人发奋努力，通过科举进入仕途，加入文人士大夫的行列。当然，在文人堆里混，也总得有点本事才行。所以宋代文人个个都称得上是学富五车，才高八斗。连欧阳修这样的大家在当时都被人讥为"不读书"，可以想象，那些读书的大学问家的学问就更深不可测了。人们批评宋人"以才学为诗"，其实宋人并非有意如此。生活优游，学富才高，使宋代文人的精力旺盛得无处释放，于是就在吟诗作赋上较胜负，比高低。"以才学为诗"也就在所难免。

陈亚的以药名入诗、入词，自然可以看成是"以才学为诗"的一例。

陈亚，字亚之，维扬（今江苏扬州）人，生卒年不详。宋真宗咸平五年（1002 年）进士。曾做过杭州於潜县令，又做过越州、润州、湖州等地的太守，后官至太常少卿。去世时已是七十多岁了。

陈亚生性滑稽，善于写诗。被人称为"滑稽之雄"（《青箱杂记》）。有时与人谐谑，无所不至。他做杭州於潜县令时，还很年轻。常常逞口舌之利，嘲谑百端，很让人受不了。当时做杭州太守的是马亮。马亮，字明叔，合肥人，是北宋宰相吕夷简的岳父，以善于知人闻名于世，北宋许多名臣如陈执中、梁适、田况、宋庠、宋祁等人，都曾得到过马亮的褒奖和厚遇。马亮对陈亚的才能也很欣赏，只是担心年轻人因为言语不当，会招来不必要的麻烦。有一次，陈亚上府拜谒马亮，马亮就以此来规劝他。陈亚听了之后，悚然惊惧，连连表示要改掉自己的毛病。可是过了不一会儿，老毛病就又犯了。有人拜谒马亮，自称是"太祠郎李过庭"。马亮这时不想见人，就大骂道："何人家子弟？"陈亚连想都没想，张口就说："李趋儿。"因为来人名"过庭"，《论语·季氏》中有"（孔子）尝独立，（孔）鲤趋而过庭"的话（孔鲤是孔子的儿子），所以陈亚说来人叫"李趋儿"。马亮听后一愕，想了想，才明白是怎么回事儿，忍不住也大笑起来。江山易改，本性难移，看来陈亚是生性如此。

陈亚与蔡襄会于金山僧舍，两人喝得半醉时，蔡襄因为陈亚善谑，就以陈的名字为题写诗，题于屏风之上："陈亚有心终是恶。"陈亚针锋相对，也提笔对了一句："蔡襄无口便成衰。"（"襄"字去双口与"衰"字相似）陈亚也曾以自己名字为题，写过一首近似于谜语的诗：

> 若教有口便哑，且要无心为恶；
>
> 中间全没肚肠，外面强生棱角。

"亚"字旧时写作"亞"，因此说"中间全没肚肠，外面强生棱角。"这虽然是游戏之作，可也包含着一些深意。

令陈亚出尽了风头的，还是他写的那些药名诗。

以药名入诗并非始于陈亚，唐代张籍就有《答鄱阳客药名诗》："江皋岁暮相逢地，黄叶霜前半夏枝。子夜吟诗向松桂，心中万事喜君知。"但在张籍，只不过是偶一为之。到了宋人陈亚，才大量创作起药名诗来。

陈亚写的药名诗有一百多首，可惜大部分都已失传了。但所存的零篇断简，为数亦不算少。陈亚曾跟人说：药名用于诗，没有不可以的，只是运用得当，贴切合理，曲折婉转地表达人情事理，那可就靠个人的才智了。有人就问他："延胡索"这种药名也可以用吗？陈亚之说，当然可以。想了想，吟道："布袍袖里怀漫刺，到处迁延胡索人。"吟完之后说："此可赠游谒措大。""措大"，指贫寒失意的读书人。众人听了，笑得前仰后合。

陈亚写药名诗，并不像人们想象的那样纯出于游戏。他的大部分药名诗或药名词都有着实在的内容。他有时借药名来写景，如《登湖州销暑楼》：

> 重楼肆登赏，岂羡石为廊？
> 风雨前湖夜，轩窗半夏凉。
> 暮青识渔网，芝紫认仙乡。
> 却恐当归阙，灵仙为别伤。

"风雨"二句虽暗用了药名前胡、半夏，但作为诗，却写得十分贴切（紧扣题目），也很有韵味。

有时用药名来抒情，如写闺情的〔生查子〕词三首：

> 相思意已深，白纸书难足。字字苦参商，故要槟郎读。
> 分明记得约当归，远至樱桃熟。何事菊花时，犹未回乡曲。

> 小院雨余凉，石竹风生砌。罢扇尽从容，半下纱厨睡。
> 起来闲坐北亭中，滴尽真珠泪，为念婿辛勤，去折蟾宫桂。

> 浪荡去未来，踯躅花频换。可惜石榴裙，兰麝香销半。
> 琵琶闲抱理相思，必拨朱弦断。拟续断朱弦，待这冤家看。

第一首词写闺中思妇给出门在外的丈夫写信，责备他一去不归，言而无信；第二首写思妇在家中行起坐卧都不安宁，一心只想着出去考取功名的夫婿；第三首写思妇闲挑琵琶以诉相思，而琵琶弦又断了。虽然三首词中用了大量的药名，如相思子、薏苡、白芷、苦参、狼毒、当归、远志、菊花、茴香、余粮、石竹、苁蓉、半夏、北亭、真珠、细辛、桂、茛菪、石榴、麝香、枇杷、相思、筚拨、续断、代赭等，但这丝毫未影响到词意的表达，词中写尽了思妇因相思而百无聊赖、无情无绪的情态，尤其是"字字苦参商，故要槟郎读"和"拟续断朱弦，待这冤家看"等细节，即使置于其他诗人的类似题材中，也是难得的神来之笔。

陈亚有时还将药名写入词中，来表达自己仕途的遭际。《青箱杂记》卷一记载："（陈）亚与章郇公同年友善。郇公当轴，将用之，而为言者所抑。亚作药名〔生查子〕陈情献之。"词道：

> 朝廷数擢（萌擢）贤，旋占凌霄（凌霄花）路，自是郁陶人
> （桃仁），险难无夷（芜荑）处。　　也知没药（没药）疗饥寒，
> 食薄何（薄荷）相误。大幅（大腹皮）纸连粘，甘草（甘草）
> 归田赋。

这样的词，自然不是无病呻吟之作了。前人说陈亚的这些作品"虽一时谐谑之词，寄托亦有深意。"（《青箱杂记》）是比较客观的评价。

陈亚谐谑人生，当然不会喜欢官场的拘束。所以一边做官，一边又怀恋起无官的自在来："多愧当年未第间，卜居人外得清闲。排联花品曾非僭，爱惜苔钱不是悭。秋阁诗情天淡淡，夕溪渔思月弯弯。而今惭厚明朝禄，敢念藏愚莫买山。"后来他果真退隐田园，以诗书自娱，一直到老死。《渑水燕谈录》记载："陈亚少卿蓄书数千卷，名画数十轴，平生之所宝者。晚年退居，有华亭双鹤、怪石一株尤奇峭，与异花数十本，列植所居。为诗以戒子孙曰：'满室图书杂典坟，华亭仙客岱云根。他年若不和花卖，便是吾家好子孙。'"

不知陈亚后人将这些东西卖了没有？

10. 范仲淹："腹中自有数万甲兵"

fàn zhòng yān: fù zhōng zì yǒu shù wàn jiǎ bīng

范仲淹（989—1052 年），字希文，谥号文正，苏州吴县（今江苏苏州）人。北宋时著名的政治家、文学家。宋真宗大中祥符八年（1015 年）中进士。仁宗时，曾任陕西路安抚、经略招讨使等职，镇守西北边境四年，抵御西夏的侵扰。仁宗庆历三年（1043 年）回朝廷任枢密使，后来又擢升为参知政事。他在任参知政事时，曾与富弼、韩琦一道共同推行"庆历新政"，遭守旧派反对，不到一年，新政失败。失败后，他自动提出出外担任职务，先后在邠、杭等州任职。仁宗皇祐四年（1052 年）病死在徐州。

范仲淹四岁时就失去了父亲，母亲改嫁到朱家。他从小立志，长大后更是努力学习。步入仕途后，刚直不阿，致力于矫正不良世俗，崇尚高尚节操。由此，他数次遭贬，一生几起几落。

康定元年（1040 年），党项族首领赵元昊率军侵扰。范仲淹正在越州任知州，朝廷招他回京任天章阁待制，出知永兴军，后又改为陕西都转运使。当时夏竦正在担任陕西经略安抚招讨使，朝廷又升范仲淹为龙图阁直学士，做夏竦的副手。

范仲淹画像

当时，延州（今陕西延安）周围的堡塞大多已经失守，情况危急，而范仲淹主动请求到那里去。于是，朝廷调他任户部郎中兼知延州。西夏人听说后非常害怕，他们传言："无以延州为意，今小范老子腹中自有数万

图为〔渔家傲〕词意图。"塞下秋来风景异，衡阳雁去无留意。四面边声连角起，千嶂里，长烟落日孤城闭。 浊酒一杯家万里，燕然未勒归无计，羌管悠悠霜满地。人不寐，将军白发征夫泪。"

甲兵，不比大范老子可欺也！"（大范指范雍）足以看出范仲淹卓越的军事才能。以前，诏令规定各个将领分别统辖边境军队：总管统领一万人，钤辖（官职名）统领五千人，都监统领三千人，需要抵御敌寇进攻时，按官位大小出击，即：官位小的先出击，官位大的后出击。范仲淹说：不善于选择合适的战将，仅以官位高低作为出击先后顺序的标准，这是自取灭亡。于是，他查看本州军队，挑选了一万八千人，分为六支队伍，每位将领各统率三千人，分部操练士兵，并根据敌军的多少，派他们轮番出战。当时塞门承平各寨已经废弃，范仲淹就下令筑起青涧城池来阻挡敌人的进攻，并大力提倡开垦农田，允许民间贸易，以互通有无。他又得知百姓远道交纳赋税非常辛苦，就请求将鄜城建为军一级的行政单位，让河州、同州、华州的百姓就近纳租。春夏季节调来军队就地供应军粮。这样，仅购粮一项便可节省不少费用。仁宗非常欣赏他的政策，后来，下诏书改范仲淹的部队为康定军。

第二年正月，仁宗皇帝下令陕西各路兵马进讨西夏，范仲淹从国家大局着想，上书说："正月，西夏正是最寒冷的时候，士兵出征很难适应，不如等到开春以后再进讨，那时敌人马瘦人饥，一定很容易制服。而且，到那时我们的边境逐渐加固，敌人一定会被我军的气势吓倒，请皇帝允许我对羌族等少数民族实行恩惠政策，招纳他们归附。否则，双方的关系断绝，就是边境的大害了。如果我的策略毫无效果，再发兵占据绥州、宥州等要害地方，屯兵垦田从长计议，这才是上策。"仁宗采纳了范仲淹的建议。范仲淹则下令修筑承平、永平等寨子，渐渐招回流亡在外的百姓，于是羌汉人民相继回归家乡、重操旧业。

他下令整顿边界：除鹿延以外，封锁其他边境民族向朝廷纳贡的道路，巩固了边界的稳定。

过了较长时间，元昊放回了被俘的大将高延德，用他来与范仲淹约和，范仲淹写信警告西夏。这时正赶上任福带兵在好水川一战中战败，元昊顿时气焰嚣张，复信中出言不逊。范仲淹一气之下当着使者的面将信烧毁，朝中大臣都认为不应该轻易与西夏通信，因此，宋庠请朝廷将范仲淹斩首，仁宗没有同意。但因此事范仲淹被降为户部员外郎，调到耀州，又调到庆州。

地处庆州的马铺寨，挡住后桥川口且处在敌人腹地之中，范仲淹想在那里筑城，估计敌人必定会来争夺，就秘密派遣儿子范纯佑和少数民族将领赵明先占据这个地方，自己随后带兵紧跟。各位将领都不知道这次发兵的目的，等行军到了柔远，范仲淹才发建城的命令，此时建城工具已经齐备，十天之后城就建成了，这就是有名的大顺城。敌人发觉以后，发兵三万来攻，并设下埋伏，然后，假装败阵而逃。范仲淹识破诡计，告诫部下不要追击。后来经人侦察，果然有伏兵，敌人没有得逞。大顺城建成以后，敌人屡攻不下，挫伤了锐气。环庆州的敌情得到了缓解。

葛怀敏率领的部队在定川战败，西夏军一路大肆抢掠到潘原，关中地区震惊，一时慌乱，老百姓都跑到山谷里躲避。范仲淹率领六千人马，由邠州经泾州去增援，一直到听说西夏军逃出边塞才撤回。开始，定川战败的事传到朝廷，皇帝查看地图对左右大臣说："如果范仲淹派兵援救，我就不怕了。"当范仲淹派出救兵和西夏军被打败的消息传到朝廷时，仁宗皇帝欣喜无比，于是擢升范仲淹为枢密直学士、右谏议大夫。范仲淹则因

为这次出兵没有战功，拒绝接受。

后来，他又就边界州省将领的任用向皇帝提了许多建议，仁宗完全接受。

对于戍边这几年的生活，他深有感触，他曾写过一首〔渔家傲〕词：

塞下秋来风景异，衡阳雁去无留意。四面边声连角起。千嶂里，长烟落日孤城闭。　浊酒一杯家万里，燕然未勒归无计。羌管悠悠霜满地。人不寐，将军白发征夫泪。

词中暗示了戍边生活的艰苦，并抒发感慨，把思乡和报国的复杂感情一道吐出，并在抒发自己建功立业的豪情的同时，流露出忧国恤卒的心绪。此词作于康定元年到庆历三年（1040—1043年）间，是词人戍边生活的真实写照。据宋人魏泰《东轩笔录》中说："范文正公守边日，作〔渔家傲〕乐歌数阕，皆以'塞下秋来'为首句，颇述镇边之劳苦。"这首词却是数阕中仅存的一首。

庆历三年，西夏与宋议和，范仲淹也被调回京师，因戍边有功，被任命为枢密副使。

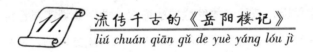

11. 流传千古的《岳阳楼记》
liú chuán qiān gǔ de yuè yáng lóu jì

"先天下之忧而忧，后天下之乐而乐"是范仲淹在"庆历新政"失败后，被贬为邓州（今河南邓县）知州时，应朋友滕宗谅之邀而作的《岳阳楼记》中的名句。

滕宗谅，字子京。他跟范仲淹是同榜考中的进士，两人友谊很深，而且由于共事多年，彼此的政治见解也比较一致。范仲淹长期在西北经略边防事务，很有威信；而滕子京就是由于范仲淹的推荐，先后在甘肃的泾州和庆州任职，一直同范仲淹亲密合作。庆历三年（1043年），滕子京到庆州任职，并代理凤翔知府。朝中有个官员检举滕子京在泾州时擅自动用官

图为苏州太平山先忧后乐坊。范仲淹《岳阳楼记》中的名句"先天下之忧而忧，后天下之乐而乐"鼓励无数后人为国分忧，为民造福。

钱十六万贯，其中有几万贯下落不明，应该查办。守旧派抓住这个案子并有意扩大事态，矛头直指韩琦、范仲淹、欧阳修等主张变法的朝臣。庆历四年春天，当时代理御史中丞的王拱辰揪住此案不放，一定要以贪污罪处罚滕子京，由于范仲淹的大力斡旋，滕子京被贬为岳州知州才算了事。到庆历五年正月，范仲淹被罢免到邓州任知州。《岳阳楼记》就是作者庆历六年九月在邓州任职时写的。范仲淹在文中写到："庆历四年春，滕子京谪守巴陵郡，越明年，政通人和，百废俱兴。乃重修岳阳楼，增其旧制，刻唐贤、今人诗赋干其上，属予作文以记之。"

我们只有不局限于作者区区几十字的背景介绍，了解了这篇文章大的历史背景，才能进一步了解文章的意蕴。

《岳阳楼记》不是一般的写景文字，尽管它写景状物具体而精细，渲染气氛真切而又生动；其实作者所要写的是人对景致的不同的感受，对客

观环境的不同态度。正是在这里，作者那崇高的人格，宽广的胸怀得到了充分的展现。这既是范仲淹身处"江湖之远"时的自励，也是对朋友滕子京的规劝和勉励；它不仅是范仲淹伟大人格的真实写照，也成为后代仁人志士的道德准绳。

全篇先叙作记缘由，寥寥几语却言简意赅。"谪"这一关键字已经点出，而后因事及景，极写登临楼头之所见，既有细笔勾勒，又有浓墨渲染，使两幅景致栩栩如生。接着由景及人，再写迁客骚人的触景生情，或忧谗畏讥，感极而悲；或把酒临风，乐不可支，由此，照应前段的"览物之情，得无异乎"一语，使文气畅达。最后，缘情而议，引出主题"不以物喜，不以己悲。居庙堂之高，则忧其民；处江湖之远，则忧其君。是进亦忧，退亦忧"，抒发了"先天下之忧而忧，后天下之乐而乐"的感慨。原来作者极写迁客骚人览物之情是为了拿它来与古之仁人对比，前者如许铺排，至此尽收。再回首文章开头的"谪"字，不由对作者的精巧构思无限钦佩。全文骈散结合，有的句子有意押韵，使文章读来抑扬顿挫，朗朗上口，韵味无穷。

范仲淹一生历任兴化县令、秘阁校理、陈州、苏州知州、右司谏、陕西经略安抚、招讨使、天章阁待制、参知政事等职，任职期间，他因直谏而多次遭贬，几起几落，但以天下为己任的志向却始终不改。

他在担任秘阁校理时，由于他对《六经》非常精通，尤其在《易》经上有特长，学经学的人都前往请教，他手持经典为他们耐心地讲解，从来显不出疲倦，人们都很爱戴他。他用自己微薄的俸禄招待从四面八方赶来向他求教的穷学生，而自己的孩子却要轮流穿一件体面的衣服出门，范仲淹对此毫不在意。

章献太后逝世那年，发生了大规模的蝗、旱灾害，江南、淮南、京东一带尤为严重。范仲淹请求朝廷派官员前去赈灾，但皇帝始终不予答复。于是，他找了一个机会问仁宗皇帝："宫廷中的人如果半天没有饭吃，陛下应该怎么解决呢？"仁宗皇帝听后非常惭愧，委派范仲淹去安抚江、淮一带受灾百姓。他所到之处，打开粮仓赈济灾民，并且禁止老百姓搞荒唐的祭祀活动，并且免除庐州、舒州茶税和江南东路的丁口盐钱。这些都是他居庙堂之高忧其民的伟大人格的表现。

元昊率军入侵，朝廷召范仲淹回京任天章阁待制、出知永兴军。以前，由于政见不和，范仲淹与宰相吕夷简多次在朝廷上争辩，以至于得罪了吕夷简，被放逐在外好几年。这次回京，仁宗皇帝亲自出面劝范仲淹与吕夷简化解宿怨，范仲淹叩头答谢说："我先前奏论的都是国家的大事，与吕夷简争论丝毫不存在个人的恩怨。"

古人笔下的岳阳楼，云烟氤氲，气象万千。

足以看出范仲淹以天下为己任的博大胸怀和高风亮节。

"先天下之忧而忧，后天下之乐而乐"是范仲淹入世思想的体现。然而，作为一名知识分子，他的思想中还存在着出世的一面。范仲淹在贬居睦州时作的《严先生祠堂记》就是出世思想的体现。《严先生祠堂记》着意标榜了严光耿介不屈的高风亮节，全篇充满了对严光的仰慕之情。在宋代吏治颓败、冗官充斥、官场中钻营阿谀的风气盛行之时，范仲淹高度赞扬严光威武不能屈，富贵不能淫的品德，认为它可以使"贪夫廉，懦夫立"而"大有功于名教"。全文以"相守以道"为核心，在论述这种思想时，用"以节高之"和"以礼下之"来加以具体表现，"大有功于名教"则是这种友谊的良好社会影响。范仲淹感慨地说："仲淹来守是邦，始构

堂而奠焉，乃复为其后者四家，以俸祠事。又从而歌曰：'云山苍苍，江水泱泱；先生之风，山高水长！'"

立功和隐匿是中国知识分子的两面，在范仲淹和严光身上则各执一端。当出世和入世两种思想相抵触时，范仲淹更多地站在人民、国家的立场上来决定自己最终的态度，选择了做一个政治家，而且功业卓著。这与他"先忧后乐"的思想积淀是分不开的。他虽然也歌颂像严光这样真隐士的精神，但只是他贬官而不得志时的心灵寄托。

范仲淹逝世后，皇帝感伤了很久，他亲自为范仲淹的墓碑题写"褒贤之碑"。由于他广施恩德，邠、苏两州的百姓与归附宋朝的羌人，都为他画肖像、立祠堂来纪念他。

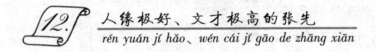

12. 人缘极好、文才极高的张先
rén yuán jí hǎo、wén cái jí gāo de zhāng xiān

张先，字子野，乌程（浙江吴兴县）人。北宋前期承前启后的重要词人。他上结晏、欧之局，下开苏、秦之先，"适得其中，有含蓄处，亦有发越处。"他的词开北宋后期慢词创作的先河。世称其为"张三影"、"张三中"（即"心中事、眼中泪、意中人"）。他有文集一百卷、诗二十卷，均已散佚，仅存词集《安陆词》。

张先出生于宋太宗淳化元年（990年），卒于神宗元丰元年（1078年），终年八十九岁，可谓长寿词人。他生活的这段时期，正是宋代文化进入如日中天、全面发展的时代，涌现出如晏殊、梅尧臣、欧阳修、王安石、苏轼等一大批杰出的文人。而张先凭借自己在诗、词、文上精深的造诣，和这些一流的文人之间均有过很深的交往。苏轼评价他："遇人坦率，真古恺悌。庞然老成，又敏且艺。清诗绝俗，甚典而丽。"

仁宗天圣八年（1030年），张先以乡贡进士身份登榜，座主是当时在知礼部贡举晏殊。晏殊对张先的诗词非常赞赏，尤其赞叹那首在当时被视为绝唱的〔一丛花令〕中的词句"伤高怀远几时穷？无物似情浓"。仁宗

"无由重肯日边来，上马便，长安远。"

皇祐二年（1050年），晏殊为京兆尹，安排张先为都官通判。于是，两人交往更加密切起来。

后来，晏殊徙知河南府（今洛阳市），封临淄公。已经是六十多岁的张先正好重游长安，作〔玉联环〕《送临淄相公》来送别友人：

> 都人未逐风云散。愿留离宴。不须多爱洛城春，黄花讶、归来晚。叶落灞陵如剪。泪沾歌扇。无由重肯日边来，上马便，长安远。

清新的构思充分表现了难舍难分的情意。

张先又曾经为晏殊的词集《珠玉集》作过序（《四库提要》卷一百九十八引《名臣录》，今本序佚）。可以说，张先和晏殊之间，既近似于朋友，又近似于师生。

仁宗嘉祐六年（1061 年），张先入汴京任尚书都官郎中。这才又得以和同榜进士欧阳修以及同朝为官的工部尚书宋祁相见。而他们之间的交往则被文坛传为千古的佳话。

张先和欧阳修同榜进士后，由于官职的原因，两人虽早已互相倾慕，但却无缘相见。在张先这次终于调回汴京后，路过京都，抽空特意去拜访了大文学家欧阳修。当时欧阳修任龙图阁直学士，但当他一听说是张先，马上迎接出去，口里还念叨着："真是'桃杏嫁东风'郎中吗？快请进，快请进！"由于太激动，慌乱中连鞋都穿倒了。可见二人都是推重文才的痴狂文人。

张先这句"桃杏嫁东风"，源自他最成功的爱情词作〔一丛花令〕：

> 伤高怀远几时穷？无物似情浓。离愁正引千丝乱，更东陌、飞絮濛濛。嘶骑渐遥，征尘不断，何处认郎踪！双鸳池沼水溶溶，南北小桡通。梯横画阁黄昏后，又还是、斜月帘栊。沉恨细思，不如桃杏，犹解嫁东风。

词作以女性的口吻写离愁，表现了缠绵执著的爱情。尤其是最后一句，细细想来，人不如物，以人比桃杏，以无情比有情，衬托出别恨之深，感情表达细腻。贺裳《皱水轩词筌》评曰："无理而妙。"怨到极点，正是爱之深至。

而和张先的这首〔一丛花令〕同时获得轰动的，还有宋祁的〔玉楼春〕词。两首词妙就妙在均是以一句出神入化的清新词句而成为当时绝唱，并成为卓绝千古的名词。

有一天，宋祁慕名去拜访张先。到门口后让人通报说："尚书欲见'云破月来花弄影'郎中"，张先正好在屏风后面听到了，随即应声呼出："难道是'红杏枝头春意闹'尚书吗？"两人相见，哈哈大笑。于是，张先置酒备菜，两位以文会友的知己豪饮畅谈，关系十分融洽。这一轶事在词坛传为美谈。

七十七岁的张先体格健朗，常常往来于湖州和杭州，和朋友们一起游玩唱和。这些朋友中，最值得一提的是苏轼。

苏轼比张先小四十六岁，但当时他已经是学士了，出任杭州的地方官。两人相识后，共同的文学爱好又使他们成为忘年交。苏轼一直非常称道张先的诗词，认为其自有高淡老妙的风格，有诗为证：如《和致仕张郎中春昼》诗云："不祷自安得寿尊，深藏难没是诗名。浅斟杯酒红生颊，细琢歌词稳称声。"再如《元日次韵张子野见和》云："酒社我为敌，诗坛子有功。"

他们在一起最尽兴的一次是在熙宁七年（1074年）秋游玩湖州、松江。当时同游的还有杨绘、陈舜俞、李常、刘述四人。已经是八十五岁的张先意趣更浓，即兴作了一首词〔定风波〕，又名〔六客词〕：

> 西阁名臣奉诏行，南床吏部锦衣荣。中有瀛仙宾与主，相遇，平津选首更神清。　　溪上玉楼同宴喜，欢醉，对堤杯叶惜秋英。尽道贤人聚吴分，试问，也应傍有老人星。

其余五人赞叹不已，一时传于四方。"老人星"也就不言而喻，暗指张先自己了。这一段时期里，他们交往很密切，一直保持着较好的关系。

神宗元丰元年（1078年），张先去世，葬于湖州弁山多宝寺。于是，苏轼为他作了一篇祭文以示悼念，即《祭张子野文》。十五年后，苏轼因反对司马光全面废弃新法，和他们政见不和，再度出任杭州地方官。这时他重游湖州，不禁感慨不尽。难忘五位已经下世的友人，于是，作了一首《后六客词》表达对友人的深情怀念。词的上片说：

> 月满苕溪照夜堂，五星一老斗光芒。十五年间真梦里，何事？长庚对月独凄凉。

这"一老"即是指"老人星"张先。

以上仅是把较有代表性的几则美谈略述一二。其实，当时由于张先生活疏放，与许多名人还有往来，如梅尧臣、王安石等。在张先的创作中，多数是写繁华生活和歌妓的情态，但却形成了一种臻于优雅细腻的新韵

致，再加上人缘极好的关系，他在宋词坛中也是颇具影响力的人物。

"人生无物比多情，江水不深山不重。"（《木兰花·和孙公素别安陆》）这两句道出古今一切真正友情真谛的诗句也许会让我们感受到张先那份沉甸甸的情意吧！

宋代名明天下的"神童"晏殊
sòng dài míng míng tiān xià de shén tóng yàn shū

大宋景德年间，江西出现了一位闻名天下的"神童"晏殊。

晏殊，字同叔，江西临川人。生于宋太宗淳化二年（991年），卒于至和二年（1055年），死后谥"元献"，世称"晏元献"。他是历史上少数几位少年得志的宰相之一，后来成为北宋词坛的开山祖，在文学史上颇负盛名。

图为晏殊像。宋真宗、仁宗两朝是所谓"百年无事"的"承平之世"，晏殊逢此盛世，历居高官，深得宠信，长期过着高贵优裕的生活。居官之余，品茶、饮酒、狎妓、赋诗、填词构成了他日常生活的重要内容。

大宋景德元年（1004年），当时任宰相的张知白奉旨巡视江南。一路走来，听到许多关于临川"神童"的传言，如反应机敏，出口成章，题诗对句信手拈来，七岁就能写文章，而且文思超过一般的成人等等。于是，刚到临川，他便召来"神童"亲自一试。小晏殊果然名不虚传，不仅长得玉树临风，而且机敏过人，对答如流，这样便立刻引起了张大人的喜爱。问及家世，又得知晏殊从小失去父母，在孤独贫困中长大，张大人的恻隐之心油然而生。于是，便把小晏殊带在了身边。

回到京城后，十三岁的晏殊又被张大人以"神童"的身份推荐给了朝廷。第二年三月，正巧赶上皇帝要亲自考试进士，还是个孩子的晏殊也随着一千多名殿试者参加了考试。在考场上，晏殊神气不慑，精神焕发，文章下笔即成，而且字句赡丽，用典精博，真宗十分赞赏，即刻御笔钦点晏殊为进士。这样，凭借出众的文章和广博的学问，晏殊一下子成了世人议论中的焦点人物。

大多数朝野大臣们对晏殊都是啧啧称赞，佩服他的年少博学；可是，也有几个人对晏殊是满怀醋意，尤其是都察院御史王富。

有一次，两人一起饮酒时，王富借机讽刺晏殊之所以少年得意，很大原因在于张知白的引荐；而自己虽学富五车，却无人赏识，只有珠沉玉埋了。晏殊听出了话外之音，也针锋相对，说题诗答对，在他的家乡，连耕夫和牧童都会，谁又得到提拔重用了呢？于是，两人不欢而散。

过了一个月，王御史在早朝时参了晏殊一本，说晏殊有欺君之罪。原来这一个月中，他赶赴临川亲自细访，情形并非如晏殊所言。而晏殊在皇上面前也曾经坚持过自己的观点，说凡人皆有所感，而诗词歌赋皆为触景生情，伤时感事而作，即使是耕夫和牧童，也一样可以做得来。

真宗虽然一直都很喜欢晏殊的学识和为人，可现在，却也只好公事公办了。但晏殊却镇定自若，上前一步追问事情经过。原来王富出了一个对子："宝塔巍巍，六面七层八方。"而临川百姓只是摇了摇手，继续做自己的事情了，没有能答出对者。晏殊微笑着向洋洋得意的王富说："噢，原来如此。唉，王大人哪，其实百姓们已经对上来了，而你却不识罢了！"一听此言，众人也都茫然不解。晏殊继续说："百姓摆手，意思就是'右手摇摇，五指三长二短'，王大人可看明白了吗？"真宗龙颜大悦："对得好，对得好！晏卿平身，平身！"

一时，神童晏殊的"金殿巧对"再次被传开来。

晏殊虽聪慧过人，但性格耿介，从不耍小聪明，具有诚实和恭谨的美德，因而深受真宗的喜爱和重视。

他中进士后不久，就被任命为秘书省正字官职。除偶尔陪真宗一起吟诗赋词外，平时得以读到大量皇家收藏的经书典籍，他的学问有了很大长进。

有一次，真宗出一个题目，命众人来作，唯有晏殊不动笔。问其原因，晏殊禀奏说："圣上贤明，这一题目，十天前微臣刚刚作过，草稿还在。所以希望圣上能另出一题。"一个小孩子能如此诚实，而不邀功请赏，实在难得，真宗自然对他更加另眼看待了。

这样的日子大约过了一年，皇帝任命晏殊为中书。大家都不明白怎么回事。后来，传下圣谕，众人才明白皇上为什么单点还那么小的晏殊来担此重任。原来，由于社会的安定平稳，众馆阁大臣们没有什么正经事做，便经常互相请客。或嬉游赏心，或宴请逗乐，天天如此，乐在其中。唯有晏殊一人不随波逐流，督导弟弟，苦心攻读。皇帝对他这一点非常赏识，才任命了他。听完皇帝的解释后，晏殊不仅不谢恩，反而上书启奏说："并非微臣不喜欢宴请游玩，只是苦于家境贫寒，没有能力去做那些事情，也就只好读书伴读打发时间了。"真宗听后，对晏殊更多了几分好感。

正因为晏殊年少时诚实、坦率的性格，加上有雄厚的知识和敏捷的才思做后盾，长大后，晏殊这个"神童"在仕途上也青云直上，一帆风顺。几年间，频频升迁。真宗天禧四年（1020 年），晏殊三十岁时，以户部员外郎知制诰，拜翰林学士，为太子左庶子，参与朝中机密，直至仁宗朝时成为宰相。虽然他一生居于显职，可由于为官小心谨慎，在政治上并没有多大的建树，反而在文学创作上一发不可收，平生著述约二百四十余卷。其《珠玉词》在宋词发展史上占有重要位置。冯煦在《六十一家词选例言》中说："晏同叔去五代未远，馨烈所肩，得之最先，故左宫右徵，和婉而明丽，为北宋倚声家初祖。"

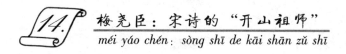

14. 梅尧臣：宋诗的"开山祖师"
méi yáo chén: sòng shī de kāi shān zǔ shī

梅尧臣是宋初诗文革新运动的重要发起人之一，同时也是宋初最杰出的诗人。他的诗名与苏舜钦齐名，所以向来以"苏梅"并称。梅尧臣对北宋初期的诗坛所起的作用是巨大的，欧阳修始终以"诗老"相称，亦足可见其诗的地位和影响。

他擅长写诗，诗的意味深远，表现出新奇、精巧的风格。他一生历尽坎坷，然而却诗穷而后工。他的严谨的治学态度闻名于当时，也因此在诗的创作方面取得了巨大的成就。其诗的深远影响泽被后世，像北宋的欧阳修、王安石以及后来的苏轼均受其影响，无怪乎南宋后期诗人刘克庄称其为宋诗的"开山祖师"。

梅尧臣一生致力于诗歌创作，对诗有着深刻的体悟，并以此来作为自己创作的指导理论。他曾说："诗家虽主意，而造语亦难。若意新语工，得前人所未道者，斯为善也。必能状难写之景，如在目前；含不尽之意，见于言外，然后为至矣。"这说明他写诗，既要求形象的鲜明突出，也要求意境的深远含蓄。所以他的诗往往表现出深远清淡的意境。他的长诗以写物为主，刻画得真实自然；短诗平淡而简远。

梅尧臣初期的诗受西昆派的影响。虽然他曾追随西昆诗派，但是他并不是一个因循守旧、步人后尘的诗人。他不满于西昆派浮靡绮丽的诗风，随着诗人自己创作实践经验的不断积累，逐步形成了自己诗作的独特的风格。这才使人真正看到了宋诗的真实面目。

从 1034 年到 1040 年，他已经完全脱离了西昆派的影响，开始走上了现实主义的创作道路。他的《田家语》和《汝坟贫女》是这一时期最有代表性的作品。

《田家语》一诗，作者是站在关怀和同情劳动人民的立场上来写的，这对于一个统治阶级成员来说是难能可贵的，而这正是其与西昆体诗人重要的不同之处。作者在序言中说："因录田家之言，次为文，以俟采诗者云。"作者的目的就是想通过此诗使下情得以上达，以减少人民的疾苦，同时也说明梅尧臣很重视诗歌的讽刺作用。此诗作于公元 1040 年，当时正值西夏赵元昊犯边作乱，宋廷因边关吃紧，于是下令强行征兵，"三丁籍一壮"，而那些地方官为了媚上，竟自行扩大征兵数目，甚至连老幼男丁

梅尧臣《鲁山山行》诗意图。"好峰随处改，幽径独行迷。"

也不放过。恰逢此时天又不作美，连降暴雨，河水上涨，直灌襄城，百姓们死伤甚多，痛苦不堪。诗人以现实生活为题材，对于饱受赋税、徭役、天灾、人祸等迫害的人民寄予深切的同情，提出了悲愤的控诉。"我闻诚所惭，徒尔叨君禄。却咏归去来，刈薪向深谷"，这是作者发出的慨叹，慨叹自己虽食俸禄，却无力使国家摆脱困扰、人民生活安定，体现了诗人关注国家、社会现实的创作倾向。在这首诗里，充分体现了杜甫开创的现实主义诗歌精神，这首诗的出现无疑给宋诗开辟了新的道路，同时也给北宋绮靡的诗坛注入了新的活力和生机。这首诗叙事真实，深沉哀婉，语言通俗朴素，有着极强的感染力。

《汝坟贫女》这首诗与前一首一样，深刻地揭露了宋朝官吏乱征民丁，致使被征的老翁在寒风苦雨中凄惨而死的罪行，反映了当时广大人民的疾苦。这首诗以"汝坟贫女"的口吻，叙述了其父惨死，致使自己"弱质无以托"的悲惨遭际，使人读了倍感其情的凄切真挚，语言同样也朴实无华。

梅尧臣的诗，长诗多以反映民间疾苦的现实主义题材为主，尤擅长写物，感情自然、深沉，语言平白无华而且有很强的感染力；短篇平淡而简远，富有趣味，意蕴更浓。

梅尧臣的诗，不仅给宋初绮靡的诗坛带来了生机和活力，而且还对其以后的诗人产生了积极的深远的影响，使宋诗朝着健康的方向发展。梅尧臣对宋诗的贡献是不容忽视的，他不仅继承了唐代以来的现实主义的诗歌创作传统，而且有创新，使宋诗有别于唐诗，并形成自己独到的诗歌理论。梅尧臣不愧为宋诗的"开山祖师"。

梅尧臣（1002—1060 年），字圣俞，宣城（今属安徽）人。因其曾累迁尚书都官员外郎，故有梅都官之称。梅尧臣不但擅长诗文，而且关心国家大事。对于当时朝廷中的一些腐败之事敢于仗义执言。

皇祐三年（1051 年）十月，文彦博因为镇压农民起义（以王则为首的）有功，升迁为礼部尚书平章事。这个官职在当时是极其显赫的，它相当于宰相一职，按理说满朝文武都应为他庆贺，然而却引来了朝臣们的纷纷议论。原来，这其中有着一段极其不光彩的政治丑闻。

北宋后期，宋朝统治已十分腐败，人民承受着各种苛捐杂税，而且越来越重，苦不堪言。虽然也时常有些农民起来反抗，但都很快地被镇压下去了，可以说是有惊无险。然而庆历七年十一月，在贝州（今河北清河县）爆发了由王则领导的起义，却引起了朝野上下的震惊。王则本来是一个小军士，他看到农民被逼得走投无路，于是揭竿而起，各地饱受压迫的贫苦农民群起而响应，不久他自封为东平王。他发动十二岁以上、七十岁以下的人当兵，在他们的脸上刺字，很快就组成了一支自称义军的队伍。由于义军都是穷苦农民出身，又对当时统治者恨之入骨，因此作战时非常勇敢，而当时宋朝军队的内部腐败不堪，各种矛盾错综复杂，战斗力很弱，简直是不堪一击，正像梅尧臣在《兵》一诗中所写的那样：

太平无战阵，汉卒久生骄。

金甲不曾擐，犀弓应自调。

嗟为燎原火，终作覆巢枭。

若使威刑立，三军岂敢嚣。

这样的军队与充满愤怒的义军作战，焉有不败之理。朝廷军队的节节退败，使宋仁宗头痛不已。于是派遣河北体谅安抚使（官名，相当于明代的巡抚）明镐攻打义军。虽然明镐把义军团团围住，暂时控制住了局势，然而宋仁宗还是提心吊胆，并对他的宠妃张氏说："堂堂大宋国，却没有一个良将可用？"于是张妃把这个消息告诉了文彦博。第二天，文彦博在朝廷上慷慨陈词，在皇帝面前所表现的那种为国尽忠的精神使仁宗感动不已，而满朝文武都深知他骨子里想的是什么。

梅尧臣像

文彦博到贝州很快取胜，仁宗龙颜大悦，对文彦博倍加"关怀"。文武百官对于他的升迁都很鄙视，殿中侍御史唐介仗义执言，触动了仁宗，被贬为春州（今广东省阳春县）司马。春州地处蛮荒之地，是放逐流放犯人和贬官的地方，去的人很少生还。因此，蔡襄等众臣都为唐介求情，仁宗在大家的苦苦哀求之下将唐介改贬为黄州（今广东省英德县）。正直的梅尧臣，对这件事简直气愤已极，于是挥笔写下了《书窜》诗。《书窜》诗对当时的这件事做了详尽的叙述。

《书窜》诗斥责了文彦博趋炎附势的行为。文彦博原来是个小官，无才无学，因为善于见风使舵，取悦张妃而受到赏识。据史书记载，张妃与文彦博两家本是世交，张妃被选入宫后，文彦博曾亲自命人织了一块华美的灯笼锦进献给张妃。这块灯笼锦"红经纬金缕"，"比比双莲花"，张妃穿上用灯笼锦做的衣服，格外光彩照人，皇帝见后，非常高兴。张妃于是乘机说："这是文彦博进献的。"于是，皇帝提升了文彦博的官职。这次晋升平章事一职，又是张妃从中"帮忙"。在宋朝，这种串通宫禁、攫取功名的行为，是洁身自好的士大夫所不屑的。因此，梅尧臣直言不讳地说："巨奸丞相博，邪行世莫匹。"

诗中还谴责了仁宗皇帝作为一朝君主，沉溺于酒色，听信张妃的话，不是"任贤是举"，而是提拔无才无能的文彦博担任国家的重要职位，把文彦博当作"近臣"，一旦听到别人议论文彦博时，"帝声亦大厉，论奏不及毕"。可见当时他那种气势汹汹的态度。唐介曾说："臣言天下言，臣身宁自恤。"为了坚持正义真理，唐介抱着"自恤"的态度，可见唐介刚正不阿的品性，同时亦可见梅尧臣扬善弃恶的正直人品。

唐介，江陵人，富有才学，较早登进士第。被贬前任殿中侍御史里行。他为人正直，对当时的腐败朝政敢于直言进谏。当看到连不学无术的文彦博居然凭借着与张妃的关系而得到了升迁，气愤已极。他向皇帝进谏，指出文彦博升官幕后的底细。俗话说"忠言逆耳"，更何况当时皇帝又对文彦博非常赏识，这个时候进谏，哪能不激怒皇上。所以他被皇帝贬了官，被贬到了"毒蛇喷晓雾，昼与岚气没"的蛮荒之地，尽管这时一些正直的官员都为唐介苦苦求情，然而他还是没有摆脱被贬的命运。

在《书窜》诗里，梅尧臣对于统治阶级的腐败，从皇帝、贵妃、丞相到一些封建官僚都作了尽情的揭露。因为这件事实在是不怎么太光彩，以致在以后的记载中，总是闪烁其词，并曾一度被人删去。然而仁宗皇帝的昏庸衰朽，张妃的越权卖宠，文彦博的勾结宫闱，侥幸进阶，都是无法掩饰的。此外，诗中还对唐介奋不顾身直言进谏的精神做了肯定。

梅尧臣用《书窜》诗，真实地记录了这场政治丑闻。他对这件事也不是无动于衷的，他在《宣麻》中说："壮士颇知雾，诸儒方贵媒，淮西封亦薄，裴度死生着。"其中对文彦博升迁的不满溢于言表。

梅尧臣敢于抒写现实生活中的尖锐斗争，尤其是一些政治事件，将上至皇帝下至贪官酷吏揭露得一览无余，体现了其创作上的现实主义精神，他的这种现实主义文风同时也给后来诗人的创作产生了深远的影响，梅尧臣和他的诗文一样被广泛地流传着。直至今天，他的诗文仍然具有很高的

研究价值。

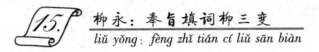

15. 柳永：奉旨填词柳三变
liǔ yǒng：fèng zhǐ tián cí liǔ sān biàn

　　宋代出现了我国文学史上第一位专业词人——柳永。柳永，福建崇安人，原名三变，字景庄，后改名永，字耆卿。他出身于一个世宦书香门第，祖父柳崇是有名的处士，却终生布衣，其父柳宜因"有所弹射，不避权贵，故秉政者大忌之"。柳永兄弟三人，长兄三复，次兄三接，兄弟三人皆为郎，工文艺，时号"柳氏三绝"。柳永因其人有"仙风道骨，倜傥不羁"，早年在汴京度过，过着纨绔子弟、风流才子的生活，他歌词写得很好，常常出入歌楼酒馆，漫游于柳巷花街，在他的《乐章集》中有不少词篇可清晰地看出当时他的浪漫生活。如〔笛家弄〕：

图为柳永画像。柳永是北宋第一个大量填写慢词的文人，他开拓了词的表现领域，扩大了词的影响。柳永的词如一位市井少女，明眸善睐，长袖善舞，笑着，怨着，穿过大街小巷，深得平民百姓的喜爱。

　　别久。帝城当日，兰堂夜烛，百万呼卢，画阁春风，十千沽酒。未省、宴处能忘管弦，醉里不寻花柳。

　　他沉浸在声色歌舞中，将他的感情尽情倾吐在词作里，因此触怒了仁宗皇帝、宰相晏殊等当权者。虽然他们也同样过着这种荒唐的生活，但是却总要将这种颓废的真实面目掩盖住，柳永真实的坦露当然为他们所不容，被责成"薄于操行"。但他却受到另一个阶层的欢迎：百姓们喜欢听他的词曲；那些教坊乐工每每得到新的曲调，一定要请求柳永为他们作词；而那些歌妓舞女也对他的作品另眼相看，他经常混迹于她们之中，流连忘返。

词人柳永自是风流多情。早年来到京城，终日流连于秦楼楚馆，过着纨绔子弟、风流才子的浪荡生活。因为他长得舒朗俊逸，自有一番仙风道骨的风姿，况且词又写得好，所以深得歌妓舞女的青睐。但是，初进考场，为功名一搏之后，却落得榜上无名的结果，这对于他来说不能不算是很沉重的打击。

科场的失意使他对于那种"偎红倚翠"的生活更加没有收敛，傲然以"白衣相士"自居，把仕途功名看做是"浮名"，还不如"浅斟低唱"的浪漫来得自在。可实际上这只是柳永一时牢骚，身为世宦子弟的他并没有放弃功名路上的追求，但年轻而不懂世故的他万万没想到这牢骚之语却为自己设下了重重困难。当他再次参加进士考试时，皇帝宋仁宗却因此言将他硬生生从榜上除名，并说道："且去浅斟低唱，何要浮名！"柳永从此不得志，愈加放纵自己，并自称"奉旨填词柳三变"。终日与浪子纵游娼馆酒楼间，将精力全放在填词寻乐中。

当时的宋朝京城中，到处呈现一片歌舞升平、繁华热闹的景象。那些封建士大夫们经常出入于歌楼，畅游于声色之中，这本是常事，但他们在平时还要摆出一副正人君子的面孔。可是柳永却很真实地将这一切都倾吐在词曲之中，丝毫不加掩饰，这就使那些当权者甚为不满，从而使他一再受挫。尽管这些"正人君子"很堂皇地将柳永拒之门外，但是他们在寻找快乐之时，却是那样地喜欢柳永的歌词曲作。就连皇帝宋仁宗每逢宫里举行宴会时，也总是让侍从将柳永作的词唱了一首又一首。所以，虽然柳永在仕途上受到打击，但是他的词作却传播很广，盛传一时。

失意的柳永带着对统治者的强烈不满和怀才不遇的失落情绪，无奈中徜徉于歌妓舞女、教坊乐工之中，借此来抚慰自己受创伤的心灵。虽然柳永和这些歌妓地位有所不同，但是落魄的他却从这些下层妇女身上感受到了"同是天涯沦落人"的相似遭遇，产生了一段段真挚感情。他以一个平常人的身份与这些歌妓舞女相处相知，看到了她们浮华背后的辛酸。

虽然如此恣意狂放，但他毕竟是世俗中人，毕竟出身于官宦之家，所以仍然忘不了对功名利禄的追求，也想在科举场中一举及第，而且信心百倍。在他看来"雁塔题名"只是垂手之劳，曾经万般豪情地写道："临轩亲试，对天颜咫尺，定然魁甲登高第。"（〔长寿乐〕）这样一个才情四溢的青年却初试未中，对于他的自信心也是一种打击。于是一时感慨万千，唱出一首〔鹤冲天〕：

> 黄金榜上，偶失龙头望。明代暂遗贤，如何向？未遂风云便，争不恣狂荡？何须论得丧。才子词人，自是白衣卿相。烟花巷陌，依约丹青屏障。幸有意中人，堪寻访。且恁偎红依翠，风流事，平生畅。青春都一饷。忍把浮名，换了浅斟低唱。

一向恃才傲物的青年人受到挫折，发发牢骚，仿佛要做一个白衣之士，过一种"镇相随，莫抛躲，针线闲拈伴伊坐"的自由生活。可这只是一时的想法，事实上他却一直都舍弃不了这"浮名"。当他再次参加进士考试时，却因为这一时之言而榜上无名，这是他当初所未曾料到的。只因当时的皇帝宋仁宗喜欢的是儒雅之士，深深地厌恶浮艳虚华的文章，在他看来柳永的词只能供娱乐消遣之用，是登不了大雅之堂的。当他看到柳永的这阕词后，心中更加不喜欢，等到放榜之时，指着柳永的名字说："且去浅斟低唱，何要浮名！"硬是将他从榜上除名。尽管以后有怜爱柳永才情之人将他向上推荐，但是宋仁宗又是一句："且去填词！"在那个王者至尊的时代，仅此一句话就足够柳永受的了。

面对这种遭遇，柳永是无法抗争的，只能从另外的一种生活方式中寻求自身的价值。于是他终日放浪形骸于秦楼楚馆，沉湎于声色酒乐之中，与下层的歌妓相交为友，将感情倾注到风尘女子身上，将精力花费到词曲的创作中，索性打着"奉旨填词柳三变"的旗号，到处作词吟唱。"露花倒影，烟芜蘸碧，灵绍波暖"，正是他的这种生活的写照。他想借此来慰藉自己那受伤的心灵，努力摆脱封建礼教和对功名的追求，尽情施展他的才华，大街小巷都有他的词曲传唱，"凡有井水饮处，即能歌柳词"。这也正是他的价值的另一种实现方式。

但是他终究是士家子弟，内心深处摆脱不了从小受到的家庭、社会的教育影响，虽说看似洒脱，还是无法真正放弃"浮名"。他一直没有停止过进士考试，仁宗景祐元年（1034年），改了名的柳永终于考取

"青春都一饷。忍把浮名，换了浅斟低唱。"

进士，走上了当时为人所钦羡的仕途之路，却没能一帆风顺、显贵亨达，只做了几任小官。柳永任睦州团练推官时，他的词名已广为流传，上任不久，吕蔚州守就多次向上推荐他，却因侍御使郭铨的反对而未有结果。这件事情给刚入仕途的柳永心灵蒙上了一层阴影，曾作〔满江红〕道："游宦区区成底事，平生况有云泉约。归去来、一曲仲泉吟，从军乐。"词中流露出的是他对宦海生涯的厌倦之情，对辞官归隐的自由生活产生了向往。

此后他先后任定海晓峰盐场盐官、泗州判官等职，距离百姓近了，他看到了人民生活的疾苦，曾写下了著名的《煮海歌》。从这首诗里见到的不再是他惯常写的离情别绪，整首诗都是对沿海一带盐民劳动和生活的艰苦状况的生动描写，流露出对劳动人民的深深同情。后经过一些周折，终于被召入京城。在京做官时，正好遇到史官报告说有老人星出现，正值秋雨停而初晴时，宫中举行宴会，宋仁宗命令左右大臣制作歌词，他的近臣嘱咐柳永填词。此时，柳永正希望能得到提拔重用，于是欣然走笔，作

〔醉蓬莱〕呈与宋仁宗，宋仁宗刚看到开头有一"渐"字，神色便不悦，当读到"宸游凤辇何处"一句竟和他为真宗所作的挽词相和时，神情惨然，接着读到"太液波翻"时说："何不言波澄？"随手将柳永的词掷到地上。从此以后，柳永再未得到提拔，官位只做到屯田员外郎。

柳永终其一生都未能如意。太多的打击，太多的伤感，漂泊的生活，不得已的离别，促使他在词曲的创作中大量铺叙，用以容纳更多的生活内容和感情内容，竟开创了宋代慢词的先河，成为慢词的"创始人"和"开拓者"。这不能不说是他人生的一种成功。

16. 以俗为美、雅俗共济的柳词
yi sú wèi měi、yǎ sú gòng jǐ de liǔ cí

柳永的词作在当时流传很广，也受到较多的评论。许多人认为他的词作是"俚词"，很俗的意思，难登大雅之堂。事实上此话却是片面之语，作为宋代的一位专业词人，他词作中那部分高雅之作是不容否认的。

说柳永词作得俗，是因为他大量运用市民化语言。柳永一生在仕途上始终未能称心如意，在失意难平中他寄情于歌妓舞女，整日流连于娼馆歌楼之中，在统治阶级心目中并不重要的柳永却深受歌妓们的欢迎。她们喜欢他的词，喜欢唱他的词曲，见到柳永都要央求他为她们写一首词。那些教坊乐工每每得到新的曲调，一定要想办法请柳永为其作词，正是这些原因促使他的词能够盛名一时，传唱颇广，也由此得到了"骫骳从俗，天下咏之"的说法。

功名路上受挫的柳永，放浪形骸于歌妓舞女之中，将感情倾注到风尘女子身上，将精力花费在词作的创作中，这在当时看来是不务正业之举。可是他却摆脱了仕宦子弟高高在上的优越感，和那些下层的人平等相交，那些市井俗乐已渐渐被他熟识、吸收，转而又被他以诗词的形式表现出来，语言终究难以摆脱那种近似直白、口语的风格。如〔迎春乐〕：

近来憔悴人惊怪。为别后、相思煞。我前生、负你愁烦债。便苦恁难开解。　　良夜永、牵情无计奈。锦被里、余香犹在。怎得依前灯下，恣意怜娇态。

整首词浅白得让人一目了然，开篇就将一个因相思而憔悴得让别人觉得莫名其妙的形象展现在你面前，深夜中思来想去，以前种种欢爱尽上心头。辗转难眠，不由得叹道："莫非是我前生欠了你的这份情债吗？怎么想抛都抛不下呢？"词中没有典故的运用，没有仔细斟酌后的痕迹，只如一

"近来憔悴人惊怪。为别后、相思煞。"

篇情话娓娓道来。俗是俗了，却自有一种审美风格。而在〔传花枝〕一词中，就更加体现了他的平近之风格，通俗之意境。

平生自负，风流才调。口儿里、道知张陈赵。唱新词，改难令，总知颠倒。解刷扮，能（口兵）嗽，表里都峭。每遇著、饮席歌筵，人人尽道。可惜许老了。阎罗大伯曾教来，道人生、但不须烦恼。遇良辰，当美景，追欢买笑。剩活取百十年，只恁厮好。若限满、鬼使来追，待倩个、掩通著到。

这首词作读起来朗朗上口，且又有诙谐之意，想当初人们听到此歌一定很快唱得大街小巷尽知。这种明白如家常话的词作，被当时的许多士子文人说成"俚词"，很是瞧不起，认为是难登大雅之堂的。然而看似不屑，

却在寻欢作乐之时，总是要歌妓们将柳永的词曲唱将起来。这不能不说是一种自我讽刺。

柳永毕竟是一个仕家子弟，从小受到的是儒家思想的教育，这种教育思想下培养出来的知识分子无法完全抛弃那种固有的"文雅"的一面，加上家庭、社会、阶层的影响，都使他无法真正流入市民阶层，完全世俗化。他生活在这种两个圈子的相切之处，使他的作品同时带有两个阶层的审美特征。他的一些上乘之作，都能恰如其分地达到俗不伤雅、雅俗共赏的境界。

看他的那首久经传诵的名篇〔八声甘州〕：

对潇潇暮雨洒江天，一番洗清秋。渐霜风凄紧，关河冷落，残照当楼。是处红衰翠减，苒苒物华休。唯有长江水，无语东流。不忍登高临远，望故乡渺邈，归思难收。叹年来踪迹，何事苦淹留？想佳人妆楼颙望，误几回、天际识归舟？争知我、倚阑干处，正恁凝愁！

柳永〔八声甘州〕词意图

词中写了一个在外游子的望乡、怀人、思归之情，而这一切都化在了暮雨、清霜、冷风、流水之中，每一个景致都在诉说游子在外的凄苦和孤寂。晚秋清凉的雨丝洗去了空气中的尘埃。秋风吹过，阵阵凉意袭来，眼中所见的也是一片遮不住的凄凉。昔日红花都已凋零，一切美好都随着那流水匆匆逝去了。真的不敢登高远望，映入眼底的是一片迷蒙，看也看不清楚那日思夜想的故乡、家园，这些年来一直在外漂泊，为的是什么呢？想家中的爱人一定经常站在楼头凝望，多少次都误以为船上就载着她的从远方回来的爱人啊！而这游子又何尝不同样为思念而愁苦呢！这首词也同样写了"想佳人妆楼颙望"的俗情，但是却丝毫没有损伤词中的高雅韵味。尤其让人称道的是他的这句"霜风凄紧，关河冷落，残照当楼。"寥寥数语即给人以鲜明的形象感，读之如身临其境。那高远雄浑的境界，让一向看不起柳永的苏东坡都不由得大加赞赏："此语于诗句，不减唐人高处！"

这只是柳永将雅俗两种风格融为一体的一个典型的例子，还有一些以俗为本，俗不伤雅的作品，如〔采莲令〕（"月华收"）、〔凤栖梧〕（"伫倚危楼风细细"）、〔留客住〕（"偶登眺"）等等。他的〔戚氏〕（"晚秋天"）中的"那堪屈指，暗想从前，未名未禄，绮陌红楼，往往经岁迁延"，竟比附到了屈原的《离骚》上去了，所谓"《离骚》寂寞千年后，《戚氏》凄凉一曲终"，可见已经雅到了何种程度。

这种巧妙的融合，正是柳永的文学功力的独到之处，看〔雨霖铃〕俗是俗到家了，然而又有何不雅？

> 寒蝉凄切，对长亭晚，骤雨初歇。都门帐饮无绪，留恋处，兰舟催发。执手相看泪眼，竟无语凝噎。念去去、千里烟波，暮霭沉沉楚天阔。多情自古伤离别，更那堪冷落清秋节！今宵酒醒何处？杨柳岸、晓风残月。此去经年，应是良辰好景虚设。便纵有千种风情，更与何人说？

这首〔雨霖铃〕是柳永羁旅行役词的代表作之一。相传是他在京城汴梁（今河南开封）与情人离别时所写的作品。

此词上片的意思是：深秋的知了叫得是多么的急促又凄凉，急骤的阵雨停了，送别的长亭畔夜色降临。在这京师城门外的帐篷中饮酒话别，情绪低沉多么愁闷。正留恋不舍，船儿就要出发。拉着手泪眼相望，喉咙哽咽，默默无言。想这次远行，将沿着烟波浩渺的千里江水，直到那雾霭弥漫的南方。

〔雨霖铃〕写意

词下片的意思是：自古以来，多情的人都为离别而悲伤，更何况在这冷落的深秋时节。今晚酒醒时，该在什么地方啊！也许是晨风凄厉，残月将落的杨柳岸边。这次分别，也许要年复一年就是再遇到良辰美景，对我又有什么意思。即便心中涌起无限的情意，我又向谁诉说呢？

作者在这首词里尽情地倾吐蕴藏内心的不堪分离的真情实感，并把人的心绪与当时当地的景物组合在一起，采用层层铺叙，着意渲染的手法，构成了一幅情景交融、物我相谐的人生写意图。

而〔八声甘州〕雅是雅到了极点，然而又何尝没有俗的成分？雅能雅得凝重，俗能俗得浅近，可谓是"曲处能直，密处能疏，窠处能平"（《宋六十一家词选例言》），运用自如。

但是我们同时也不能否认，柳永的作品中确实有一些俗词，是围绕艳情而作，只是为了满足寻欢作乐时的萎靡气氛，写得很露骨，已经失去了文学的欣赏价值，是他作品中的败笔。

所以我们在评价柳词时，一定要客观地看到他以俗为美、雅俗共济的艺术风格。

"柳七词多，堪称鼻祖。"（李渔〔多丽〕词）柳永的词作在宋代是流行很广的，当时西夏一归朝官员就曾说道："凡有井水饮处，即能歌柳词。"当时人认为"诗当学杜，词当学柳"，可见柳词在时人心目中的位置。只要他的词一经传唱，便被"天下人咏之"，他的词也产生过很大的影响。当金主完颜亮听到〔望海潮〕一词时，被词中的"三秋桂子，十里荷花"的西湖美景所吸引，竟然举兵欲夺为己有，柳词的影响由此可见一斑。

"阳春白雪，曲高和寡"，距离百姓的生活太远，太高雅的文艺作品往往无法迅速流传开去，而越接近现实生活，越让人能从中捕捉到感情上的共鸣点的就越容易让人接受。柳词被当时士大夫文人评为"骫骳俗语"，实则却饱含着浓浓的人情味。那份世俗的感情深深地打动着世俗平民的心。当时的宋朝，政治相对安定，内无忧患，外无侵扰，城市经济迅速发展，这就引发人们，尤其是市民阶层的情感意识的萌生。而这之前的诗文一直不敢，也不愿正面地描写男女恋情。柳永作为多才而失意的下层文人，在功名路上受挫之后，索性"奉旨填词"，进入到市民阶层中。在他平等的爱情意识中，那种小人物的真挚感情是动人心魄的，于是他在词中毫不避讳地歌咏，使听者为之动容，唱者为之震动。

人们从他的这些词中看到了平常人的真性情，这是平淡自然、无欲无求的平民百姓的感情世界。达官显贵的生活距离他们太远，握在他们手中的只是这真实的情感和日常生活的快乐感觉，而这一切都为柳永所了解，并且凭他的文才，将其尽情倾吐在词曲中，一经传唱开来，就如现代社会的"流行歌曲"一般，大街小巷，尽人皆知。

柳永敢于写也善于写这种平常人的生活乐趣，细腻而直接，市民由此发现了他们自己的生活写照，符合他们的审美需要，适应广大市民的欣赏能力。这些都为他的词曲的流传打下了深厚的基础。

柳永没有那些所谓高雅文人的故作清高，生活的遭遇使他由贵族阶层落入到了市民阶层中，看到了市井俗乐，吸收了市井语言的精妙，如："匆匆草草难留恋，还归去，又无聊。"（〔燕归梁〕）"薄衾小枕天气。乍觉别离滋味。辗转数寒更，起了还重睡。毕竟不成眠，一夜长如岁。"（〔忆帝京〕）"每到秋来，转添甚况味？金风动、冷清清地。残蝉噪晚，甚聒得、人心欲碎，更休道、宋玉多悲，石人、也须下泪。"（〔爪茉莉〕）

这些作品都用了许多近似白话的口语，却将情感的微妙表达得准确、传神。浅显的语言直接进入听众的耳鼓，使他们的心灵也随之震颤。

这些平民终于找到了属于他们的而不是上流社会的词曲，他们认同柳永的词作，也喜欢歌唱这些配了乐的词曲。虽说柳永有些作品过俗，但平民在平淡的生活中是需要这份"俗"的乐趣的。

此外，柳永因经常混迹于秦楼楚馆之中，与歌妓舞女相处为友，写了许多描写这些下层妇女的词作，其中不乏一些艳词，这也使他的作品经由这些歌妓之口，在各种娱乐场所流传起来，在无意中又形成了另外一个传播的途径。这一切都是能产生"凡有井水饮处，即能歌柳词"的社会效果的重要原因。

虽说由于这份"俗"气而为上流社会所不容，使他在人生路上屡屡受挫，但他词的广泛流传，却是当时文人和后人所叹服的。

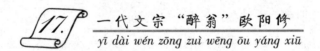

17. 一代文宗"醉翁"欧阳修
yī dài wén zōng zuì wēng ōu yáng xiū

欧阳修是我国北宋时期著名的文学家和史学家。他出生于公元1007年，卒于公元1072年，享年六十六岁。字永叔，庐陵（今江西吉安）人。四十岁被贬滁州时自号醉翁，晚年时又号六一居士。他领导了北宋诗文革新运动，继承并发扬了韩、柳古文的优良传统，创作了许多具有独特风格的散文、诗词，驱除了当时文坛上浮华新怪的不良文风，不但在文坛上开创了一代新风，而且以自己独特的风格开辟了新的创作领域。

欧阳修出生在一个世宦的大家族里。其父欧阳观虽就任官职，但职低位卑，无非是推官、判官之类的职务。因此，欧阳修也总是说自己家境贫困，出身寒微。父亲一生为人敦厚，清正廉洁，因为不会阿谀上司，多年来一直也未能升迁上去。在欧阳修四岁那一年，欧阳观撒手离开了人世，撇下孤儿寡母无依无靠，母亲郑氏只得带着他们兄妹三人投奔到在随州任推官的叔叔欧阳晔家中。郑氏夫人也是出身于江南名门，她知书达理，贤淑善良。丈夫死后，虽然家居贫穷，她却守节自誓，注意对子女的教育。当时，在离长江不远的一条小河旁，她经常用河边的荻草来教欧阳修在沙土上写字画画，这就是传诵至今仍然具有一定教育意义的"荻画学书"的故事。

欧阳修自幼就聪慧敏悟，母亲教给他的一些诗歌他早就背得滚瓜烂熟。由于家里穷，欧阳修买不起书，他就经常去随州城南一家藏书丰富的李家东园去玩，和李家的孩子们在一起玩耍、嬉戏，有的时候就向他们借阅一些书籍带回家中去阅读。他读书刻苦勤奋，废寝忘食，常常是一边读一边往下抄写，有时不待书抄完，欧阳修就已经能够背诵了。有一次，他到李家去玩，发现在书

图为欧阳修画像。欧阳修是北宋前期文坛盟主，一代宗师。他通过主持科举选拔了如苏轼、苏辙、曾巩、王安石、程颢等一大批有真才实学的精英。"唐宋八大家"中就有五人（还有苏洵）出自他的门下，足见他的识英慧眼。

房内一个装旧书的破筐里，有六卷《韩昌黎先生文集》，尽管已经是"脱落颠倒无次序"，他还是借回到家里诵读。他一口气读到深夜，马上就被韩愈那深厚而雄博的文笔所吸引。尽管他还年少，并不能完全读懂韩愈的古文，理解领会其深刻的寓意，但韩愈文章那种"浩然无涯"的气势已经使欧阳修深深地喜欢上了，并且爱不释手。而这也正为他日后能够摒弃西昆体诗，排斥四六时文，倡导古文运动，革新科举文风打下了坚实的基础，也为他在北宋诗文革新运动中成为领导者而播下了一粒种子。

江苏扬州欧阳修祠

　　公元 1023 年，欧阳修十七岁的时候，第一次参加在随州举行的考试，试题是《左氏失之诬论》。尽管欧阳修写得很出色，也有佳句被人们传诵，但终因赋诗脱离了当时的官韵而没有被录取。回到家中，他取出旧本《韩昌黎先生文集》，又埋头重读一遍，感慨地说："学者当至于是而止尔！"由于当时科举考场上流行的是西昆体诗和"时文"，凡应举的士子们为了走上仕途，根本就没有人提起韩愈的文章。

　　两年之后，欧阳修又参加了第二次应举考试，他通过了随州州试，由随州推荐到礼部。结果，在京师的省试中又没有考中。

　　两次落榜，使年轻的欧阳修心中未免有些沮丧和失望。但是，为了求得在仕途上的发展，考虑自己家贫而别无出路，他只能是屈从于西昆体和"时文"了。后来，他在《与荆南乐秀才书》中说："仆少孤贫，贪禄仕以养亲，不暇就师穷经，以学圣人之遗业；而涉猎书史，姑随世俗作所谓时文者，皆穿蠹经、传，移此俪彼，以为浮薄，唯恐不悦于时人。非有卓然自立之言如古人者。"这就是说，他之所以曾经学写作一点"时文"，也不过是为了做官养亲罢了。

此时文坛上流行的西昆体诗，无非是晚唐五代以来的浮靡文风的继续发展。它得名于杨亿编的《西昆酬唱集》一书。《西昆酬唱集》是宋初时以杨亿为首的，刘筠、钱惟演等十几个文人，在修书和写作制诰的闲暇之余，诗兴大发，从晚唐李商隐、温庭筠等人的作品里，"挹其芳润，发于希慕，更迭唱和"，是一部缺少实在内容的点缀生平的诗歌总集。他们把它比做昆仑山上神皇藏书处——西昆玉府的珍品，所以起名叫《西昆酬唱集》。实际上，他们所作的诗大多是用来消磨时光的，他们以诗为乐，或咏前代皇帝宫廷故事，或唱男女爱情故事，有的描写官僚生活，有的见物而发感慨。这些诗词内容大多缺乏实际意义，只是片面追求一种形式美罢了。

而同时与这种文风在文坛上并驾齐驱的，还有曾被古文运动击败过的骈文，尤其是骈文中的四六文。就连宋君主的诏令也严格规定必用它来写，而后又被刘筠和杨亿等人推广到表章、奏疏和书信当中。四六文在内容上要求用古代圣人和经、传中的典故，在形式上要求以四言、六言为主要句式，就是对声律、用词都有一定的要求，也正是这种外表华丽的骈文可以在朝廷随处应用，垄断文坛，而被人号称为"时文"。

在这两种文风统治之下的科举考场，其衡量文章、评价文章质量的标准，我们也就可想而知了。于是，公元1028年，欧阳修不得不带着自己精心写成的《上胥学士偃启》，去汉阳拜谒知军、著名的翰林学士胥偃。胥偃对他的文章竟"一见而奇之"，大加赞赏，把欧阳修留在了自己的门下。1029年的春天，欧阳修二十三岁了，他在胥偃的悉心指导及大力推荐下，在国子监的考试中，取得了第一名的好成绩，并被补为广文馆生。秋天，赴国学解试，再得第一名。1030年的正月，欧阳修参加了由翰林学士晏殊主持的礼部省试中，仍名列第一。三月，崇文殿御试，欧阳修名列第十四，被选为甲科进士。五月，即被任命为西京留守推官。从此，欧阳修开始了他在政界的几番起伏。公元1030年，欧阳修在胥偃的大力荐引下一举考中了进士而到洛阳去任推官。在洛阳，他陆续结识了一些写古文的朋友，如尹洙、梅尧臣等，加上他在京城考试时就认识的苏舜元、苏舜钦、

穆修等倡导古文的朋友，对他的文学创作产生了深深的影响，使他终于打碎了四六时文这块带他登上仕途的"敲门砖"，并在公元 1057 年知贡举时，力革科举考场积弊，提拔一大批古文作家，扭转了当时文坛的风气，一跃成为领导北宋诗文革新运动的领袖。

欧阳修还非常重视作家的道德修养，认为这是写好作品的基础与前提。他强调要学做文，必须先学做人。只有使自己成为仁义的君子，有博大的胸怀，有成熟的道德修养，才能写出精深高尚的文章来，才能有优秀的文学作品传于后世。

欧阳修反对那种"舍近求远，务高言而鲜事实"的文章，反对那种"弃百事而不关于心"的溺于"文"的态度。他认为很多人写不好文章，其主要原因就在于不关心时事，沉溺于文辞，喜欢说空话。他主张要把文章的内容与人世间的"百事"联系起来，用文学反映民间的疾苦，揭露时弊。他是这么说的，也是这么做的。他的许多文章都是反映社会现实生活的，在一定程度上摆脱了旧的"道统"观念的束缚。但是，欧阳修对西昆体诗并不是一味地、全部予以否定，绝对地一概排斥，而是客观地对其加以分析，然后取其所长，补己所短。他在创作中也使用骈文的句法、章法等手段，保留一些骈偶句型，在讲究文章立意深刻，内容贴近现实生活的同时，他还强调形式要隽美，要有情韵。因而，在欧阳修的带动下，宋代的散文与唐代散文相比有着迥然不同的风韵。

欧阳修作为宋代的文学大家，他在散文、诗、词等方面有着突出的成就。他的政论性散文直陈时事，针砭时弊，既来源于现实生活又在艺术风格上长于说理，逻辑严密，论据充分，有很强的说服力，如《朋党论》、《五代史伶官传序》、《与高司谏书》等等；他的写景状物、叙事怀友的散文更是用饱蘸着感情的笔墨在叙事写景中寄寓着深刻的内涵或哲理，从而表现作者的内心世界，语言自然流畅，情真意切，有强烈的感人力量，如《醉翁亭记》等等。

公元 1043 年，宋仁宗采纳了范仲淹、欧阳修等人提出的改革建议，诏令全国实行改革，这在当时被称为"庆历新政"。由于"新政"的措施触犯了一些保守派的切身利益，遭到了他们的强烈反对，便在皇帝面前攻击范仲淹、欧阳修等人已结成朋党，终使仁宗开始产生了疑心。随着边境战事的缓和，国内起义的相继被镇压，天下也已趋于太平。仁宗的心思也就不在改革上了，改革便成了无关紧要的事情。尤其是宋夏和议订立后，改革措施一律被撤销，改革派们全部被逐出了朝廷。

公元 1045 年，欧阳修的外甥女张氏触犯法律，欧阳修因此受牵连，被朝廷的守旧派乘机打入监狱，他们还在皇帝面前进行毁谤。后来虽经朝廷查明属于诬告，但仁宗皇帝还是将欧阳修贬谪到滁州去做太守。

安徽滁州琅琊山醉翁亭。欧阳修在三十九岁时被贬滁州，一年之后，写下传世美文《醉翁亭记》。

滁州（今安徽滁县）坐落在长江与淮河之间，虽然地处偏僻，却也青山绿水，风景秀丽。尤其是滁州南面，有一座景致特别优美的琅琊山。早晨，太阳刚刚升起时，树林间弥漫着的雾气便开始慢慢消失；傍晚，太阳一落山，烟云又重新聚合，山谷开始渐渐幽暗。春天来了，漫山的野花竞相开放，散发着淡淡的清幽之香；夏天，茂密的树林里是一片片浓阴遮蔽；秋天，天高气爽，空气清新；冬天，霜露洁白，清水低流。欧阳修已经是第二次被贬，心中不免有些惆怅和失望，正是这山间的清风、清澈的泉水、树林的逸趣，使他忘记了心头的烦恼，忘记了被毁谤的羞辱，忘记

了遭贬谪的痛苦，忘记了自己是太守，不饮美酒时就已陶醉在这水光山色之中，一饮美酒则醺醺大醉，故而自称为"醉翁"。实际上，这一年他才刚满四十岁。

据说，琅琊山上有一座规模还不小的寺庙，庙里有个住持和尚叫智仙。当欧阳修第一次来到琅琊山时，智仙和尚曾给他介绍了山里的自然情况及四季景色的不同变换。之后，欧阳修又曾多次到琅琊山来游览风光，每到一处，都能看见很多从滁州来的游客，有老人，有孩子；有饮酒的，也有下棋的。欧阳修经常与游客们一起喝酒，谈天说地，而且往往一喝便是酩酊大醉。

来琅琊山游玩的人真是越来越多了。智仙和尚为了让游人有个歇脚小憩的地方，以便更好地游览山川水色，就在琅琊山间建造了一个小亭子。他请太守欧阳修为这个小亭子题名。欧阳修略微思索了一下，心想："这里的山醉人，这里的水醉人，这里的美酒也醉人，所有来这里游玩的人都陶醉了，何不就叫'醉翁亭'呢！"于是，欣然挥毫题上了"醉翁亭"三个大字。为了记述这"醉翁亭"的由来，他又写了著名的《醉翁亭记》。在这篇仅有五百多字的散文里，作者以清丽娟秀的笔墨，对滁州四季的景致进行了深入细致的刻画，淋漓尽致地抒发了自己陶醉在这美酒和美景之中的那种怡然自得的心情，描绘了一幅欧阳修与民同乐的生动画面。

智仙和尚听说欧阳修已经写完了《醉翁亭记》，特意在"醉翁亭"上置办了一桌素席，宴请太守和几位滁州的知名人士。席间，大家都想早些听到他的文章，就连声催请太守快读文稿。欧阳修也想趁此机会征求一下大家的意见，就取出已经准备好的稿子，朗朗地读了起来。当他读到"醉翁之意不在酒，在乎山水之间也。山水之乐，得之心而寓之酒也"时，一个绅士拍着手点着头说："好，真是千古绝唱，寓意深刻啊！"另一位名士说："短短百余字，就已经把醉翁亭的地理位置、形势和名称的由来交代得清清楚楚，剪裁得体，铺排有序，难得，难得！"欧阳修接着念道："若夫日出而林霏开，云归而岩穴暝，……四时之景不同，而乐亦无穷也。"智仙和尚兴奋地说："这段写琅琊山的早晚、四季之景，寥寥数语，就把它活画了出来，真是妙笔!"等到欧阳修读完了全篇，所有在场的人无不拍手称赞，都说这篇文章为滁州的山水增色不少，滁州的人民世代都要感谢他。

欧阳修在写这篇文章时，也颇动了一番心思呢! 据南宋朱熹说，有人曾买到了《醉翁亭记》的初稿，开篇就序列了滁州四方诸山，有数十字之多，最后定稿时，只剩下"环滁皆山也"五个字。朱熹称赞这修改是"改到妙处"，仅五个字，已把处于群山环抱之中的滁州的自然景致，极精练、准确地叙写出来，堪称不凡。

由于《醉翁亭记》精彩的景色描绘和一唱三叹的音韵美，使得它被广泛地流传吟诵，以至于吸引了一位太常博士、音乐家沈遵，亲自到滁州来观光、体验，并根据自己的感受谱成了琴曲《醉翁吟三叠》，又叫《醉翁操》。节奏跌宕起伏，抑扬顿挫，音律流畅，深受当时的音乐家的称赞，认为此曲之美"无与伦比"。十年后，欧阳修与沈遵会晤，沈遵还为他弹奏了这支曲子。后来，欧阳修与梅尧臣一起为此曲填了词，还写下了《赠沈博士歌》。只可惜到现在曲子已经失传了。

后来，欧阳修又被调到扬州。到滁州接替做太守的是王诏。王诏读罢《醉翁亭记》，深深觉得这篇文章真是太精练、太圆熟了，除了每段都贯穿一个"乐"字以外，全篇竟一连气用了二十一个"也"字，却又丝毫不使人觉得啰唆、重复，相反倒使人觉得一咏三叹，极富韵律美，难怪秦少游说这篇文章是赋体，这种写法就是在古代抒情散文中也是不多见的。因此，王诏特地请来了当时的大书法家苏轼，将《醉翁亭记》的全文，写在了琅琊山的石壁之上，又找了几名精工巧匠进行了细致的雕刻，使欧阳修的文章、苏轼的书法，成为琅琊山自然秀丽的风景之外的又一大人文景观。

王诏从滁州调走后，唐恪接替了他的职务。这是个追求名利的小人，到了滁州以后，就在琅琊山上又修建了一个亭子，题名为"同醉"，也写了一篇所谓的"记"，命人刻在了石壁上，以此来与欧阳修的《醉翁亭记》媲美，也想流芳百世。殊不知，这正是"东施效颦"，贻笑大方。

欧阳修的《醉翁亭记》以独特的手法、优美酣畅的语言而流传千古，至今仍然让人百诵而不厌，堪称脍炙人口的佳作。

欧阳修在诗、词方面的成就虽比不上散文，但在表现个人生活感受，反映社会现实方面也是力克"西昆体"脱离现实的缺点，在标榜韩愈的风格的同时，他又追随李白、杜甫的文风，形成自己独特的诗、词艺术特色。

苏轼书《醉翁亭记》（原拓），书、文皆出自名家之手，可谓珠联璧合。

欧阳修不但是个文学家，而且是个史学家。他曾编撰了《新五代史》，与人合编《新唐书》；就是在经学方面他也有所研究，曾涉足过《周易》、《春秋》、《周礼》等儒家经典；他还写有《集古录》，开创了"金石录"的先河；他写的《六一诗话》也是"诗话"专著的开端。由此可见，欧阳修真是我国文学史上一位"文备众体"的大作家。

欧阳修作为北宋时期著名的文学家，不仅仅是以创作散文而闻名，他还是北宋前期词坛上重要的词人。现有《欧阳文忠近体乐府》和《醉翁琴趣外篇》两种版本，共收欧词二百多首。这些欧词在当时既扩展了词的题材，也丰富了词的表现手法；既继承了南唐时著名词人冯延巳词的精华，又为其后的词人苏轼、秦观在艺术风格上起到开路先锋的作用。正是这种承上启下的作用，使欧词在宋词发展史上有着不可磨灭的先导之功。

欧阳修的散文或写景抒情，或思念友人，或直指时弊，大都体现感情真挚、委婉曲折和平易自然、庄重严肃的风格，因此，其散文成就在文坛上也可以堪称最高。而欧阳修所写的词作却迥然不同，一反儒家庄重的面目，大多是写男女相恋相思的题材，而且还大胆、率真地进行描写，从而抒发缠绵悱恻的情怀。因此，我们从欧阳修的词作中，不但可以看到欧阳修的另一副面孔，了解他生活的另一个方面，还可以窥一斑见全豹，使我们了解北宋前期统治者们纸醉金迷、花天酒地、歌舞享乐的生活风气。

欧阳修的词不太多，从内容上可分为三类：写景词，大部分是被贬流放在外游山赏水时而作，主要代表作有十三首〔采桑子〕、〔渔家傲〕（"一派潺湲流碧涨"）等；抒怀词，这部分词有惜春、叹老之作，也有思念友人、抒写离情别绪之作，主要代表作有〔玉楼春〕（"东风本是开花信"）、〔蝶恋花〕（"面旋落花风荡漾"）、〔临江仙〕、〔圣无忧〕、〔少年游〕、〔浪淘沙〕等等；艳词，约占欧阳修

欧阳修〔临江仙〕写意

词作总数的四分之三。所谓艳词，无非是指以男女恋情相思为题材的抒情词。欧阳修之所以创作这些词，也是与当时的社会背景息息相关的。

欧阳修生活的时代，人们的文学观念以及文坛上的风气都是沿袭晚唐五代的遗风，依然认为诗歌比词要重要、庄重得多，词无非是乐工歌妓的需要，适用于抒写男女恋情、风流韵事的带有娱乐性质的体裁。而且，当时的社会风尚就是以享乐为主，连最高统治者皇帝也对臣子们说："多置歌儿舞女，日饮酒相欢，以终其天年。"皇帝尚且如此，士大夫们更是有

过之而无不及。常常是上朝完毕，就聚在一起饮酒作乐，沉迷于声色之中，互相比赛作诗填词来描述自己的风流生活，抒发自己内心的情怀。因此，写作艳词可以说在当时蔚然成风。同样，欧阳修身居官职，摆脱不了这种社会风气的影响，势必要作一些这种词来互相酬唱应答。可见，欧阳修的艳词创作也是客观的、必然的，更何况，他本人也曾是个风流人物呢？

欧阳修的一生惜才爱才，尤其是在晚年他知贡举的时候，运用手中的行政权力奖掖提拔了一大批古文作家，培养了更多的文坛新秀。驰骋文坛的唐宋八大家中，除了唐代的韩愈、柳宗元和他自己以外，其余五人皆出自他的门下，这恐怕也是亘古绝今的了！

欧阳修在四十多年的宦海生涯中，屡遭贬谪，几经沉浮，正是凭着他刚直不阿的品德和卓越的领导才能成为一位有所作为的政治家；他提倡的诗文革新运动为北宋文坛繁荣昌盛的局面奠定了基础，他的突出的文学成就、史学、经学、金石学方面的研究成果以及他开创的"诗话"体裁使文坛内容更加丰富；他带出的门生，大都成为北宋文坛上叱咤风云的人物。终其一生，欧阳修实在是无愧于"一代宗师"的美名。

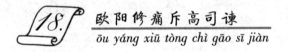

18. 欧阳修痛斥高司谏
ōu yáng xiū tòng chì gāo sī jiàn

公元1034年，欧阳修任西京推官届满后，回到了京师。不久，即经王曙推荐、学士院的考核，而升任为负责校核宫廷图籍的文学侍从官。同他在一起工作的，还有尹洙、蔡襄等人。

此时的宋王朝，正受着内忧外患的困扰。仁宗皇帝为废皇后、宠新人而弄得疲惫不堪，身心交瘁，根本无心过问政事；而西部夏州的首领赵元昊却叛变宋朝，宣布独立，并开始发动了战争。庆州一仗，宋军就被打得落花流水，大败而归。仁宗没有办法，只得将在苏州任上的范仲淹调回京城，以应付局面。

欧阳修与范仲淹的结识是在公元1033年的四月，他在洛阳任西京推官的时候，仁宗皇帝想在朝内进行改革，就把范仲淹召回京师，任右司谏。所谓司谏，就是那种掌管规谏讽喻、有权批评朝政时弊和百官任命的官职。欧阳修一向都非常看重这一职务，认为它是关系到天下大事、为天下人负责的官，"非材且贤者不能为也"。这时，他还没有和范仲淹见过一面，但是，凭着一腔爱国的激情，欧阳修还是用散文写了一封热情洋溢的《上范司谏书》。在这封信里，他认为谏官并非位卑等低，而是"与宰相等"，"立殿陛之前，与天子争是非者，谏官也"。他强调了谏官职责的重要性，狠狠抨击了传统中的"待机进谏"论，希望范仲淹能够向朝廷进言，兴除利弊，并勉励他"思天子所以见用之意，惧君子百世之讥，一陈昌言，以塞重望"。而范仲淹也没有辜负欧阳修等人的重望，直言进谏，结果真的得罪了仁宗，先被贬到睦州，后移至苏州。从此，他们二人由相识到相知，范仲淹的"先天下之忧而忧，后天下之乐而乐"的情怀深深震撼了欧阳修，使他在以后的日子，一直追随着范仲淹，直到"庆历新政"后，二人先后为北宋的朝政改革事业，付出了沉重的代价。

此次范仲淹从苏州调回京师时，欧阳修正遭受个人生活的不幸。早在公元1031年，欧阳修二十五岁的时候，娶了恩师胥偃的女儿为妻。夫妻恩爱，情深意笃。不料，两年后胥氏却因病去世了。1034年，欧阳修再娶杨氏为妻，谁知，就在第二年，妻子杨氏和他的妹夫相继染病而亡。这时的欧阳修既承担着失去亲人的沉重打击，又不忘忧虑着国家的安危，关心朝廷的政事。

公元1036年的五月，在北宋王朝统治集团的内部，展开了一场激烈的斗争。担任吏部员外郎、权知开封府的范仲淹，为了革除弊端，向仁宗皇帝呈上了一张"百官图"，指着许多官吏的升迁，评论哪一个是公正选拔上来的，哪一个是宰相的私自提拔的，并指责宰相败坏了宋朝廷的家法。宰相吕夷简大发雷霆，恼火万分，在仁宗面前肆意诋毁范仲淹。开始时，仁宗并未为之所动，可是，他们二人之间的冲突越来越激烈。范仲淹连写四篇论文，针砭时弊；吕夷简则谗害他"越职言事，离间君臣，引用朋党"。范仲淹对此进行分析辩论，由于言辞越发地激切，终于又得罪了仁

宗，被降职处分，贬到遥远的饶州（今江西波阳）。并且朝廷还张榜告诫在朝的文武百官：不得越职言事。

朝中有一个名叫余靖的官员，给皇帝上书，直陈这种做法不对，也同样受牵连而被贬谪逐出朝廷。正直的尹洙索性自己说自己是范仲淹的"朋党"，正等候着被降职罢官，也一样被吕夷简逐出了馆阁，贬到郢州去做监酒税。

在这种危急时刻，应该站出来与皇帝辨别是非的，能够秉公执言、匡扶正义的，也就只有谏官了。可是身为司谏的高若讷，却胆小怕事，趋炎附势，他非但不替范仲淹说话、辩白，反而曲意逢迎宰相吕夷简，竭力诋毁范仲淹。欧阳修真是义愤填膺，气愤难当，在忍无可忍之下，不顾朝廷"戒百官越职言事"的诏令，置个人安危于度外，连夜奋笔疾书了《与高司谏书》。欧阳修开篇从很远的时候说起，叙述自己在十四年的时间里，先后三次对高司谏的人品心存疑虑：原以为高司谏是一个大学问家，后来却发现他"独无卓卓可道说者"；原以为他是一个正直的君子，可是作为谏官却"又为言事之官，而俯仰默默，无异众人"；现在，从实际情况推理来看，欧阳修说"决知足下非君子也"。欧阳修接着写自己对谏官这一职务的认识，他认为，如果一个谏官因为自己天生的胆小懦弱，或"身惜官位，惧饥寒而顾利禄，不敢一忤宰相以近刑祸"，只能说明他是一个庸才；如果一个谏官"毁其贤以为当黜，庶乎饰己不言之过"，"以智文其过，此君子之贼也"。他说："足下在其位而不言，便当去之，无妨他人之堪其任者也。"欧阳修在此直言相劝，既然没有能力担任谏官，就应该自动离去，让有能力的人来任此职。在欧阳修的眼里，高司谏根本就不知道人世间还有"羞耻"二字，即使到了将来，他也一定会使朝廷蒙上羞辱。在信的结尾处，欧阳修已经预料到将要发生的事情，对高若讷大加讽刺，让高若讷携带此书上朝，使天下的人们都知道范仲淹应该被逐出朝廷，这也是你做谏官的一大功劳啊！

欧阳修参与的第一场政治斗争，以自己被驱逐出京城而失败了。由于正值酷暑季节，又缺少马匹，他只好带着年迈的母亲、寡居的妹妹，匆匆坐船从水路而去。仓促之间，差一点淹死在汴河的激流里，其沿途的艰难困苦，欧阳修在其《于役志》里有着详细的记载。在他走后，厚颜无耻的高若讷竟官运亨通，不久就升任为宰相了。

从公元 1045 年欧阳修被贬到滁州开始，他先后在扬州、颍州做了几年知州。1050 年，他又改知应天府，兼南京留守司事。这一时期，他生活在广大人民群众之中，充分体察民情，了解人民生活的疾苦，因此，他的诗歌也多是写农民的痛苦生活，写官府对农民的剥削和官民之间的矛盾冲突，对不合理的社会现实进行了强烈的谴责和鞭挞，具有一定的现实主义意义。公元 1052 年，欧阳修的母亲郑氏在颍州因病去世了，他迅速从南京返回颍州为母亲服丧，并在第二年又把母亲的灵柩运回到吉州归葬，直至 1054 年的六月，他脱下了孝服，再次来到京师。

这次返回京城，欧阳修真是官运亨通了。仁宗皇帝见到这位庆历年间的老臣在外颠簸十年竟然是两鬓斑白，心中不免有些动情。于是，在这年的九月，便任命欧阳修为翰林学士兼史馆修撰、差勾当三班院；第二年继续升任翰林侍读学士、集贤殿修撰。对此，欧阳修并没有多大的兴趣，尤其是对翰林这一职务，内心十分反感。因为这时的翰林仍是用四六文来起草内制，而欧阳修早在中了进士任西京推官后就已经抛弃了四六文，转向崇尚韩愈、柳宗元的古文了。因此，他一面极力向仁宗推荐富弼做宰相，一面请求出任蔡州。恰巧，辽兴宗耶律宗真病逝，其子耶律洪基登位做了皇上，欧阳修便被仁宗任命为贺使，前往契丹。

欧阳修从契丹返回后，在公元 1057 年，又被仁宗皇帝任命知礼部贡举。和他在一起负责这次贡举的，还有韩绛、范镇、梅挚等人。他们都推举梅尧臣为参详官，也就是小试官。

此时的科举考场，依然与二十四年前欧阳修参加考试时一样盛行着四六时文。特别是那些京城国子监出身的举子们，大都在语言上追求四六文的那种新、奇、怪、僻，并以此在考试当中获得胜利，所以，人们也把这种四六时文称为"太学体"文。也正是由于这种"太学体"文在科举考试中发挥着至关重要的作用，关系着每个参加考试的举子的前途和命运，它对当时文坛的风气也就起了相当大的决定性的影响，以至于韩愈、柳宗元的古文也就被冷落在一边而无人问津了。面对着这种不良文风的日益风靡，欧阳修决心用自己多年来在古文写作方面的威望和这次知贡举有权选拔人才的机会，一定要革除科举考场的弊端，痛抑不良文风，提倡平易自然的古文，从而革新文坛风气。但他也深深知道，要力矫文弊风险一定会很大，因为京城里许多有权有势人家的轻浮子弟都是"太学体"文的支持者，如果他们因为写四六时文而中不了进士，则一定不会善罢甘休的。欧阳修既已下定了决心，就义无反顾地走下去。他排除一切干扰，严申考场纪律，明令考生应试文字要采取比较实用的散文，并对本次考试标准作了明确规定，坚持排斥奇险怪涩、空洞华丽的文章。

在这次科举考试中，有个名叫刘几的士人，他非常喜欢玩险怪的文字游戏，答题的时候，他在试卷中空论一番后写道："天地轧，万物茁，圣人发。"欧阳修看后，在他的文章后面戏谑地批到："秀才刺，试官刷！"用大红笔横着一抹，这名士人便落到了榜下。而当欧阳修看到另一位举子的答卷《刑赏忠厚之至论》后，觉得议论精辟，通达畅快，文风雄浑朴茂，字迹秀挺，笔力遒劲，颇有《孟子》之风，不由得连声赞叹："真是好文章，好文章！此生为天下奇才，该取为第一！"就连梅尧臣看了也建议欧阳修提为第一名！由于当时试卷是密封着的，欧阳修怀疑是自己同乡门生曾巩所作，如取为第一，恐怕别人要说闲话，招议论，便放在了第二名的位置上。试卷启封以后，欧阳修这才发现自己朱笔所批的第二名的文章的作者原来是苏轼，而不是自己的门生曾巩，后悔不迭，可又没有别的办法，只好如此了。好在后来苏轼、苏辙兄弟二人同登进士，也算是给欧阳修一个莫大的安慰。

那些在考场上写四六时文的举子们大多都成了榜上无名者，他们对主考官欧阳修恨之入骨，寻找机会要报复他。一天清晨，欧阳修去上早朝。刚走到大街上，这伙人便一哄而上，拦住欧阳修的马头，大声辱骂，恣意闹事，就连街司逻卒都难以制止。更有甚者，有人居然写了一篇祭文送到他的家里，意在诅咒他早该死了。欧阳修勇敢地顶住了这些来自四面八方的压力，狠狠地打击了四六时文，进行了一场卓有成效的科举改革，不但改变了文风，而且选拔出了一批有真才实学的优秀的散文作家，如苏洵、苏轼、苏辙、曾巩、王安石等等，尤其是他和苏轼的友谊，更是成为文坛上广为流传的佳话。

据说苏轼中了进士第二名发榜以后，曾写了一封信《上欧阳内翰书》，向欧阳修表示谢意。欧阳修看了苏轼的信后，高兴地对来看望他的梅尧臣说："读苏轼信，不知不觉汗就出来了，快哉，快哉！他可真是天下奇才，我应当回避这个人，让他能够出人头地，以让他大显身手。"他经常把苏轼的文章拿给同僚们看，并感叹地说："只恐到了三十年后，天下的人只知道苏轼的文章了，而不知道我欧阳修了。"他还派门生晁美叔去拜访苏轼，向他学习写文章。

苏轼在给欧阳修写信致谢后，又决定去登门拜谢。欧阳修非常高兴。尽管他已是五十几岁的人了，依然用国士的隆重礼节，迎接了这位才华出众的年轻人。他赞扬苏轼是"才识过人，少年高中"；苏轼则谦逊地说："学生才疏学浅，还望老大人多多赐教。"欧阳修问苏轼："你那篇《刑赏忠厚之至论》里有一句话，不知出自哪里？"苏轼忙问是哪一句，欧阳修说："'当尧之时，皋陶为士，将杀人。皋陶曰"杀之"三。尧曰"宥之"三。'这句出自何处？"当苏轼告诉他，这句话是从《孔融传》中想出来的时候，欧阳修不由得赞叹道："你可真是善于读书，善于用书啊！日后文章必将独步天下。"

果不其然，苏轼后来终于成了宋代著名的文学家，这与欧阳修慧眼识珠是分不开的。试想一下，如果没有欧阳修改革科举制度，没有欧阳修的极力奖掖和推荐，恐怕苏轼的才名，天下人也未必都知道吧。

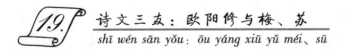

19. 诗文三友：欧阳修与梅、苏
shī wén sān yǒu：ōu yáng xiū yǔ méi、sū

欧阳修的一生结交了不少文学方面的朋友，这些朋友都给予他或多或少的帮助，而对他的诗歌、散文创作方面影响最大的当属梅尧臣和苏舜钦。他们经常在一起互相唱和，谈论创作心得体会，交流彼此的经验，并由此结下了深厚的友谊，一起成为宋诗新风的开拓者。

欧阳修是在他中进士那一年与苏舜钦相识的。苏舜钦，字子美，生于公元1008年，卒于公元1048年，开封人。欧阳修在京城与苏舜钦及其兄苏舜元相识后，就对他精美的书法，粗犷豪放的诗歌和散文表示出由衷的钦佩。苏舜钦曾经在很早的时候就和穆修一起反对西昆体诗和四六时文，他们不顾世俗文人的耻笑，提倡韩愈、柳宗元的古文创作风格，而这又恰恰是欧阳修所喜爱的，因此，他们之间成了文学上的朋友。苏舜钦二十七岁时才中进士，先后做过县令、大理评事等小官，尽管官职卑微，但是他敢说敢做，因此，将保守派王拱辰等人得罪而被诬陷，集贤校理被废掉除名。后来到了苏州，无事可做，心中忧愤不平，抑郁而死，死时年仅四十一岁。

苏舜钦的诗风格粗犷豪迈，指陈时弊，一针见血，直接痛快，毫无隐讳之处，具有一定的社会现实意义。他的诗篇大多反映广大人民群众的痛苦生活，反映人民和统治者之间深刻的阶级矛盾，但由于总是内心中愤慨不平，故而落笔急切，不太精练，缺乏含蓄平和的韵味，用欧阳修的话说就是"盈前尽珠玑，一一难拣汰"。他死后，欧阳修把他的遗文整理汇总编辑成集子后亲自撰写了《苏氏文集序》。他说："予为集次其文而序之，以著君之大节，与其所以屈伸得失，以深消世之君子当为国家乐育贤材者，且悲君之不幸。"在这篇序言里，欧阳修高度赞扬了苏舜钦的文学成就，说他的文章就是金玉，即使被粪土埋没，也不能够被销蚀，"必有收而宝之于后世者"。他慨叹苏舜钦是生不逢时，一位文学才子竟被弃置冷落而死，实在是可惜可恨；他还拿自己和苏舜钦进行比较："子美之齿少于予，而予学古文反在其后"，意在肯定苏舜钦对北宋诗文改革所做的贡献。欧阳修在这里对朋友的不幸英年早逝满怀着悲伤痛惜之情，同时内心中又深感愤慨不平，因此，写得情真意切，感人肺腑，也使我们从中窥见其二人之间的真挚友谊。

　　欧阳修与梅尧臣的结识是他在西京洛阳做推官的时候。也就是从那个时候起，欧阳修与梅尧臣之间保持了长达三十余年的友谊。而欧阳修的文风也深深地受到梅尧臣的影响。他们曾一起在嘉祐二年力改科举考场的四六文风，扭转了北宋文坛的浮华空洞的局面，成为北宋诗文革新运动的领导者。

　　梅尧臣生于公元1002年，比欧阳修年长五岁，卒于1060年，字圣俞，是宣州宣城（今安徽宣城）人。他一生穷困潦倒，未得施展才华，只是做过主簿、县令等小官。后来，还是由欧阳修推荐其为国子监直讲的。他们在洛阳城南的伊水边相遇，相知并成为至交。当时，梅尧臣恰好三十岁，正任河南主簿，欧阳修一见到他，便被他身上所具有的诗人气质吸引住了。他们一起畅游了香山、嵩山，在共同领略大自然的风光中互相交流着彼此的体会和感受，互相学习诗歌创作方面的经验。梅尧臣尤擅长写诗歌，欧阳修认为梅尧臣之所以能够在诗歌领域里驰骋，主要是因为他官小家贫，更接近苦难的人民群众，也看透了许多社会现实，是"非诗之能穷人，殆穷者而后工也"。连梅尧臣自己也承认"囊囊无嫌贫似旧，风骚有喜句多新"。

　　梅尧臣的诗风格平淡，既塑造了鲜明突出的形象，也蕴含着含蓄深远的意境，恰恰与西昆体诗的浮艳之风形成了鲜明的对比。欧阳修评价他的诗"其初喜为清丽，闲肆平淡，久则涵演深远，间亦琢刻以出怪巧"。他在与欧阳修论诗时也曾说过："诗家虽主意，而造语亦难。若意新语工，得前人所未道者，斯为善也。必能状难写之景，如在目前；含不尽之意，见于言外，然后为至矣。"

　　欧阳修第一次被贬到夷陵后，不久又被调到乾德任县令，接着到滑州做判官。欧阳修在乾德时曾寄诗给梅尧臣，这时的欧阳修心里孤独落寞，精神上振作不起来。恰又遇梅尧臣第二次应举榜上无名，被任命为襄城县知县，与谢绛一起结伴来到隆中。乾德离隆中不算太远，欧阳修正在寂寞之时接受梅尧臣的邀请到隆中相聚。欧、梅二人正处逆境，共同的遭遇又使他们的关系更加密切了一步，他们经常在一起品味、评论新作的诗词。

图为欧阳修《秋声赋》文意图。"盖夫秋之为状也：其色惨淡，烟霏云敛；其容清明，天高日晶；其气栗冽，砭人肌骨；其意萧条，山川寂寥。故其为声也，凄凄切切，呼号奋发。丰草绿缛而争茂，佳木葱茏而可悦；草拂之而色变，木遭之而叶脱；其所以摧败零落者，乃其一气之余烈。"

梅尧臣还写了一首《送永叔归乾德》，借陶渊明的高尚情操和宽广磊落的胸怀来勉励欧阳修，称赞欧阳修的刚直不阿的性格和豁达的气度。这次相聚，欧阳修不但在文学创作上有所提高，而且在艺术的鉴赏和理论方面也进入了新的阶段。他对梅尧臣的诗歌不再是单纯地欣赏艺术技巧，而是注重他自己所形成的独特风格，并虚心地向梅尧臣学习，这是最难能可贵的，而欧阳修也因此形成了自己独特的诗歌特色。

公元 1056 年的春天，欧阳修出使契丹回国，梅尧臣也从南方来到了京城。此时的梅尧臣已经是五十四岁的老人了，生活上依然窘困，而欧阳修已经成了皇帝殿前的宠臣，但欧阳修一听说梅尧臣来了，立即赶往城东的赚河去迎接。梅尧臣非常受感动，作《高车再过谢永叔内翰》送与欧阳修。诗中写道："世人重贵不重旧，重旧今见欧阳公。昨朝喜我都门入，高车临岸进船篷。俯躬拜我礼愈下……"欧阳修也还诗一首，表示对梅尧臣的敬重。此后，梅尧臣便和欧阳修在一起为朝廷做事。直至公元1060年，梅尧臣染病离开人世。

梅尧臣死后，欧阳修心中悲痛万分，先后写了《哭圣俞》、《梅圣俞墓志铭》和《祭梅圣俞文》等诗文，并将梅尧臣遗留下来的文稿整理成十五卷，编入了《宛陵集》。对梅尧臣的遗属们他也是尽心安慰，照顾他们。从此，欧阳修精神上更加孤独寂寞，加上年老体弱，疾病缠身，在一个秋天的夜晚，悲凉的秋风使他心中无限伤感，遂作一篇《秋声赋》，正是这篇新赋，打破了传统的旧赋的框架，为宋代诗文革新运动开辟了又一片广阔的天地。

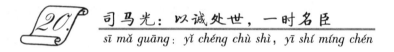

20. 司马光：以诚处世，一时名臣

sī mǎ guāng：yǐ chéng chù shì，yī shí míng chén

司马光是我国北宋时期著名的政治家、思想家，也是杰出的史学家。他生于公元1019年，卒于1086年，字君实，是现在山西夏县涑水乡人，世称涑水先生。

其父司马池曾经官居四品，"以清直仁厚闻于天下，号称一时名臣"。其母聂氏，也是一个才华、品德都非常好的人。他们家族世代是贵族，虽然也曾家道衰落过，但一直是当地有影响、有地位的大家族。司马光出生那年，他的父亲正在光州光山县（今属河南）任县令，于是，便以出生地给他起名为"光"。

司马光从小就聪颖过人。六岁时，父亲教他读书，他对书籍产生了浓厚的兴趣。七岁时，他开始学习《左氏春秋》，就已经能够明白书中的意思了，常常是自己刚听完，便要讲给家里人听。到了十五岁，他便已经是"于书无所不通"了。他学习非常扎实，刻苦努力，当背书背不会时，别人去玩他也不去，而是一个人坐在书房里苦苦攻读，直到把书背得烂熟为

司马光画像

止。所以，他所学到的东西一般都是"终身不忘"。

司马光的父亲对其一生有着重要的影响。他不仅非常关心司马光的学习情况，督促他养成刻苦钻研的良好习惯，而且非常注意从小事抓起，培养他良好的道德品质。大约是在司马光五六岁的时候，有一次，他想吃青核桃，让姐姐替他剥皮，可是姐姐怎么剥也未剥开。这时，姐姐有事离开了，一个女佣人把青核桃放进开水里烫了一下，核桃皮就剥下来了。姐姐回来看见了，便问他："是谁给你剥下来的？"司马光张口便说："当然是我自己了。"他的父亲知道了这件事，发现他撒谎，就非常严厉地训斥他："你怎么能说这种骗人的话！"这件事虽小，却在司马光的一生中影响极大。从此，他再也不说假话了，并且把诚实当做他为人处世的根本信条，无论是做官、交友、治学、编书，还是日常生活中，他都严格地遵循着这项基本原则，以至于几十年以后，刘安世在问他待人律己最重要的一点是什么时，司马光依然回答："一个'诚'字。"并且他还告诉刘安世，要从不说假话做起。他是这么说的，也是这么做的，因此，才赢得"脚踏实地之人"的美誉。

公元 1061 年，仁宗皇帝提拔任用他修起居注。虽然是升迁了，可他认为修起居注的人文采一定要好，而他自己在这方面实在是没有长处，而恰恰他又不愿意去从事不能发挥自己长处的工作，因此，他连上五状，要求辞去这项任命。可无论怎样，仁宗皇帝就是不准。他没有别的办法，只好上任。

第二年的三月，皇帝又提升司马光为知制诰。所谓知制诰，就是给皇帝草拟制文诰命的职务。这是一个美差，可以经常跟随在皇帝左右，有许多官员想花重金去买都很难办到。可司马光却很不高兴，他认为担任此项工作的人应该有很高的文学修养才行，而他自己则"自知文字恶陋，又不敏速"，于是到任便开始辞职，第一状朝廷不答应，他又立即上了第二状，朝廷仍然是不许，再上第三状，皇帝便下令不许辞让。可他去意已决，下定决心非辞不可，冒险又上了第四状、第五状……直到第九状。他在状中本着诚实的原则对自己的能力进行了细致的剖析，既不夸大长处，也不隐瞒缺点，实事求是地把自己的情况陈述给皇上，而且，他还怕因自己弃长就短而有辱国家的声誉，于是向皇帝更是力辞知制诰。终于，皇帝被感动了，收回了任命，改授他为天章阁待制兼侍讲。以后，他又三辞翰林学士，又辞去宋神宗授予他枢密副使的要职，并且直到晚年，他也曾反复辞让高太后授予他的门下侍郎等职。司马光的辞职并非是虚情假意的谦让和推诿之词，而是他根据自己的情况，从实际出发去寻求适合自己专长、善于发挥自己作用的工作，反之，则是无论官爵多高，地位多么显赫全都力辞而不接受，也正像他自己所说的："辞所不能，而不辞其所能。"这种不贪图安逸、不依附权贵、不羡慕虚荣的精神，不正是他脚踏实地的人格魅力的再现吗？

司马光在学识方面也坚持知之为知之、不知为不知的实事求是的作风。有一次，他去夏县讲学，有五六个老人来拜见他，请求他给讲一段书。司马光二话没说，提笔便写了一章《庶人》给大家讲。忽然

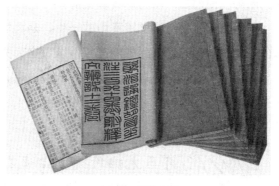

《资治通鉴》书影

有个老人提出了一个问题，"从《天子》一章往后，每章都引用两句毛诗，这一章独独没有，为什么呢？"司马光听了，沉思一会儿，才非常谦虚地说："我还没有考虑到这里呢!"几个老人听了，笑着走了，逢人就说：

"我难倒过司马光。"而他在编纂《资治通鉴》时更是一丝不苟，谨慎踏实，往往在写一件事时，要根据三四处的材料综合而成，有的事情实在是没有材料、无从考证的，他都标明"存疑"或"兼存或说"，从不武断，不回避。正是他这种谦逊、诚实的治学、治史之风，才表现了一个真正的史学家的情操。

司马光就是在日常生活中，也是以诚实的品德而被人们称颂的。据说，他在洛阳修书的时候，有一天派人去卖他所骑的马，临走的时候，他对去卖马的人叮嘱道："这匹马夏天的时候有肺病，如果有人来买它，你一定要先告诉他！"试想一下，如果买主真的知道马有毛病的话，那谁还会买呢？恐怕从古至今也没有一个如此实在的卖主吧！

司马光对待朋友也是以诚相见的。他和王安石曾经同修起居注，他们既是同僚，也是朋友，彼此非常尊重对方，闲暇之余，还经常在一起聚会。后来，由于他们在政坛上各执己见，意见不同而分道扬镳。但是，在对待王安石变法问题上，他的态度始终如一，他总是把自己的观点、意见，在皇帝面前或王安石等人的面前陈述得清清楚楚，而不是在背后搞一些阴谋活动。他和莫逆之交范镇，也曾因为考正乐律而产生意见分歧，但这并未影响他们二人之间的真挚友情。

司马光的一生，是脚踏实地的一生，是坦坦荡荡的一生，他以诚字为本的工作精神和治学、治史态度，他以诚字为先的交友之道，使他无论是在生前还是在死后，都赢得了人们对他的敬慕，而他也以实际行动，证明了他是无愧于"脚踏实地之人"的赞誉的。

21. 司马光编修《资治通鉴》

sī mǎ guāng biān xiū zī zhì tōng jiàn

司马光是我国古代杰出的史学家，他的突出贡献就在于他所编撰的《资治通鉴》，这既是我国编年体史书中一部巨著，也是一部了不起的文学杰作。

　　司马光年轻时就对史学书籍感兴趣，二十岁时，他一举考中了进士甲科。正当他在仕途上刚刚起步的时候，父母先后病逝，按照当时的礼教，他必须辞去官职回家服丧。于是，司马光和哥哥一起回到了故乡。在服丧的几年时间里，他读了不少书，写了不少评论古人的文章，了解了许多下层社会生活的实际情况。他在对历史人物和事件进行认真的总结评论时，也在探求历代统治者在统治方法上的利弊得失，总结经验教训，吸取精华，剔其糟粕，为《资治通鉴》的编著工作奠定了基础。

　　司马光不但善于阅读史书，他还悉心钻研历史，勤于思考。他在读书过程中发现自《春秋》之后的一些史书卷数太多，一个人就是用一生的经历也难以读完并说出其大致情况，由此，社会上的读书人就出现了弃难读易的不良倾向，势必导致许多繁难的典籍要失传的严重后果。鉴于此，司马光便产生了想编一本简明扼要的通史，便于人们用较短的时间就能掌握历史发展梗概的念头。有一次，他对刘恕说："予欲托始于周威烈王韩、魏、赵为诸侯，下迄五代，因丘明编年之体，仿荀悦简要之文，成一家书。"可见，这时的司马光对于著书立说已经是

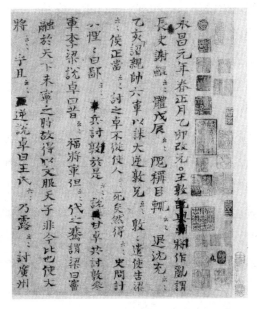

司马光《资治通鉴》手稿

深思熟虑，成竹在胸。于是，在嘉祐年间司马光开始修《历年图》一书，并于治平元年修成，进呈给当时在位的英宗皇帝。从这部书的内容来看，它实际上就是《资治通鉴》的基本雏形。之后，司马光又用了两年时间编撰了《通志》，深得皇帝的赞赏。英宗皇帝也是一个非常爱好历史的人，他下诏命司马光编历代君臣事迹，可以接续《通志》并同意设立书局，由

司马光自己选择地方、选择人员。这实际上又为《资治通鉴》的修成提供了一定的保证。书局成立后，地址设在了崇文院，司马光精心挑选了几位史学方面的英才，刘恕、刘攽、范祖禹等三人先后成了他的得力助手。他们依据各自的专长实行分兵把口，草拟初稿，最后由司马光定夺成篇。这样，既保证了《资治通鉴》的学术价值和历史价值，也保证了它在政治方面的观点一致性。最为重要的是，他们在编纂之前，制定了一个共同遵循的编修方法和原则，那就是先作丛目，然后修长编，最后由司马光勒定成书。这曾被人们形象地概括为司马光修书三部曲。

1067 年，英宗病死。即位的宋神宗也是一个爱好历史的人，他非常重视历史经验，也和英宗一样极力支持司马光修书。他即位不久，便将此书赐名为《资治通鉴》，他主要是根据书中的内容认为"鉴于往事，有资于治道"，并亲自写了一篇序文，在第一次读此书时赐给了司马光，让他等书全部完成之时再写入书中。此时的司马光，依旧在朝任翰林学士兼侍读学士，由于公务繁忙，没有充足的修书时间，所以修书的进度并不快，五年的时间修成七十卷，却还没到全书的四分之一。

1069 年，神宗任命王安石为参知政事，主持变法，史称"王安石变法"。司马光对此是极力反对的，他在给王安石连写三封书信进行劝说无效后，大失所望，清楚地意识自己不能在朝廷继续安身了，便请求离开京城。皇帝应允后，他先去了西安任职，于 1071 年，他又辞去职务来到洛阳，当了一个闲官，决心著书立说了。而实际上，他在洛阳隐居时恰好给他提供了编书的条件，没有了官场的喧烦，有的只是充足的时间、安静的环境和各方面的优裕条件。司马光到洛阳的第二年，便把书局搬迁过来，设在了崇德寺，随之而来的只有范祖禹一人。刘恕、刘攽都在书局之外进行编修。1073 年，司马光为了修书时有个更好的环境，在洛阳尊贤坊北侧买了二十亩地，建成了"独乐园"。园中设有读书堂、弄水轩、钓鱼庵等景致，是个依山傍水、鸟语花香、清静优雅的小园林。在这里，司马光在从事艰苦、紧张的修书劳动之余可以自己调节一下，但更多的时候，他还是把自己关在房间里进行写作。他常常是早起晚睡，废寝忘食，对待删削工作谨慎细致，精益求精。相传，司马光为了时刻提醒自己不得贪睡，就用圆木做了一个枕头，取名为"警枕"。当他把头枕在圆木上，进入梦乡后，只要稍稍一动，"警枕"就会翻滚，司马光马上就醒了，并且决不再睡，继续拿起笔编纂这庞大的著作。朝朝如此，夜夜这样，十几年如一日，对于一个已经五十多岁的老人来说又是何等的艰辛啊！

当然，人的精力也是有限的，何况司马光年事已高。身体的疲劳及眼力昏花常迫使他去到园中休息，放松一下绷紧的神经，活动一下乏累的身体，但他时刻提醒自己不要耽误太多的时间。只有一年春天，洛阳牡丹花盛开的季节，有朋友接连几日邀他去游春赏花。一天游罢回到园中，他的老仆人非常惋惜地说："您一走就是十几天，不曾看过一行书，可惜您浪费了时间啊！"一句话，使司马光感到很惭愧，他发誓再也不出门了。以后，只要有人一邀请他，他便把仆人的话告诉人家，并婉转地谢绝了。司马光就是这样靠珍惜分分秒秒的时间刻苦著书，和他的助手们一起毫不吝惜地奉献着自己的全部心血和汗水，凭着强烈的事业心，顶着社会上的流言飞语，终于在公元 1084 年的十一月修完了《资治通鉴》全书。这时，司马光已是六十六岁的高龄了。他已经累得到了"骸骨癯瘁，目视昏近，齿牙无几，神识衰耗，目前所为，旋踵遗忘"的地步了，为了这部书，他已耗费了近三十年的心血，就是从书局成立之日算起，还历时十九年，从隐居洛阳算起，他还艰苦地奋斗修书十五载。他在《进资治通鉴表》中说："臣之精力，尽于此书"，可见，司马光已经为这部浩大的史书耗尽了毕生的精力。

《资治通鉴》这部编年体巨著，一共是二百九十四卷，上起周威烈王二十三年（公元前 403 年），下迄周世宗显德六年（公元 959 年），记载了一千三百六十二年的历史。它网罗了众家之长，包括正史、别史、杂史等三百多种，取材的广泛性是任何一部史学著作无法比拟的；它记载的历史最长，文字多达三百多万字，不但记述了政治史，还涉及了经济、文化、天文、历法、地理等诸多内容，史料记载翔实，叙事准确、客观、完备而简明；文字朴实、生动，寓意明显深刻。梁启超说：《通鉴》的"文章技

术，不在司马迁之下"。

《资治通鉴》自修成之后，不断受到学者们的推崇、重视和赞誉，不愧为我国文化宝库里的一颗明珠。

 政治家诗人宰相王安石

zhèng zhì jiā shī rén zǎi xiāng wáng ān shí

"文章千古好，仕途一时荣"，此话一点儿不假。王安石变法在历史上轰轰烈烈，但当时以及后来的许多人并不理解他。而历来不论是拥护还是反对他的政治观点的人都无法否认他的文学成就。

目光炯炯的王安石。他的政敌曾攻击他的眼睛为"奸臣之相"，而"王安石的眼睛"也就成了一个含义颇深的典故。

王安石不仅是我国历史上杰出的政治家、思想家，而且是杰出的文学家。而作为文学家的王安石其最大的成就是诗，我们谈政治家王安石可以不谈他的诗，但我们谈诗人王安石不可以不谈王安石的政治。因为政治是王安石的生命，王安石的一生就是为了实现自己的政治理想而奋斗的一生。王安石是把文学创作看作余事的，把文学看成是政治斗争的工具。

王安石自幼就熟读儒家经典和一些史书，熟知历代盛衰兴亡的经验教训。他的宗族是由科举而彰显于世的，所以他自幼就打算在政治上要有一番作为。1042 年，王安石以第四名中进士，不久，任签书淮南判官，开始走上仕途。他三十多岁在京任群牧判官时，见到了仰慕已久的当时文坛领袖欧阳修，这次汴京会见，欧阳修在《赠王介甫》诗里表达了对王安石的赞赏和鼓励：

翰林风月三千首，吏部文章二百年。

老去自怜心尚在，后来谁与子争先。

朱门歌舞争新态，绿绮尘埃拂旧弦。

常恨闻名不相识，相逢尊酒盍留连。

诗中把王安石比作李白、韩愈，称赞他抱道自守、不肯与时俯仰的狷介人品。欧阳修比王安石大十四岁，当时已盛名远扬。王安石对前辈的赞许满怀感激，但是他在酬答诗中说："欲传道义心犹在，强学文章力已穷；他日若能窥孟子，终身安敢望韩公！"（《奉酬永叔见寄》）在他看来，韩愈还是文人气太重。王安石的理想是做孟子那样的思想家。

他对文学的看法，也是特别强调其实用功能。

由于受这种"务为有补于世"的文学观念的支配和对现实的强烈关注，王安石的诗歌都与社会、政治或人生的实际问题紧密相连。特别是他前期和中期的诗歌。

王安石书《楞严经旨要卷》（局部）。王安石对古代经学很有研究，对佛教的经典也有浓厚的兴趣。他是北宋新经学的创立者。现安徽铜陵大明寺就是王安石讲学的旧址，遗址犹存。

王安石的诗歌创作长于议论。在漫长的创作道路上，其诗风的变迁轨迹也很明显，王安石诗作从艺术风格看，可以分为三个时期：三十六岁在京中任群牧司判官之前是前期，其诗崇尚意气，缺少含蓄；三十六岁到五十六岁的二十年间是中期，艺术上逐渐成熟，形成了自己雄直峭拔而又壮丽超逸的独特风格；五十六岁罢相退居江宁的十年是晚期，诗风转为深婉华妙。

现存王诗一千五百三十首，前期以政治诗为主。由于他青年时代宦游大江南北，长期担任地方官，接触面甚广，所以他能采用乐府传统，写出不少揭露时弊的诗作，对社会矛盾和民族危机都毫不隐晦地直书其事，大声疾呼，辞意激烈，成为他力主变法革新的一种舆论。

皇祐二年（1050年）他三十岁时，曾奉命伴送契丹的使者到北部边疆，沿途写了《塞翁行》、《出塞》、《入塞》等诗篇。他谴责了统治阶级对外屈从以及给国家带来的严重后果，描写了边塞人民盼望祖国统一的迫切心情，也表现了他对宋朝统治者放松警惕、废弛边界的忧虑。

王安石还深入社会下层，了解民间的生活疾苦，写出了《收盐》、《感事》、《兼并》等批判贪官污吏的诗篇，对当时社会生活中一些重大问题正面地表述了他的看法。《感事》对受到残酷压榨的贫苦农民表示了深切的同情，揭示了社会生产力遭到严重破坏的现实。王安石写作的这类作品是很多的，所起的战斗作用也是显著的。

王安石中期的诗有着更为广阔的题材和主题。他这时正向自己的理想事业奋进，经过艰难曲折的道路，获得了推行新法的机会。随着政治事业的变化与文学修养的提高，除了政治诗以外，还有咏史吊古、述怀感旧和酬答赠别等各种题材的作品。在艺术风格方面，有着明显的开拓。如《明妃曲》二首是传诵一时的名篇。在这两首诗中，王安石以非常优美的笔触勾画出了绝代佳人王昭君的形象，描写了她的不幸命运和去国怀乡的深厚感情。此外，诗人也写了给昭君送行的君王、远道寄信的家人和途中偶然遇见的河上行人。昏庸的君王杀了画工，自然无助于挽回王昭君的悲剧，但诗人在这里却巧妙地翻了一下案，说昭君生得太美了，原是画也画不成，所以毛延寿未免死得冤枉。这样，既写出对这一古代美女的不幸遭遇的痛惜之情，又写出当时汉元帝的昏庸，表明其政治态度。

王安石晚年退居江宁后，流连山水，咏诗学佛，平静的生活和心境使作品的内容与风格也起了变化。大量的写景诗、禅理诗代替了前期的政治诗。他倾注全部精力讲究艺术技巧，在语言运用上更精湛圆熟了。

1085年宋神宗病逝，王安石苦心经营的新法也接连被废除，他的病情也随之加重。1086年王安石抱着满腔的遗憾与世长辞了。"纵被东风吹作雪，绝胜南陌碾成尘"。王安石虽然仙去了，但他为了自己的政治理想而不屈不挠奋斗的精神值得我们永远怀念。

北宋的大政治家王安石，也是唐宋八大家之一。他的散文很多都与政治、思想等紧密联系，呈现出了独具的风采。

就王安石自己说，他并不追求以文学才能见重于时人，而是以自己的政治才能尽忠于朝廷，因而其文学思想和散文创作都带有鲜明的政治色彩。

王安石在政治上敢于革新，思想上敢于冲破传统观念；在文学上，积极支持欧阳修的诗文革新。他反对"以雕绘语句为精新"、"辞弗顾于理，言弗顾于事"的"近世之文"，主张"文以适用为本"。在执政期间，他改变科举办法，罢去诗赋，让学者专学经义，并以新学为准则。可见其反对浮华文词态度的坚决性。王安石一生为实现自己的政治理想而积极斗争，把文学创作与政治改革密切联系起来，强调"文者，务为有补于世而已矣"（《上人书》）。

其中，王安石的"记"体散文有着相当大的成就。该文体集叙述、描写、抒情、议论为一体，而且尤其善于议论。如《桂州新城记》通过侬智高叛乱时的桂州不守，到平息叛乱后不到一年又建好桂州新城，说明要守住城，使狄夷不能窥其中国必须要有善法、贤人和守卫工具的道理。《信州兴适记》则说明州县官吏要"有学"的道理，否则即使不是贪官污吏，但因"救灾补败"无措施，也会给百姓带来不幸，官吏还沾沾自喜，而"民相与诽且笑而不知"。这些文章，与苏轼的抒情与议论并重、充满情韵的"记"体散文不同，而是呈现出鲜明透辟、朴素无华的特点。

王安石的散文成就最大的，是议论文与墓志铭。他以议论文为实现自己政治理想的工具，参加当时的政治斗争。他直陈政见，揭露时弊，议政说理，论辩驳难，显得得心应手，游刃自如。

王安石议论文中议论峭刻、观点鲜明、分析透辟、行文尖锐，表现出了他作为政治家、思想家所特有的眼光和高远见识，极具针对性与说服力。《本朝百年无事札子》这篇给神宗的奏文，先叙述并解释了宋初百余年间太平无事的情况与原因，然后揭示出当时社会上危机四伏的情况，阐明了变法改革的必要性和迫切性。最后指出："大有为之时，正在今日。"希望皇帝能有所作为。该文为第二年开始的变法运动起到引导与鼓吹的作用。《答曾公立书》说明为什么青苗钱要收二分利的道理："然二分不及一分，一分不及不利而贷之，贷之不若与之。"他先退一步说，二分利不如一分利，一分利不如无利，无利不如白送。然后笔锋突转："然不与之而必至于二分者何也？为其来日之不可继也。不可继，则是惠而不知为政，非惠而不费之道也。故必贷。然而有官吏之俸，辇运之费，水旱之逋，鼠雀之耗，而必欲广之以待其饥不足而直与之也，则无二分之息可乎？"先不看推行青苗法的种种弊处，单就其收二分利的道理来讲，不能不说是明晰透辟的。这与他多年从政做地方官，并亲自搞过青苗法的实践是分不开的，这就是政治经历在文学中的运用。

在他的驳难文章中，更加表现出了王安石议论文所向披靡的锋芒。如《答司马谏议书》有力地回击了保守派的领袖司马光。当时新法在激烈的

安徽铜陵大明寺。王安石曾在这里讲学。

争论和斗争中迅速催生，司马光写信给王安石，以老朋友的身份，用劝勉、威胁的口吻，试图阻挠改革的进行。而王安石则在简短的三百五十多字的回信中有力地驳斥了司马光对新法的歪曲和诽谤。文中不仅对司马光所提出的四点责难：侵官、生事、征利、拒谏，逐一作了批驳，而且对"怨诽之多"的原因作了精彩的剖析。最后对司马光的"未能大有力"的责难，明说是"知罪"，实际上是巧妙地给予了反击。这种驳论没有纠缠在具体的申辩中，而是站在更高的立足点上，从双方的根本分歧出发，点出对方的观点不值一驳，因而不费唇舌，对方便无话可答。文

章言简意赅，措辞委婉而坚决，表现了对保守派斗争的那种决不妥协的精神，反映出了他锐意改革的坚定决心。

与其他散文名家相比较，王安石散文的特点是逻辑性强，论证严密，立意新颖，语言简朴，继欧阳修等人所开辟的古文运动之后，进一步扩大了散文体的影响。但其文常具说服力而不注重感染力，缺少形象性，枯燥单薄，逊色于"韩潮苏海"。这些是和他作为政治家、思想家的特点分不开的。

总之，王安石这位政治家的散文，以议论说理见长，对社会现象往往具有深刻的观察和高超的见解；简古劲健、瘦硬通神，在诸大家中独树一帜，对提高政论和史论的艺术价值提供了丰富的创作经验。人们很少能够看到王安石将心力用在人物形象的塑造和自然景物的描绘方面，但却时时地接触到说服力很强的、精警的议论。在这些议论里，显示出了他热情救世、刚强不屈的精神风貌。同时，与这种内在的特性相适应的是，王安石散文中语言简练、笔力雄健、风格峭刻这一特点，深深地影响了后世的梁启超、严复等政论家。

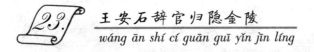

23. 王安石辞官归隐金陵

wáng ān shí cí guān guī yǐn jīn líng

王安石作为北宋时期杰出的思想家、政治家和文学家，在中国历史上的影响是很大的；尤其是他作为中国封建社会的改革家，提出了许多振兴国家的政见，值得后世广为学习和研究。只是他的变法由于主观和客观多种因素以失败告终。王安石于宋神宗熙宁九年第二次罢相后，一直归隐金陵，最后因保守派司马光的上台而郁郁终老。

王安石一生都在为自己的政治理想积极奋斗，也得到了皇帝的重用，但最后还是退隐老家，这当然是因为变法的失败。这里，我们不妨从王安石消极思想的发展变化来看他的归隐。

被神宗重用之前，王安石有二十多年的仕宦生活。这使他看到了现实中的种种弊病，也积累了丰富的政治经验。其间，他对劳动人民生活的困苦深切同情，对官场的黑暗无比愤慨。他曾写道："贱子昔在野，心哀此黔首。丰年不饱食，水旱尚何有！虽无剽盗起，万一且不久。将愁吏之为，十室灾八九。原田败粟麦，欲诉嗟无赇。"（《感事》）诗中尖锐讽刺了贪官酷吏的丑行。面对这样的现实，王安石立志为民谋利，从不畏怯。他写道："闻富室之藏，尚有所闭而未发者，窃以谓方今之急，阁下宜勉数日之量，躬往隐括而发之，裁其价以予民。"可见，王安石敢于触动地主阶级的利益，毫无惧色。他也的确有过许多为人民造福的政绩，为他赢得了很高的声誉。但王安石也在这个过程中，深深感受到改革社会现实，实在是艰难之举。

南京半山园王安石故居。王安石变法失败后，退居于此，封荆国公，世称荆公。在此地他写下了许多与前期风格不同的诗篇，并在这里接待过大文豪苏轼，二人诗文唱和，尽弃前嫌。

嘉祐四年（1059 年），王安石写了有名的《上仁宗皇帝言事书》，全面分析了当时社会的种种弊端，并对此提出了符合历史发展规律的真知灼见。但是，仁宗懦弱老朽，士大夫苟且偷安，王安石自身地位不高，并没产生多少反响。他写道："变今嗟未能，于己空自咄。流波亦已漫，高论常见屈。"诗中充满了改革难成的苦闷和失望。

嘉祐八年（1063 年），仁宗去世。王安石的母亲也卒于京师，这给王安石带来了巨大的悲痛，使他深刻感受到人生失意的无奈；再加上好友王回的病逝，更增添了他的世事无常之感。他写道："呜呼，天乎！既丧吾母，又丧吾友，虽不即死，吾何能久？"因为仕途的艰难，亲情的打击，王安石开始厌倦京官生活，留在江宁收徒讲学，远离了京师。

但此时，王安石并没有放弃自己的理想，他只是缺少发挥才能的机遇。治平四年，神宗久闻王安石的雄才大略，召他入京担当改革重任。本已退隐官场的王安石，重又鼓起变革社会、救治国家的热情和勇气，雄心勃勃地投入变法运动中。

但令人遗憾的是，王安石任宰相后的一系列新政，使那些拥护他、对他寄予厚望的朝野士大夫大失所望。由于变法，王安石众叛亲离。这对于他来说，无疑是件伤心事。而固执的王安石继续坚持他的政策。但由于他过于急功近利，新政并不得民心，又触动了大地主大官僚的利益，变法失败。

此时，王安石壮志未酬，孤立无援，使旧有的消极思想再次发展起来。他写道："黄尘投老倦匆匆，故绕盆池种水红。"并一再向神宗请求告老还乡。于熙宁七年回到江宁。此时，王安石仍然关心国事，常通过私人关系发表自己的意见。但由于变法派内部的矛盾，王安石已经很是灰心，勉强复任后第二次罢相，并辞去一切官职，隐居钟山，再没有被起用。

通过以上的分析，可以明晰，王安石是在挫折中逐渐失去奋斗热情，最后归隐金陵的。这是一个改革家的艰苦历程，也暴露了他自身的一些弱点。那么，王安石隐居后的生活又是怎样的呢？

王安石本是个有远大抱负、有胆识、有谋略的政治家，因此，虽然告老还乡，内心仍在牵挂他未完的政业。这种人生痛苦的磨砺是需要时间来慢慢消解的，完全适应闲适的隐居生活并不容易。为了让自己内心的郁闷和不平排解开去，王安石归隐后开始学习佛学，他希望用超然的心态安度余生。同时，他在诗歌创作上也改变了以往政治诗的主调，开始写一些蕴藉、富有意境的诗。

多年政治生涯追寻奋斗之后，王安石终于有机会闲居家中，游览各处，寄情水光山色。他还常常跟几个小童与钟山寺的和尚交往，这也是他有心向佛的一种表现。当然，功业未就的政治家，也免不了有时写几首感怀之作，表达内心的惆怅。

《书湖阴先生壁》写意。"茅檐长扫静无苔，花木成畦手自栽。一水护田将绿绕，两山排闼送青来。"

如果说到艺术成就，较突出的应是那些登临怀旧、赠答应和的近体诗。如"杖藜缘堑复穿桥，谁与高秋共寂寥？伫立东风一搔首，冷云衰草暮迢迢"，格调凄凉萧瑟，塑造了一位饱经风霜、登临伤怀的老人的形象。人们熟悉的《书湖阴先生壁》，更是脍炙人口，这首诗就是王安石访友途中即兴所作。

一日，王安石访友归来，途经一处浓荫密树、红檐掩映的农舍。他被那种夏意盎然的野趣所激发，产生一股不能扼制的诗兴。怎奈离家尚远，正是如鲠在喉，不吐不快。正巧前走不远处是他的朋友湖阴先生的住所。湖阴先生立于门口乘凉，一见王安石那种激情难捺焦灼的样子，就知道他这是灵感忽至，文思泉涌了。于是，邀安石入院，取来文房四宝，以解"燃眉之急"。王安石提笔即书，一蹴而就，写成一首七绝：

> 茅檐长扫静无苔，花木成畦手自栽。
> 一水护田将绿绕，两山排闼送青来。

湖阴先生一看，拍手叫绝。赞他是"诗中见画，画出如照"。

王安石归隐金陵的日子，总体是悠然自得的，但在这种赋闲的生活中，王安石的急躁性格倒是显得非常有趣。据说，他出门的时候，总是带着书，坐在驴背上，中途休息时看。签署姓名时，总是匆匆写上一个"石"字，由于写得特别急，往往好像一个"反"字。可见，政治家的雷厉风行，体现在日常生活细节中也是一贯如此的。

归隐金陵后值得一提的，是他的一部研究字的书《字说》。这已是王安石的一桩夙愿。由于工程繁琐，一直没有精力投入。晚年的王安石，终于以超凡的韧性和他平素一点一滴的积累，完成了这部著作。

《字说》写好后，经由皇帝许可，颁行天下，影响很大。许多读书人争相研习。而且纷纷去请王安石为之作讲解。王安石往往非常高兴，声情并茂、滔滔不绝地讲述。

纵观王安石的一生，他前半生在仕途上拼搏奋战，一心变法，为国为民，既操劳辛苦，又要承受众叛亲离的孤独。归隐后则致力于教门徒、做学问，但仍然心系国事，忧国忧民。我们只能为这位大家的变法失败感到遗憾，并从中接受教训了。

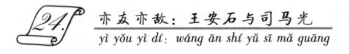

24. 亦友亦敌：王安石与司马光
yì yǒu yì dí：wáng ān shí yǔ sī mǎ guāng

王安石和司马光都是我国历史上著名的政治家。王安石，字介甫，晚年号半山，宋抚州临川人。司马光，字君实，宋陕州夏县人。两人生活的时代相同，都正值北宋衰落时期。

王安石和司马光曾经是好朋友，交情还很深厚，两人有许多相似之处。

图左为王安石，右为司马光。他们是一对政敌，又都是北宋著名的文人和学者。王安石《答司马谏议书》就是反驳司马光对"新法"的指责。

两人都聪颖好学。王安石幼时读书过目不忘，作文落笔如飞，初看他似乎漫不经心，写完后，读起来让人拍案叫绝。王安石科举及第后做淮南判官，他经常通宵达旦地夜读，有时就伏案小睡，天亮后来不及梳洗就匆忙赴府，以致知州怀疑他晚上喝酒放纵。王安石晚年在写《字说》时，也在案几上放些石莲，一边思索一边咀嚼石莲，石莲没了，忘记续放，便咬起手指，以致手指流血都没发现。大家都知道司马光砸缸的故事，可见司马光小时候就比一般人机智聪慧。司马光七岁时，听人讲《左氏春秋》，非常喜欢。回家后，就能给家人讲解其大义。司马光曾经用一段圆木做枕头，睡觉时稍微一动就醒，醒后即起床读书、写文章，名曰"警枕"。

两人都志向远大。王安石青年时代就对政治很感兴趣，常以太平宰相自许。欧阳修在赠他的诗中将其比为李白、韩愈这样的文学家，王安石却说："他日若能窥孟子，终身何敢望韩公？"可见其志。王安石认为为文要"务为有补于世"。司马光开始做官时，年纪还不大，家人常常看见他在书房中忽然正襟危坐，手执官服。家人问他这是干什么，他说："我时念天下事，以天下安危为念也。"

两人都严于律己。王安石患哮喘病，必须用紫团人参这种药，到处求药得不到。一次，有人送给王安石一些，王安石却不肯接受。有人劝他说："您的病只有这种药才能治好，您应该收下它。"王安石说："平时我不吃紫团参，不也活到今天吗？"他坚决推辞，没有接受。又有一次，王安石从江宁卸任，他的夫人借用了官府的藤床，十分喜爱，就不想归还，使郡吏左右为难。王安石知道夫人好洁成癖，于是想出一计。一天，王安石光脚上床，仰卧良久，一句话没说就离开了。他的夫人看见后，明白了他的用意，急忙命令仆人还床。另外，王安石在文学创作上也不马虎。诗句"春风又绿江南岸"的"绿"字，就是几经推敲才定下来的。司马光在各方面对自

元祐党籍碑拓片，折射北宋王朝新旧党争的激烈。

己要求也很严。有人劝司马光买一个侍女，司马光说："我平时都不敢多吃鱼肉，衣服很少穿绫罗，怎么能花费这么多钱买一个侍女呢？"当时的洛阳有一家姓王的富户，府第非常豪华，中堂起屋三层，最上一层叫朝天阁，名气很大。那时，司马光也住在洛阳，但所住之处只能遮蔽风雨，还是地下室，他仍然在里面读书。洛阳人都说，真是"王家钻天，司马入地"。司马光自己说："平生所为，未尝有不可对人言者。"这句话其实对他和王安石都适用。他俩确实是心正意诚，光明磊落。

两人都知过即改。王安石在改正经义札子时，曾解《七月》诗"剥枣"一词，认为是"剥其皮而进之养老也"。但有一天，王安石到老农家，问主人哪里去了，回答说："打枣去矣。"王安石听后，怅然若失，知道

"剥"即"打"，回来后立即在自己的书上作了改正。司马光在西京时，太守文彦博常邀他携妓游春。一天来到独乐园，园吏对司马光叹息，司马光问他为什么，园吏说："方花木盛时，公一出数十日，不唯老却春色，也不曾看一行书，可惜呀！"司马光深感惭愧，发誓再不复出。

此外，两人都举荐贤才，勤为政事。当然，两人也有许多不同之处，而且有时分歧很大。

王安石与司马光曾经同为群牧判官，包拯为使。一天，群牧司牡丹花盛开，包拯置酒赏花，席间相互劝酒。司马光平时不喜欢喝酒，今天也只好勉强喝点。王安石却始终不喝，包拯也拿他没办法。司马光说："我从这件事，看出了你做事真是从不屈就。"由此看出，王安石坚决得有点儿固执，司马光尽管严谨，有时也可以通融一下。

从政之余的建树，两个人也不尽相同。王安石既是杰出的政治家，也是一位成就卓越的文学家。他主张文章以"适用为本"。其散文多直指时弊，见识高超，笔力雄健，是唐宋八大家之一。其诗长于说理，语言精练，意境含蓄。晚年咏物小诗精巧凝练。王安石的诗风对后来以黄庭坚为首的江西诗派的影响很大。其词创作，数量不多，却清新刚健，一洗五代旧习。司马光从政之余的主要成就在治史方面，他同时也是我国历史上一位伟大的史学家。司马光常常顾虑历代史事纷杂，君主不能一一阅读。为了统治者便于借鉴历代兴亡治乱的教训，他撰《通志》八卷进奉，英宗十分高兴，还设置机构，让他继续编撰。后来神宗命名此书为《资治通鉴》，亲撰序文，每日阅读。

王安石和司马光最大的不同，也是二人分歧的焦点，是政治方面。两人政见不合。

王安石出生在一个中下层官吏的家庭，在政治上代表中小地主的利益，力主变法图强，被列宁誉为"中国十一世纪改革家"。王安石政治思想的哲学基础是朴素的唯物主义。他对"五行"做了新的解释，认为五行是物质性的，"太极生五行，然后利害生焉"（《原性》）。王安石政治思想的主要内容和目的是，通过理财和整军两方面的改革，富国强兵，抑制兼并。为此，他提出了青苗、农田水利、免役、市易、均输等新法，大刀阔斧，积极推行。新法的实行，确实收到了富国强兵的效果，促进了宋朝在一定程度上的进步，维护了封建统治。但是，王安石的变法也有一定的局限性。其理财之法，虽为朝廷开辟了财源，同时也带来了聚敛病民的后果。其新政实施，虽在客观上打击了豪强，抑制了兼并，但从根本上说并不反对封建等级制度，只是缓和一下当时的阶级矛盾。

司马光是旧党的代表，在政治上维护大地主阶级的利益，反对王安石变法。司马光政治思想的哲学基础是唯心主义。他认为天地万物永远不变，以此得出"祖宗之法不可变"的守旧观念。司马光政治思想的主要内容是民本主义，忠君爱民。他极力主张废除新法，恢复旧制，以维护封建统治。司马光的政治主张是保守的，是为维护大官僚大地主阶级的利益服务的。当然其中也有一些积极的内容，如主张爱民、"使九州合为一统"等。

以王安石为代表的新党和以司马光为代表的旧党在当时统治集团内部展开了激烈的斗争。司马光攻击王安石"侵官、生事、征利、拒谏，以致天下怨谤也"，指责王安石的"天命不足畏，祖宗不足法，流俗不足恤"的观点。司马光在给王安石长达三千三百余言的信中，指斥新政，不遗余力。王安石在《答司马谏议书》里，据理力辩，严加驳斥。王安石对士大夫苟且偷安、因循守旧的思想加以揭露，针锋相对。围绕是否应该变法，双方争论激烈，并且在官场都几度沉浮。

宋哲宗元祐元年，即公元 1086 年，王安石和司马光先后离开了人世，结束了两人亦友亦敌的一生。

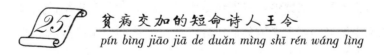

25. 贫病交加的短命诗人王令

pín bìng jiāo jiā de duǎn mìng shī rén wáng lìng

三月残花落更开，小檐日日燕飞来。

子规夜半犹啼血，不信东风唤不回。

北宋诗人王令，就像啼血悲歌的子规鸟，呼唤着政治的清明，寻觅着青春的美好。然而，在冷酷的封建社会，贫苦的他却只走过二十八个春秋。

王令（1032—1059 年），初字钟美，后改字逢原。他出生在一个贫困的家庭，父亲只做过郑州管城县主簿，母亲在他小时候就去世了，父亲也在他五岁时撒手人间。父母早亡，也没有给他留下一点值钱的东西，无家可归的小王令被寄养在扬州的叔祖王乙家中。因为扬州又名广陵，所以人们一般都称王令是广陵人。

少年王令聪明好学，白天和小朋友一起玩耍嬉戏，晚上就挑灯夜读，常常是彻夜不眠。到十二岁时，王令就把《诗经》、《尚书》等儒家经典熟记于心了。他幼时寄人篱下，并没有得到细致入微的关心和照顾，可是他却是个热心肠的人，喜欢打抱不平。比如他看到街坊邻里有困难就主动上前，对倚仗权势欺压百姓的人也能当面指责。就这样，在缺少关爱的生活中，很少有人告诉他应该怎样做，王令渐渐沾染了一些游侠的习气。一次，他在老师满建中家学习时，建中弟弟执中真诚劝告王令要努力学习，好好做人。他备受感动，从此闭门苦读，学识进步很快。

王令本来有一个已经出嫁的亲姐姐，生活虽不富裕，但总可以勉强度日。庆历八年（1048 年），姐夫突然去世，抛下了孤儿寡母。知道消息后，十七岁的王令毅然离开王乙的家，挑起了供养姐姐一家大小的生活重担。他在瓜洲自立了门户，将姐姐和孩子都接过来，深晓孤儿生活的王令希望给姐姐和孩子们更多的关心和爱。

为了养家糊口，无权无势的王令做起了塾师。因为他学识渊博，又重情义，所以主人都很敬佩他，对他也是十分照顾。十八岁那年，他到天长县姓束的家中做老师。束老敬慕他年轻好学，又怜悯他家境贫困，就主动帮他多招几个学生。王令十分感激老人，就作《答束孝先》诗：

……

　　君家兄弟贤，我见始惊伙。

文章露光芒，藏蕴包丛胜。

关门当自足，何暇更待我？

固知仁人心，姑欲恤穷饿。

苟论才不才，自合弃如唾。

……

从此，王令在束家一边认真教书，一边刻苦学习，并开始了为期十年的诗文创作。

在封建社会，科举考试是知识分子步入仕途的必由之路。而在北宋，统治者更是利用科举考试来笼络知识分子，所以每逢科举之时，都有数百甚至上千人参加。面对这种时局，年仅二十一岁的王令保持着清醒的头脑。他认为科考是"从世成依违"，而他"有志徇孔姬"。所以他不愿意参加进士考试。尽管他不慕虚名，但是王令心中却有着远大的政治理想。他的《感愤》诗中就充满了建功立业的豪情：

二十男儿面似水，出门嘘气玉蜺横。

未甘身世成虚老，大见天心却太平。

狂去诗浑夸俗句，醉余歌有过人声。

燕然未勒胡雏在，不信吾无万古名。

王令身居草野，依靠做私塾的微薄收入供养全家，饱尝了下层人民生活的艰辛和窘迫。然而他不慕名利，坚持操守，坚决不入仕途，可以说是当时知识分子群中"众人皆醉，唯我独醒"的人物。

至和元年（1054 年），王令到高邮军教私塾，并且认识了品行端正的王安石。两人一见如故，成为忘年好友。王安石十分欣赏王令的为人和才学，就把他介绍给孙觉、方回等人，王令的名气也就渐渐大了起来。随着他知名度的提高，一些沽名钓誉之人便前来巴结，秉性耿直的王令十分讨厌这些势利小人，也不愿借机讨好权贵。他为了避免与趋炎附势之人接触，就在自家门前大书道："纷纷闾巷士，看我复何为？来则令我烦，去则我不思!"

至和二年,高邮军知军提点淮南刑狱邵必看重了王令的品行和才学,就多次请他做高邮学官。王令再三推辞不下,勉强接受了聘请,可不久他就辞职不干了。邵必留不下他,就把一笔盘缠送给王令,他说什么也不要,只身回到天长县束家教书,过着一贫如洗的生活。

王安石一直欣赏王令,也很关心他的生活,并在他二十六岁时为其说定一门亲事。王安石经常与王令共议国家政事,王令也为王安石出了不少好主意。然而不幸的是,未及王安石变法,这位才华横溢的诗人就在二十八岁时离开了人间。

王令一生贫病交加,但他始终没有停止诗文创作,共留下了七十多篇散文和四百八十多首诗歌。这奠定了他在宋代文坛的地位。

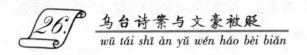

26. 乌台诗案与文豪被贬
wū tái shī àn yǔ wén háo bèi biǎn

北宋元丰二年(1079年)七月二十八日,朝廷突然派官员皇甫遵来到湖州,将刚任太守三个月的苏轼像捉鸡鸭一样抓走了,旁观众人无不震惊。这就是著名的乌台诗案。

乌台诗案的起因,是苏轼调任湖州时写了一篇《谢湖州上表》,表中流露了一些不满情绪,说神宗现在重用的那些人是一帮小人。当时朝廷政治斗争非常激烈。王安石变法时,遭到以司马光为首的元老重臣的反对,只好起用了一些支持自己的人。这些人中,有不少并不是想为国家出力,只是想借机飞黄腾达,满足一己私欲罢了。如御史李定,他为了能不离开京城,不失去做官的机会,竟然隐瞒母亲已死的讯息。这在封建社会是大不孝,是很让人看不起的。苏轼就曾上表弹劾过他,因此他对苏轼怀恨在心。

这次,苏轼被变法派排挤出朝廷,任地方长官,自然难免有一些牢骚话,"新进"、"生事"等语刺痛了这些借变法向上爬的小人,他们本来就恨苏轼，一看到这个表章，更是把苏轼视为"眼中钉，肉中刺"，一日不除去，他们就一日不得安宁。

苏东坡手札

于是他们找来了苏轼的几首诗，牵强附会，罗织罪名。如《山村三首》之三："老翁七十自腰镰，惭愧春山笋蕨甜。岂是闻韶解忘味？迩来三月食无盐。"这首诗反映了山区人民吃不到盐的问题，情况是完全属实的。可是却被李定等人诬为讽刺新法中的盐法。又如被列为讪骂新法的《八月十五看潮五绝》之一，更是与新法毫无关系："吴儿生长狎涛渊，冒利轻生不自怜。东海若知明主意，应教斥卤变良田。"作者有感于吴儿弄潮溺死而作此诗，却被诬为攻击农田水利法。

御史李定等人四次上表弹劾苏轼，非要追究苏轼的过错不可。神宗皇帝本来没有这个意思，却经不住御史们三番五次对苏轼的围攻，只好派太常博士皇甫遵去拘捕苏轼。

驸马都尉王诜是苏轼的好友，他一听说这个消息，马上派人告诉了苏轼的弟弟苏辙，要他火速通知湖州的苏轼。皇甫遵日夜兼程，其行如飞，苏辙派出的人本来是赶不上的。幸好皇甫遵到了润州，儿子突然生了病，求医诊治，耽搁了半天，这样苏轼才在他到达之前，就知道了这一消息。可是他不知道自己的罪名究竟有多重，很有些害怕。

皇甫遵一到湖州，就直奔湖州公堂。他身穿官袍，手拿笏板，十分傲慢地对公堂中的差人说："让苏轼出来见我。"他手下的两个士兵也都是头缠黑巾，肩宽膀阔，样子非常吓人。太守官衙中的人都慌做一团，不知会有什么事发生。苏轼不敢出来，就与通判商量。通判认为他躲避使者也没有用，还是得按照礼节迎接。苏轼只好穿上官衣官靴，走到庭院中，面向官差而站。皇甫遵就在他对面，可是就像没看见他一样，一句话都不说，脸上的表情异常冷峻，气氛紧张极了。苏轼只好先开口说话："我知道自己得罪了朝廷，一定是死罪。我死不足惜，但是请求能与家人告别。"这时，皇甫遵才说："并没有这么严重。"通判迈了一步上前道："相信必有公文。"皇甫遵厉声问："他是何人？"当得知是通判后，才正式交出公文。打开一看，原来只是一份普通公文，免去苏轼太守职务，传唤进京而已，大家这才松了一口气。

与家人告别后，苏轼立即被押着上了船。根据县志记载，当时湖州百姓看到他们敬爱的太守被生拉硬拽、推推搡搡地被抓走了，无不泪如雨下，苏轼的家人更是大哭。可是这还没有完，正在他们惊魂未定的时候，御史台又派人来抄了家，搜集苏轼所作的诗文。那些兵丁们把东西到处乱扔，翻箱倒柜地折腾了半天才走。家中的女人和孩子们都吓得半死，苏轼的妻子王氏生气地说："他一生好作诗，诗有什么用，反而惹祸。"一怒之下，焚烧了苏轼的手稿，后来发现残存的不过三分之一而已。这是一件很可惜的事。

由于苏轼文名很盛，案件又牵涉到新旧党争，因此这一事件当时在朝廷上造成了很大的震动。大臣们的态度都非常复杂，有的是一定要置苏轼于死地，有的是很怕惹祸上身，避之唯恐不及，也有很多人挺身而出，为苏轼辩护。

御史李定等人是绝不会放过苏轼的，他们见只有御史弹劾力量还不够，就拉拢副宰相王珪。王珪是一个专看皇帝脸色行事的人，他上朝是为了"取圣旨"，皇帝表态后他说声"领圣旨"，退朝后就对下属说："已得圣旨。"因此被人讥为"三旨"宰相。这次他把神宗的脸色看错了，他看见神宗逮捕了苏轼，以为神宗是有意要杀他，于是就跟着煽风点火，大搞捕风捉影，栽赃陷害。

一天上朝时，他突然对皇帝说："苏轼有谋反之意。"皇帝大感意外，说："他也许有别的过错，但还谈不上谋反，你为什么这么说呢？"王珪于是提起了苏轼《咏桧》那首诗，说这首诗的后两句"根到九泉无曲处，世间唯有蛰龙知"，是说有人要命定成为天子，取代神宗的地位，这个人还出身低微。宋神宗感到这样解释太荒唐了，说："他吟咏的是柏树，关我什么事？"当时章惇也在旁边，他是支持新法的，但对王珪这样歪曲苏轼的诗意很不满意，退朝后质问王珪："你是不是想使苏轼家破人亡才甘心？"王珪说："这是御史舒亶的意思。"章惇毫不客气地讥讽他说："舒亶的口水给你，你也吃吗？"

广东合浦东坡亭

御史台极力想置苏轼于死地，共审讯了四十多天。苏轼感到形势很险恶，就与儿子苏迈约定，平时只送菜和肉，如果有坏消息，就送鱼。有几天，苏迈要离开京城去别处借钱，就把送饭的事托付给了一位朋友，却忘了告诉他这件事。恰好这位朋友得到了一条鱼，就做熟送去了。苏轼一看大惊，心想这回可是凶多吉少了。于是马上写了两首诀别诗，托狱卒转给弟弟苏辙。这两首诗措辞极为悲惨，第一首表现了兄弟间的手足深情，生死离别时的哀怨、凄楚，跃然纸上。

诗中说自己一家十口全赖弟弟照顾了，愿与他世世代代为手足。另外一首是描绘监狱的阴森恐怖和自己的惊惧心理。其中有"柏台霜气夜凄凄，风动琅珰夜向低。梦绕云山心似鹿，魂飞汤火命如鸡"的诗句。写出了狱中霜风残月的凄凉和自己晚上不能入睡的难以平静的心情。

御史们极力想置苏轼于死地，特别是李定，一心想趁机报私仇。然而他们的阴谋没有得逞，因为苏轼是个很有影响的人，很多人为他说了好话。宰相吴充说，曹操那样猜忌，还能容忍祢衡，陛下以尧舜为榜样，还不能容一苏轼？仁宗皇后曹太后临死前特意留下了几句遗言："我听说苏轼因写诗受审问，这是小人跟他作对，没法子在他的政绩上找毛病，就想由他的诗置他于死地。我是不行了，你可别冤枉好人，老天爷是不容的。"退居金陵的王安石也上书说："安有圣世而杀才子乎？"

由于上下的多方营救，加上神宗本来也很赏识苏轼的才华，于同年十二月二十九日结案。结果令李定等人大失所望，苏轼只是被贬为黄州团练副使，判得很轻。苏辙、王诜同受贬谪，与苏轼关系密切的司马光等数十人均被罚金。

乌台诗案是以诗定罪的文字狱，这为后世如清朝的文字狱开了一个很不好的头。经过这次死里逃生的遭遇，苏轼对社会人生认识得更深了，他的诗文也从此变得更加深邃和沉郁。

苏轼创作上的高峰期是在"乌台诗案"后，被贬黄州时期。在这一阶段，他写了大量的诗、词、散文，且成就很高，如著名的前、后《赤壁赋》。而更令人惊叹的是，黄州时期恰是他生活上最艰难的时期。

苏轼到黄州后，收入锐减，平时又无积蓄，实在难以支撑一家十口的用度，日子十分清苦。他就给自己定了一个花钱预算法，规定每天的用费不能超过一百五十文钱。每月初，取四千五百钱分为三十串，挂在房梁上，每天用叉挑取一串，就把叉藏起来。这一百五十文若没用完，就放在另外一个竹筒中，存起来，用来招待宾客。

可即使这样精打细算，生活仍难以维持。于是苏轼在恶劣环境的逼迫下，开始务农了。他过去曾经想过弃官为农，做个隐者，却没想到会在这种情形下被迫成了农夫。

苏轼有一个好朋友，叫马正卿，他是苏轼的崇拜者，二十多年了，一直跟随在苏轼左右。他向郡中申请了城东过去的营防废地数十亩，让苏轼开垦耕种，以便维持生计。那块地在黄冈之下，长满了荆棘荒草，堆满了碎石。苏轼在草丛瓦砾中开垦出大片的耕地，种上了稻谷和蔬菜。他向农民学习种田的经验。农民告诉他说，麦苗刚长出来的时候，不能任其生长；若想丰收，必须让新生的麦苗叫牛羊吃去，等冬尽春来时，再生出的麦苗才能茂盛。

这种躬耕生活，使苏轼懂得了粮食的可贵。他深有体会地说："我久食官仓，红腐等泥土。"现在经过"种稻清明前"、"分秧及夏初，秋来霜穗重"、"新春便入甑"的劳动全过程，知道了粮食的来之不易。而他所耕种的那块地，因为在东山坡下，所以命名为"东坡"，苏轼就用它作了自己的别号，现在人们之所以称他为苏东坡，就是这么来的。

黄州太守徐君猷对苏轼很好，任由他往来于附近各地，并经常和他一起宴游，但因为苏轼是作为罪人安置在黄州的，他仍负有看守的责任。苏轼的一次夜游，可把太守吓坏了。那天晚上，苏轼在东坡草堂与客人饮酒，半夜才回到住处临皋亭。当时家里的人都睡熟了，怎么敲门都不应。苏轼在门外听着滔滔的江水声，忽然产生了遐想，便高声吟了一首词，词的后两句是："小舟从此逝，江海寄余生。"第二天，便有人说苏轼昨晚到过江边，写下这首告别词后，已经顺流而下逃走了。这事传到太守耳朵里，他大吃一惊，急急忙忙来到苏轼的住处，推门一看，苏轼正鼾声如雷，酒醉未醒呢。这个故事说明苏轼当时实际上是被软禁在黄州的。

苏轼逐渐从乌台诗案的闷棍下清醒过来，对生活又充满了信心，写出了一些好文章。元丰五年（1082 年）三月七日，苏轼和朋友到黄州东南三十里的沙湖游玩。去的路上正赶上下雨，同去的其他人都被雨浇得狼狈不堪，大声叫苦。苏轼却像散步一样，从容不迫，一边走一边作出了一首词，这就是著名的〔定风波〕《沙湖道中遇雨》：

莫听穿林打叶声，何妨吟啸且徐行。竹杖芒鞋轻胜马，谁怕？一蓑烟雨任平生。　　料峭春风吹酒醒，微冷，山头斜照却相迎。回首向来萧瑟处，归去，也无风雨也无晴。

从这首词中，可以看出苏轼已经战胜了孤独失意，泰然自若地走在人生的道路上，任凭风吹雨打，胜似闲庭信步。充分表现出苏轼豁达乐观的精神。

这一年的七月和十月，苏轼又两游黄州附近的赤壁，写下了千古名篇前、后《赤壁赋》。《前赤壁赋》是苏轼和同乡道人杨世昌享受夜景时写成的。那是七月十六仲夏之夜。清风在江面上缓缓吹来，水面平静无波。苏轼与杨世昌慢慢喝酒吟诗。不久，一轮明月出现在东山之上，白雾笼罩江面，水光与雾气相接。两个人坐着小船，漂浮在白茫茫的江面上，只觉得人如天上坐，船在雾中行。苏轼手拍船舷开始唱起来：

> 桂棹兮兰桨，击空明兮沂流光，
>
> 渺渺兮予怀，望美人兮天一方。

杨世昌开始吹箫为苏轼伴奏，箫声奇悲，如泣如诉。苏轼问他："你为什么吹得这么悲伤呢？"杨世昌说："你还记得赤壁发生的往事吗？一千年前，一场水战在此爆发，决定了三国魏蜀吴的命运。难道你不能想象帆樯如林，顺流而下的景象吗？难道你不记得曹操夜间作的'月明星稀，乌鹊南飞'的诗句吗？可是这些英雄，今天在哪里呢？今天晚上，你我无拘无束，驾一叶扁舟，一杯在手，享此一时之乐。可这只是人生的瞬间而已，片刻即化为虚幻。我真想遨游太空，飞到月宫而长生不老。可我知道这些只是梦想，永远不可能实现，因此便如此悲伤了。"苏轼安慰他说："你看水和月：水不断流去，但水依然在这。月亮或圆或缺，但终究如故。你若看宇宙的变化，没有不变的；可你若从不变方面看，万物和我们都是不朽的。再说，江上清风，山间明月，是供我们享受的。这些无限的宝贝，取之不尽，用之不竭，正是造物的无私。"听了苏轼这一番话，杨世昌也笑了。两人洗净杯盘，继续喝酒，后来便互相枕着睡去，却不知东方已开始露出曙光了。苏轼在安慰朋友时所吟出的这篇《前赤壁赋》充分表达了他在极端失意时仍能保持乐观的人生态度。

苏轼在黄州虽然政治上很不如意，生活上更是艰苦，要自己亲身躬耕，然而，在文学创作上他却达到了高峰。

27. 文坛三苏：天下闻名大文豪

wén tán sān sū: tiān xià wén míng dà wén háo

我国北宋年间，有这么一家，父子三人都是名动天下的大文豪，散文八大家中他们占了三家。这就是著名的"三苏"——苏洵、苏轼、苏辙。

苏洵字明允。他少年时期不喜欢读书，对当时华丽空洞的文风很是不满。亲友们因此很担忧，劝苏洵的父亲说："你的儿子不用心读书，你为什么不好好管一管？"苏洵的父亲却笑着回答说："你们不了解他，我是不发愁的。"

果然，在苏洵二十七岁那年，长子苏轼出生了。他忽然意识到自己已经是一个父亲了，却还是一事无成，看到自己的哥哥、表兄、姐夫都已经科考成功，他受了很大的刺激。于是就在这一年，他发了个狠劲开始读书。为了学习古文的章法，他曾烧毁了自己的文章数百篇，经过刻苦努力，终于成为宋代著名的散文家。

苏轼出生三年后，苏辙也出生了。苏洵之所以给儿子取名为"轼、辙"，也是有缘故的。轼是车上用作扶手的横木，是露在外面的。苏洵害怕苏轼性格过于外露不掩饰，容易招来灾祸。果然苏轼天生豪放不羁，锋芒毕露，一生多次被贬，差点被杀头。辙是车

木刻三苏图。苏洵、苏轼、苏辙父子三人神采各异。苏轼、苏辙仿佛在研讨诗文，苏洵则在一旁倾听。在父亲苏洵的悉心指点下，1056 年，两兄弟同榜中进士。（苏轼二十一岁，苏辙十八岁）。父子三人自此文名大噪。

子碾过的印迹。苏辙一生怡和淡泊，深沉不露，在激烈的党争中，虽然也多次被贬，但最终能免祸，悠闲地度过了晚年。在两个儿子中，很显然苏洵更担心大儿子苏轼。

苏洵青年废学，成名很晚，就把成就功业的希望寄托在两个儿子身上。他亲自教育他们，让他们背诵和模仿名家之作，欧阳修的文章就是他们常用的范文。他们的习作，苏洵都一一修改评点。

大约在苏轼十岁左右，苏洵让他模仿欧阳修的文章写了一篇《赐对衣金带及马表》。苏洵看了，非常满意，高兴地说："这个儿子以后一定有出息。"苏洵果然说对了，后来苏轼曾多次出入学士院，并多次得到皇帝赏赐的对衣、金带和马。

嘉祐元年（1056年），苏洵带两个儿子进京应试。当时苏轼二十一岁，苏辙十八岁。兄弟二人顺利地通过了举人考试、礼部考试和殿试，进士及第。他们的父亲苏洵的那个高兴劲儿就不用说了，眼看两个儿子年纪轻轻的都考中了，怎么能不欣喜若狂呢。不过这也引发了他的感慨，他想自己少年时不好好读书，浪费了那么多时间，虽然自己的抱负在儿子们身上实现了，但自己难道就真的一事无成了吗？他听说欧阳修是最重视文才的，就把自己几年来所写的二十多篇文章托人送给欧阳修，请欧阳修指教。欧阳修一看，苏洵的文章文笔老练，别具风格，不同凡响，就向宰相韩琦推荐。韩琦见了，也很喜欢。于是没经过考试，破格将苏洵任命为秘书省校书郎。

这样，苏家父子三人当时在京都都出了名，时人称他们为"三苏"。

"三苏"中，文学成就最高的是苏轼，他也是北宋时期成就最高的文学家。对于苏轼的文才，北宋时无人不叹服。欧阳修就非常赏识苏轼，他有一天对儿子说："你记着我的话，三十年后，无人再谈论老夫。"他的话果然应验，欧阳修死后的十年之内，果然无人再谈论欧阳修，大家都在谈论苏轼。苏轼的著作被朝廷禁阅之时，还有很多人在暗中偷偷地读呢。

宋神宗也很欣赏苏轼的才华，他喜欢边吃饭边看苏轼的诗文。每当他拿着筷子却长时间不放下时，旁边伺候的太监宫女们就知道皇上是看苏轼的文字入了迷。苏轼贬官黄州期间，宋神宗曾多次想起用他。有一次他对宰相王珪说："国史很重要，可以让苏轼来撰写。"可是王珪是乌台诗案中极力迫害苏轼的人，他怎么能愿意苏轼再度被起用呢？于是就口称唯唯，面有难色。神宗看到他这个样子，只好长叹一声，无可奈何地说："那就让曾巩来撰写吧！"可是神宗终究放不下苏轼，元丰七年（1084 年），他终于下手诏说："苏轼被贬这么长时间了，即使有过错也该改得差不多了。人才实在难求，不忍舍弃。"于是把苏轼从黄州调到离京城较近的汝州。

苏轼的弟弟苏辙也是很有才华的。苏家两兄弟被录取时，宋仁宗曾高兴地对皇后说："我为子孙找到两个宰相之才了。"在仕途上，苏辙比哥哥要平稳得多，他的官位比哥哥要高，曾真的做到宰相一职。他的文章内容充实，很有深度，足称大家。

苏家两兄弟感情非常深厚。他们从小在一起读书，一起长大，一起考中进士。忧伤时互相安慰，患难时互相扶助。乌台诗案中，苏轼被捕入狱，处境非常险恶。苏辙为了营救兄长，不仅四处奔走，而且上表给神宗，请求赦免苏轼，自己愿纳还一切官职，为兄长赎罪。后来因为这一点，他受的处罚较重，被调到高安，任筠州酒监。苏辙很聪明，他在人情世故方面确实高出哥哥一筹。苏轼在狱中曾给他写了两首诀别诗，诗里除了表达了兄弟间深厚的情谊外，又表

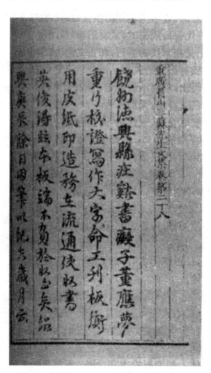

宋刻本《眉山三苏文集》书页

示皇恩浩荡，而自己无法图报，深为惭愧。苏辙接到后，感动万分，竟伏在监狱的案子上哭了起来。狱卒随后就把这两首诗带走了，因为狱卒按规矩，必须把犯人写的片纸只字呈交监狱最高当局查阅。苏辙是知道这点

的，因此他借着痛哭的时候，特意让狱卒把诗拿走了。果然不出他所料，这些诗传到了皇帝手中，神宗看了，十分感动。这就是为什么虽有御史强大的压力，苏轼最后却被判得很轻的缘故。后来，苏轼的监禁被解除了，苏辙接他的时候，特意用手捂住他的嘴。苏轼就明白了，知道弟弟是在告诉他今后要三缄其口，不要乱说话。

苏轼杭州任满时，请求调到密州，就是为了能和弟弟苏辙见面。可是他的愿望没有实现。在密州期间，他一直没有机会去看苏辙。熙宁九年（1076年）中秋，苏轼孤零零的一个人在超然台饮酒赏月。当时他与苏辙已有五年没见了。看着天上圆圆的月亮，想到自己这个唯一的弟弟，苏轼的思念之情无法抑制，于是举起杯子，对着皎洁的月亮吟了一首〔水调歌头〕。

词的上阕表明了作者的忠君思想，下阕是对弟弟的思念。据说神宗读到"琼楼玉宇"两句，感叹道："苏轼终是爱君。"这首词表现了苏轼对逆境、对人间一切不如意事的通达态度，虽然无法和弟弟相见，但此刻不正在千里共赏一轮明月吗？全词挥洒自如，一气呵成，是一首脍炙人口的杰作。有人说，苏轼这首词写出后，所有以中秋为题的词都可以弃之不看了。

苏家父子三人个个都是才华横溢，学识渊博，在我国文学史上也是少有的现象。因此，后人一提起三苏，无不钦佩景仰。

28. 大器晚成文才出众的苏洵
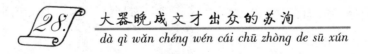
dà qì wǎn chéng wén cái chū zhòng de sū xún

"一门三父子，都是大文豪，诗赋传千古，峨眉共比高。"这是朱德朱老总所作的《题眉山三苏祠》。这里提到的三父子就是唐宋八大家中的苏洵及其两个儿子苏轼、苏辙。

苏洵，字明允，四川眉山县人。他出生在一个"三世皆不显"的地主家庭。他的父亲苏序，是个乐善好施之人；他的两个哥哥苏澹、苏涣都是进士出身。苏涣中进士很早，在眉山一带影响很大。当他中进士的消息传回到故乡的时候，"迎者百里不绝"，这样的场面是可以想见的。可是苏洵却没有受到两个哥哥的影响，他从小就不喜欢读书学习，只知游荡，即使结婚以后仍然如此。他的妻子程氏是个沉静而贤惠的女人，看着他这个样子，嘴上没有说什么，但是心里却暗暗为他的前途担忧。亲戚邻里也很关心他，为他忧虑。可是他的父亲苏序却若无其事，只是对他一味放纵。别人询问原因，他只是笑而不答，一副蛮有信心的样子，真的是"知子莫如父"。他是了解苏洵的。在他看来，苏洵是颇有大志的，不应该为那些声律句读所束缚。他的游荡也是一种学习，是对社会、对世事的学习。他相信只要苏洵有

苏洵画像

一天能静下来苦读，一定会通晓"六经百家之说"的。

　　苏洵二十七岁时，大哥苏澹死去，面对老迈的父亲，他知道自己应该挑起家庭的重担了。同时，他又意识到现在学习还不算晚，他的妻子程氏等这一天已经等了很久。她不能让家庭累住丈夫，毅然将生活的压力放在自己的肩上，让丈夫得以潜心读书。苏洵用心苦读一年多，却考进士不中，只好怀着沉重的心情重返故乡。后又入京应制策，虽然文章得到赞赏，但却不符合考官的胃口，此行又以落第而告终。这段经历让苏洵铭刻于心，日后他曾在《寄梅尧臣书》中说："自思少年尝举茂才，夜起裹饭携饼，待晓东华门外，逐队而入，屈膝就席，俯首就案。"这段日子让他每每想到就备感心寒。

　　这样的打击，这样的情景，使他对于功名不再有兴趣。回家之后，愤然将自己准备应考而写的几百篇文章全都烧掉，从此专攻学术，读史研

经。时间长了，感到胸中豁然开朗，许多从前不明白的事理变得一目了然。他不再急于写文章了，竟五六年没有动过笔。直等到胸中的话已经多得不能自制时，才下笔成文，顷刻千言。

当时镇守成都的张方平，怀着选才之心看了他的文章，称赞他"博物洽闻"，文章兼有左丘明、司马迁、贾谊的长处。敬他以特殊的礼遇，在家中专门为他设一个座位，这个座位从不用来接待其他宾客。他们谈古论今，甚是融洽。张方平越来越感到苏洵是个不可多得的人才，极力向朝廷推荐，却迟迟未得到答复。于是建议苏洵携二子入京应试。此时的苏轼、苏辙已博览群书，正是"小荷才露尖尖角"之时。

一路奔波，又赶上京城闹水灾，从春走到秋，此时的苏洵已年过半百，其艰辛可以想见。值得安慰的是，与当时的文学泰斗欧阳修相见后，欧阳修对其文章大为赞赏，立刻呈献朝廷，向许多身居要职之人推荐。一时苏洵名气大盛。身为布衣，却经常杂坐于朝中显要之间，被人待为上宾。尽管受到这样的欢迎和赏识，却不被朝廷重用，这使苏洵苦闷难言。为了使自己能有为于当世，他曾在张方平归京时，冒风雪在城外迎候，冻得"唇黑百裂，僮仆无人色"，如此这般只是为求其再荐。这时的苏洵是不得志的，而同来京城应试的苏轼兄弟却一举中第。欧阳修对苏轼更为称道，认为他自己也要被苏轼比下去了，而且将来还会超过他，还说："三十年后，将没有人知道我了。"二子登科，受到赏识，作为父亲的苏洵在骄傲之余写下了一首诗，感慨道："莫道登科易，老夫如登天；莫道登科难，小儿如拾芥。"从中不难看出他既辛酸又欣慰的复杂心绪。

正当此时，他的妻子程氏病逝，父子三人匆匆返乡。爱妻的逝去，加上在京那段日子的不尽如意，使苏洵对于政治的幻想变得淡然起来，只想在家乡悠然度过余生。可朝廷偏偏又召他入舍院试策论，他托病不去，写了《上皇帝书》，说："臣本凡才，无路自进。当少年时，亦尝欲侥幸于陛下之科举。有司以为不肖，辄以摈落，盖退而处者十有余年矣，今虽欲勉强扶病戮力，亦自知其疏拙，终不能合有司之意，恐重得罪，以辱明诏。"从这里已经看出他对于朝廷科举制度的些微不满，他觉得没有必要一定要做官，"洵之所为欲仕者，为贫乎？实未至于饥寒而不择。"（《上欧阳内翰第四书》）虽然如此，他毕竟是有志之士，在《上皇帝书》中他又将其政治革新主张分十条加以论述，希望能够有利于国家。他先劝皇帝要知人善任，认为文有制科，武有武举，智勇双全之人将相俱备；皇帝应该信任大臣，疏远宦官……对于外交等方面都有所论及，而且大多切中要害，一语中的。

当时与之交往较密的梅尧臣，收到他拒绝赴京应试的书信后，提醒他家中还有雏凤——苏轼、苏辙应该施展抱负。为了二子，他再次入京，却拒绝应试。朝廷任命其为试秘书省校书郎，这是个卑微的九品小官，苏洵无奈，只得勉强接受下来。

苏洵虽受如此不公平的待遇，却时刻关心时事。仁宗逝世时，韩琦大兴土木，为仁宗修陵园。对此，苏洵是不赞成的，于是就写了《上韩昭文论山陵书》，对这种行为进行了激烈的批评。他认为仁宗以俭德治天下，这样的厚葬是不符合仁宗本意的；况且，一切负担都要转嫁于民，于英宗即位不利，要求韩琦"救百姓之急"，"抒百姓目前之患"。韩琦看后勃然变色，但还是采纳了苏洵的一些意见。

宋英宗治平二年，苏洵与姚避合修的《礼书》完成，共一百卷，上奏英宗，赐名《太常因革礼》。刚修完此书，年仅五十八岁的苏洵就因积劳成疾而卧病不起了。虽说欧阳修等人很是关心，送去诸多药方盼他康复，但他的病却一天比一天加重了。苏洵已感到自己与世不久了，对苏轼兄弟详细交代后事，叮嘱他们完成他尚未完稿的《易传》。不久就与世长辞了。

他的死，引起朝廷上下的震动，"自天子、辅臣至闾巷之士皆闻而哀之"，欧阳修作《苏主簿挽词》道：

> 布衣驰誉入京都，丹旐俄惊返旧闾。
>
> 诸老谁能先贾谊，君王犹未识相如。
>
> 三年弟子行丧礼，千两乡人会葬车。
>
> 我独空斋挂尘榻，遗编时阅子云书。

死后的一切辉煌对于苏洵来说都是空的了，他的政治抱负始终未能如愿施展，死去之时也是颇多遗憾的。

自古大器晚成而有所成就的人并不多见，而苏洵从二十七岁开始发愤，最后竟能成为唐宋八大家之一，一直是后人传颂的典范。他文章中磅礴的气势，雄迈的文风，感慨淋漓的酣畅，使他在文学史上的位置无法替代。真正是"一时之杰，百世所宗"的一代大文豪。

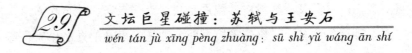

29. 文坛巨星碰撞：苏轼与王安石

wén tán jù xīng pèng zhuàng：sū shì yǔ wáng ān shí

苏轼和王安石是北宋中期同负盛名的文学大家，两人在政治上有分歧，有争论，在文学和品德上则互相佩服，他们友谊的发展经历了一个比较曲折的过程。

两人初次的交往是在嘉祐五年（1060年）。苏轼授河南府昌县主簿的制词就是由王安石起草的。王安石在制词里称赞苏轼："尔方尚少，已能博考群书，而深言当世之务，才能之异，志力之强，亦足以观。"从这里可以看出，王安石对苏轼的才华是很欣赏的。苏轼更是对王安石钦佩已久，当时王安石已文名满天下，而苏轼只不过是初出茅庐的新人。两个人互相推重，友谊日见加深。

可是，不久就风云突变，苏轼和王安石都卷入了一场政治漩涡之中。由于两人政见相左，友谊出现裂痕。

治平四年（1067年），神宗皇帝即位。他年富力强，雄心勃勃，颇想有所作为。恰好他手下有一名大臣叫韩维，常常对朝政发表意见，这些意见总是很合他的心意。而韩维却说："这不是我想出来的，是我的好友王安石的意见啊！"于是神宗就很器重王安石，擢升他为参知政事，实行变法。这就是著名的"王安石变法"。

这次变法在朝廷中引起了极大的震动，大臣中分出了变法派和保守派。两派之间的斗争非常激烈。从一开始，苏轼就站到了保守派的一边，这主要是因为他的儒家思想和地主阶级立场。熙宁二年（1069年），王安石准备变科举、兴学校，神宗对此有些怀疑，就征询大臣们的意见。苏轼就写了《议学校贡举状》，表示反对。认为根本问题并不在于改革考试制度，而在于朝廷用人是否得当。他还反对王安石任用大批新人推行新法令。由于新法某些地方触动了豪强大地主的利益，很多元老重臣都反对变法，在没有办法的

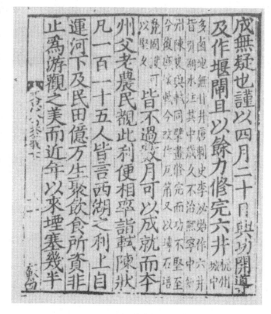

宋代刻本《苏文忠公全集》书页

情况下，王安石只好起用了一批支持他的下层官吏。苏轼指出，很多官员只是想借着变法的机会往上爬罢了，并不是真心为朝廷办事，这只能使朝廷越来越乱。对雇役法他也很不赞成，认为这只能加重下层农民的负担，不会有什么真正的好处。这一点后来连变法派人物章惇也承认了，说："言（雇役法）不便者多下等人户。"

随着变法的深入，苏轼和变法派的矛盾越来越大，他和王安石曾多次在朝堂上激烈辩论。苏轼天生个性爽直，提出意见直截了当，非常尖锐，这使他与王安石之间友谊的裂痕越来越深。王安石对苏轼很不满意，就把他赶出朝廷，任他为开封府推官。推官是掌管刑狱的，事务很多。王安石想用繁琐的事务困住苏轼，使他不能再发表意见反对自己。可是苏轼很有办事能力，把事情做得又快又好，竟然还有时间给神宗又上了两个表，全面反对新法。这可真让王安石为难了，打击苏轼吧，他又实在是一个难得的人才。王安石曾说："不知更几百年，方有如此人物。"可见他对苏轼才华的推许。况且，苏轼虽然常常使他下不来台，但王安石对苏轼不俯仰当

世、大胆直谏的精神，也是十分欣赏的，他曾说："直须诗胆付刘叉。"（《读眉山集次韵雪诗》）刘叉是唐朝人，因敢于直谏而闻名。但若不打击苏轼，自己推行变法运动，又容不得异己的存在。想来想去，王安石只好接连任苏轼为地方长官，总给他事做，不让他回朝廷，影响自然就小了。

其实，苏轼和王安石虽然在政见上分歧很大，但两人的基本目的都是一个：都是为了使宋王朝能够更加兴盛，巩固宋朝的统治。两人都是忠君爱国，没有半点私心，只不过在施政方式上不同罢了。因此后来在王安石下台后，两人的友谊又得到了恢复和发展，这主要是在王安石晚年。乌台诗案是一个契机。当时御史李定等人极力要置苏轼于死地，而神宗却犹豫不决，苏轼的情况很凶险。隐居在金陵的王安石知道这件事后，马上给神宗上书说："安有圣世而杀才子乎？"王安石是神宗所器重的人物，虽已退隐，但说的话还是很有分量，因此这件事就因王安石的话"一言而决"。从这个意义上说，王安石对苏轼还有救命之恩。

苏轼出狱后，对王安石很感激，而且即使在变法运动最激烈的时候，他们的友谊也没有真正破裂，所以两人的交往很快就多了起来，最著名的就是江宁相会。

元丰七年（1084年），苏轼从黄州被贬到汝州。七八月间路过江宁的时候，专门去看望了王安石。王安石自从在熙宁九年（1076年）第二次罢官后，一直闲住在坐落于江宁城东门和钟山之间的宅第"半山园"中，到这时已整整八年了。苏轼到达江宁的时候，王安石正在养病。但他一听说苏轼到了，马上从病床上爬起来，匆匆忙忙地穿了一件家常衣服，就到江边去迎接苏轼。见面一看，苏轼也没穿官袍，只是穿了一件平常衣服，两人都笑了，苏轼开玩笑说："我今天是穿着野服见大丞相啊！"王安石也笑着说："礼仪难道是为我们这些人设的吗？"说完二人都哈哈大笑，毫不拘束，非常随便。

这次江宁相会，苏轼和王安石在一起吟诗说佛，相互唱和，愉快地度过了几天。一日，他们和江宁知府王胜之一同游览蒋山。一路上，三人谈天说地，边欣赏路边的风景，边吟诗作词。苏轼当时就吟了一首《同王胜之游蒋山》。王安石很爱其中"峰多巧障目，江远欲浮天"两句，赞叹说："我平生所作的诗中，没有这两句呀！"对苏轼的文才十分推崇。

有一天，王安石和苏轼在一起闲聊。谈着谈着，王安石突然说："你也在这买房，和我一起隐居吧！我们也好能时时相见。"苏轼听了后，很有些动心。当时他们两人，一个被贬，一个赋闲，情况虽然不太相同，但不被任用的处境是一样的。于是苏轼就打算在王安石家旁边买一处田产，一辈子隐居在这算了，再说他本来就不愿去汝州赴任，如今听了王安石的劝说，就更动摇了。

后来苏轼买田的事因种种原因没有办成，离开江宁去了常州。刚分手不久，苏轼就给王安石写了一封信说："已别经宿，怅仰不可言！"王安石也在《回苏子瞻简》中说，分手以后，"俯仰逾月，岂胜感怅！"二人都是难舍难分，相互思念。

苏轼同王安石这次相聚的时间虽然不长，却在两人的友谊史上占有重要的地位，并给人们留下了一段文坛佳话。

"从此归耕剑外，何人送我池南？"诗句表达了苏轼对王安石的怀念。

江宁聚会是两位诗人交往中最快乐的一次聚会，也是最后的一次聚会。此后仅仅一年多，王安石就病逝了。当时苏轼正在汴京任中书舍人，奉命起草《王安石赠太傅敕》。在这篇制词里，苏轼对王安石的道德和文章给予了很高的评价，突出地指出了王安石在学术上敢于破旧立新的精

神。这一年的七月，苏轼去西太一宫，看见王安石题在墙壁上的六言诗，心有所动，想到诗虽然还在这里，可是人却已经去了，不禁感慨万千。于是提笔写了《西太一见王荆公旧诗偶次其韵二首》，诗中说："从此归耕剑外，何人送我池南？"表达了对故人深沉的悼念。

苏轼和王安石这两位大诗人，虽然因在变法中政见不合，致使友谊的发展经历了一些曲折，然而二人始终是互相钦佩，彼此推重，保持着较为深厚的友谊。

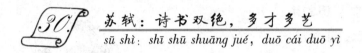

30. 苏轼：诗书双绝，多才多艺
sū shì: shī shū shuāng jué, duō cái duō yì

苏轼是一个多才多艺的人，他不仅在诗、词、散文等文学领域，而且在书法、绘画等艺术领域，都有巨大的成就。

苏轼是宋代文学史上的大家，他上承王禹偁、欧阳修的现实主义创作风格，以其突出的创作成就，成为继欧阳修之后杰出的文坛领袖。

苏轼具有多方面的才能，诗、词、文、画无所不通，无所不精。他以丰富而广泛的创作实践完成了欧阳修领导的北宋诗文革新运动，并把这种革新精神扩展到歌词的创作领域，进一步开拓了词的意境，把歌者之词变成了"自是一家"的文人之词，转变了从晚唐五代到宋初以婉约为主的词风，影响极为深远。

宋代有许多书法家，如范仲淹、蔡襄、米芾、黄庭坚等，其中仍以苏轼最为有名。他认为，文贵自然，书法也贵自然。他说："我书意造本无法，点画信手烦推求。"苏轼的书法肉丰骨劲，外拙内美，端庄秀丽。当时的人推崇备至，很多人千方百计地搜集苏轼的墨迹。

苏轼任翰林学士的时候，常在宫里住。有个特别崇拜苏轼的人，贿赂了给苏轼当差的太监，苏轼所写的每一张纸片，他都以十斤羊肉的价钱买下来。苏轼有时在纸上随手乱划，写了就丢了，别人却当宝贝一样珍藏起来。苏轼自己说："平生好书仍好画，书墙涴壁长遭骂。""长遭骂"是不

苏轼〔水调歌头〕写意

可能的，最多也就是苏轼的客气话。他在别人墙上随意挥抹几笔，主人正是求之不得，谁还会骂他呢？

一次，苏轼的几个朋友在他家住，其中有苏门四学士之一的张耒。他们晚上闲着没事，就翻弄苏轼的几个旧箱子。突然张耒高兴地叫了起来，原来他找到了一张纸，上面的笔迹是苏轼的，还隐约可以辨认。仔细一看，原来是苏轼贬居黄州期间所写的《黄泥坂词》。有的地方已经污损，连苏轼自己都不能辨认。张耒喜出望外，他赶紧抄写了一遍，把抄的那份交给苏轼，自己则保留了真迹。驸马王诜听说了这件事，为自己没有得到而备感遗憾。他给苏轼写了一封信，信中说："我早晚都在收购你的笔墨，如果有刚写的，请马上给我，免得我花费很多钱到外面去买。"

宋徽宗时期，皇家开始搜集苏轼的手稿，悬价一篇赏钱五万文。太监梁师成付钱三十万文，购买颍州桥上雕刻的苏轼所写的碑文，其实早已有人将其偷偷地隐藏起来了。不过这笔钱在当时来说，实在已是天文数字。

还有人出五万钱购买苏轼为一位学者所题匾上的三个字。苏轼的手笔，在当时已是珍贵至极。

苏轼的绘画，也同他的书法一样有名。他自幼就仰慕吴道子。吴道子的画有一种独特的风格。苏轼曾说，对于别人的画，他还不一定能判断真伪，"至于道子，望而知其真伪也"。

苏轼对书画的热爱，受其父亲苏洵的影响很大。苏洵是一个艺术鉴赏家，他平生没有别的嗜好，唯独喜爱艺术品。他并不富有，但为了购买艺术品，可以不惜任何代价。一次，他在街上看到一块木山，非常喜欢，爱不释手。因为身上没带钱，就把自己穿的貂皮衣裳脱下来，换了这块木山。父亲的这种痴迷，对苏轼的影响很大，使他一生与书画结缘。

苏轼有很多精通书画的朋友。他们经常在一起聚会，吟诗作画。最有名的一次是"西图雅集"，共有十六位名家相聚在驸马王诜的家中。苏轼头戴高帽，身穿黄袍，正在龙飞凤舞，王诜在旁边观看。另一张桌子上，李龙眠在写一首和陶诗，苏辙、黄庭坚、张耒、晁补之围在桌旁，米芾则仰着头，在一块岩石上题字。

苏轼在杭州任通判的时候，处理过一个案件。被告是一个年轻人，被控欠债不还。年轻人说，自己家里是卖扇子的，因去年父亲去世，向商人借了一笔债，今年春天一直在下雨，生意很萧条，并不是故意赖账。苏轼很同情这个年轻人，他思索了一下，突然看到桌上的笔砚，就灵机一动，说："你把扇子拿来，我给你卖。"年轻人拿来二十把扇子，苏轼拿起桌上的笔，几下就画出了枯竹和岩石。不一会儿的功夫，苏轼画完了，对那年轻人说："拿去还账吧。"年轻人喜出望外，没想到自己有这样的好运气，抱起扇子就往外跑。谁知外边早已传开了苏轼画扇的事，年轻人还没走出衙门口，就被一大群人围了起来，争着以一千文钱买一把扇子。没过几分钟，扇子就卖完了。晚到一步的，连连遗憾不已。

苏轼作画也如他的诗文一样，一旦下笔，挥洒自如，绝无滞碍，片刻之间即画成。他谈论自己的书画时说："我的画虽然并不是最好，但有新意，并不辱没古人。"

苏轼很注意观察细节。他曾讲过一件事，说四川有一个绘画收藏家，在他收藏的一百多幅名画中，最珍惜戴嵩画的斗牛图。一天，这个收藏家在院子里晒画，一个牧童碰巧从这里经过，他向那幅画看了一会儿，突然摇头大笑。人们问他为何发笑，牧童回答说："牛相斗时，尾巴一定紧紧夹在后腿中间，这张画上牛尾巴却直立在后面！"苏轼总把这个故事挂在口头上，时时和朋友们说起。

当时有一个有名的花鸟画家黄筌，他对鸟的习惯观察有错误，苏轼因此

苏轼《墨竹神韵图》

很看不起他，认为即使笔法再好，画错了又有什么用？在真实的基础上，苏轼认为画中的事物应该能传神，而不是单纯的画得像。

时人对他的书画都很爱好。一次他在郭正祥家画竹石，郭正祥高兴极了，不仅作了一首诗表示感谢，而且还送给他两把古铜剑。苏轼去世后，他的画成了收藏家手中的珍品。金人攻下京师的时候，点名要夺取苏轼的书画，作为战利品的一部分，因为苏轼的名气在他还活着时，就已传到了塞外。

苏轼还精通医药。在惠州时，他患了很严重的痔疮，失血很多。他就自己发明了一种治疗方法：只吃不加盐的麦饼和玉蜀黍饼，别的食物一概

不吃。这样过了几个月，病就好了。惠州瘴毒很厉害，他就把姜、葱、豆豉三样东西放在一起煮，用来治疗瘴毒，并向当地人民推荐。他几乎读遍了中国的医书，并把旁人难以分清的药草写上文字，以说明其不同的性质。在儋州的时候，他闲来无事，便到乡间去采药。他还考订出一种药草，在古书上是用别的名字提过，别人都没有找到，却让他找到了。他因此而十分得意，高兴了好几天。

苏轼对炊事技术也十分有研究，他喜欢自己做饭吃。在黄州期间，他曾写过一篇《猪肉颂》。文中他讲了一个烹猪肉的方法：把肉用很少的水煮开后，用文火烹上几个小时，并放上酱油。他把这种肉切成四四方方的小块，送给当地百姓吃，这可能就是"东坡肉"的由来。

还有一种青菜汤，叫东坡汤，他推荐给贫穷的和尚吃。方法是用两层锅，下面是汤，上面是米饭，汤里有白菜、萝卜、油菜根、芥菜，并放点姜。米饭在菜汤上蒸，饭菜同时做熟。

苏轼还会制墨、酿酒等等。苏轼真可谓是多才多艺，既是我国历史上杰出的大文学家，又是北宋书法四大家之一、湖州派画家，更兼精通药理、饮食等多方面。一个人能够有这么多方面的才能，真是令人敬佩。

苏轼具有多方面的才能，诗、词、文、画无所不通，无所不精。他以丰富而广泛的创作实践完成了欧阳修领导的北宋诗文革新运动，并把这种革新精神扩展到歌词的创作领域，进一步开拓了词的意境，把歌者之词变成了"自是一家"的文人之词，转变了从晚唐五代到宋初以婉约为主的词风，影响极为深远。

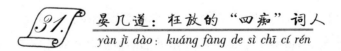

31. 晏几道：狂放的"四痴"词人

yàn jǐ dào：kuáng fàng de sì chī cí rén

晏几道，字叔原，号小山，江西临川人。大约生于仁宗天圣八年（1030 年），卒于徽宗崇宁五年（1106 年）。他是北宋杰出的词人，和其父晏殊并称"二晏"。著有《小山词》，世称"晏小山"、"小晏"。

宋朝对文官们给予极其优厚的待遇，甚至到了"恩逮于百官者唯恐不足"的程度。晏几道的父亲晏殊，不仅仕途顺利，历居显职，成为有名的太平宰相，而且在文学上有着深湛的艺术修养，是一个风流儒雅的典型士大夫。这对晏几道在文学上的成长和创作风格的形成，无疑会有很大的影响。除了有机会饱读家中收藏的大量诗书典籍外，更能接触到当时许多有名的文人墨客。在父亲宴请宾朋时，几道就和他们一起饮酒吟诗，潜移默化中，就丰富了自己的学识。但同时，他也看到了上层社会中令人生厌的污浊现实和官场的庸劣黑暗。身为富家公子的晏几道自然非常鄙视那些附庸权贵的文人们。他每日吃穿不愁，对于社会上的实际人生，缺少一种真正的体验和认识。于是，便只是在他生活的小圈子内追求着一种纯美洁净的境界。

晏几道画像。晏几道是晏殊的第七个儿子，因为词作得好，与晏殊并称大小二晏。他的词名噪京师，上继花间派及其父晏殊的词风，把艳词小令推向极致。

他性情孤高自傲，天真狂放，却又情感丰富，常常把纯真的感情寄托于身边的朋友，乃至被视为"贱民"的歌儿舞女。在他们身上，他寄予一种真、善、美的理想。如"小莲未解论心素，狂似钿筝弦底柱。脸边霞散酒初醒，眉上月残人欲去。"（〔木兰花〕）

晏几道对朋友　往情深，始终不渝。分离怀念时："相寻梦里路，飞雨落花中"；久别重逢后："今宵剩把银釭照，犹恐相逢是梦中"；当朋友辜负了他，同他决绝之后，他对人仍是一如既往，把信赖、同情和谅解融注在柔肠寸断的词中：

离多最是，东西流水，终解两相逢。浅情终似，行云无定，犹到梦魂中。　可怜人意，薄于云水，佳会更难重。细想从来，断肠多处，不与者番同。

——〔少年游〕

这种毫无怨恨的强烈思念，是怎样的一种"痴"情啊！

晏几道生活在宰相府中，平时多半时间是在舞榭歌筵、花前月下和朋友们、歌女们一块玩乐中度过的。他喜欢身边挚友们的真纯，厌弃一味追求功利的士大夫们。由于他"不图苟合"，不懂得营生处世的手段，虽然是堂堂宰相的儿子，但却仍在仕途上一直不得意，家世的煊赫并没给他带来多少好处。黄庭坚曾说他"不受世之轻重"（《小山词序》）。因此他最高只做过颍昌府（今河南许昌）许田镇的监官。

他磊落尚气，不愿攀高援贵，不愿各方应酬，更不愿凭借父亲的大招牌走后门，弄个一官半职。再加上他从小过惯了放纵不羁、少有检束的生活，"往者浮沉酒中"（《小山词自序》）。这样，不免在现实的社会面前碰

"书得凤笺无限事，犹恨春心难寄。"

壁。

　　在监许田镇时，他曾手写自作长短句，上府帅韩维，韩维回书说："得新词盈卷，盖才有余而德不足者，愿郎君捐有余之才，补不足之德，不胜门下老吏之望。"这正是黄庭坚所说："诸公虽爱之，而又以小谨望之，遂陆沉于下位。"就连在元祐三年（1088 年），苏轼凭黄庭坚介绍，想会见他，他也谢绝说："今日政事堂中半吾家旧客，仆未暇见也。"这在当时人们的眼中，也是所谓"痴"的吧？

　　晏几道"流连光景"，其词不离酒边花间的路子。他自己说："往与二三忘名之士，浮沉酒中，病世之歌词，不足以析酲解愠，试续南部诸贤，作五字、七字语，期以自娱。不皆叙所怀，亦兼写一时杯酒间闻见及同游者意中事。"

　　在寻常惯见的题材中，晏几道能把自己全部的真纯深挚的感情倾注进去，仿佛嵌进了他的生命。作为没落的贵族公子，他厌倦官场的虚伪，因此，虽然在文人中间他已经很有名气了，在当时，他高明的"婉"字艺术技巧，就连一些大家也不能不拱手退避，让其独步。比如：

　　　　相思本是无凭语，莫向花笺费泪行。

　　　　　　　　　　　——〔鹧鸪天〕

　　　　书得凤笺无限事，犹恨春心难寄。

　　　　　　　　　　　——〔清平乐〕

　　　　梦魂纵有也成虚，那堪和梦无！

　　　　　　　　　　　——〔阮郎归〕

　　　　弦语愿相逢，知有相逢否？

　　　　　　　　　　　——〔生查子〕

　　　　纵得相逢留不住，何况相逢无处。

　　　　　　　　　　　——〔清平乐〕

　　这种曲笔如书法的一波三折，不肯使一直笔，"肠一日而九回"，委婉、细腻、缠绵，真正应了"文似看山不喜平"的妙趣。

晏几道的作品虽题材狭窄，仅仅是抒写离别、相思之情，但却乐在其中。就是不肯稍微转变一下方向，去俯就朝廷进士入仕的考题，写几首应景的求仕之作。文采虽有，但却意不在仕，难怪我行我素的晏几道又被世人道为至性的"痴"人。

晏几道家底颇丰，据传不下"千百万"。但他却无意经营管理，每日歌筵酒畔，花钱如流水，渐渐就用去了大半。

神宗熙宁七年（1074 年），又因为好友郑侠上书直言"新法不便"一事而受牵连，又破费了许多银两。

这样，岁月无情，坐吃山空的日子很快就让他感到了生活的残酷。偌大的宅院已经繁华落尽，空对孤寂的明月小桥。由富贵转为贫穷的晏几道，只是偶尔去朋友那把酒论诗，到后来，索性"退居京城赐第，不践诸贵之门"（《碧鸡漫志》）了。

原来"舞低杨柳楼心月，歌尽桃花扇底风"的生活也离他远去了，唯有大量的经书典籍和他晚年休戚与共。这时的他，宛若一困顿孺子，穷愁落魄。近旁的亲属故友，也病的病，死的死。他家的歌儿舞女也都渐渐离去，带着他的许多词篇另投富贵之门了。

> 长恨涉江遥，移近溪头住。闲荡木兰舟，误入双鸳浦。
>
> 无端轻薄云，暗作帘纤雨。翠袖不胜寒，欲向荷花语。
>
> ——〔生查子〕

这首作品写出了晏几道晚年的抑郁心态，回想偶为尘网牵连所误，心中不胜幽怨。

后来他的朋友高平公（夏承焘先生认为是范纯仁）为他缀辑成编一本词集，这就是现在留传下来的《小山词》。晏几道大约在这以后不久，就去世了。可怜一介富贵公子，经历了一番人生的大起大落，饱尝了人间的世态炎凉之后走了，把一生的是是非非留给后世去评说。

诗人黄庭坚在为《小山词》所作的序中，将晏几道的性情品格概括为"四痴"，这是一段绝妙文字：

予尝论："叔原，固人英也，其痴亦自绝人。"爱叔原者，皆愠而问其目。曰："仕宦连蹇，而不能一傍贵人之门，是一痴也；论文自有体，不肯一作新进士语，此又一痴也；费资千百万，家人寒饥，而面有孺子之色，此又一痴也；人百负之而不恨，己信人，终不疑其欺己，此又一痴也。"乃共以为然。

32. 才思敏捷的"苏门四学士"
cái sī mǐn jié de sū mén sì xué shì

"苏门四学士"指的是北宋黄庭坚、晁补之、秦观、张耒这四位文人，因为他们都是大文学家苏轼提拔起来的，因此人们习惯上称他们为"苏门四学士"。

四学士都富有文采，才思敏捷，但又各有特点。黄庭坚，字鲁直，号山谷道人。他出身于一个士大夫家庭，家里藏书很多，学习条件良好。他的诗喜欢追求新奇，尽量采用古体，讲究意境和布局，好用典故，给人印

黄庭坚手迹，所抄录之诗运用《诗经》和汉唐皇家宫苑的典故，体现出以学问为诗的特点。

象很鲜明。写律诗的时候，也着意创新，用散文的语言来写诗，自成一家。他的创作风格开创了北宋一个新的诗派：江西诗派，在当时影响很大。苏轼就很赞赏他的才华。黄庭坚任北京国子监教授的时候，听说苏轼正任徐州知府。他很崇拜苏轼，就写了一封信，表达了自己的仰慕之情，将苏轼比为高崖的青松，自己则比为深谷里的小草，同时随信寄上两首刚完成不久的诗，谦逊地请苏轼给予指教。苏轼一见，大为惊叹，不仅给诗和了韵，还高度赞扬他"超逸绝尘，独立万物之表"。

黄庭坚的才华是多方面的：不仅诗写得好，书法也有很高的成就，与苏轼等人并称"宋四家"。他还能画，而且有很高的鉴赏力。

秦观的家境很贫寒，田园收入还不够养活一家人。但他从小就很聪明，得到了当时一些著名诗人如孙觉、李常的赏识。但他最崇拜的是苏轼，曾说："我独不愿万户侯，唯愿一识苏徐州。"在二十九岁那年，秦观终于有机会拜见了苏轼。当时苏轼很隆重地接待了他，摆了一桌丰盛的酒宴，请了一些乐师在旁边演奏，像师父对待弟子那样爱护他，使秦观非常感动，从此更加发奋写作。但他的词与苏轼词有很大不同，苏轼词比较豪放，他却仍沿着花间词的路子走，被人称为"婉约之宗"。他的〔鹊桥仙〕是千古传唱的名作：

> 纤云弄巧，飞星传恨，银汉迢迢暗渡。金风玉露一相逢，便胜却人间无数。　　柔情似水，佳期如梦，忍顾鹊桥归路。两情若是久长时，又岂在朝朝暮暮。

魏晋以来，写牛郎织女这个爱情故事的诗词很多，而能长期传诵不衰的，只有秦观的这首〔鹊桥仙〕。词的上片写七夕时特有的美景，天上飘着一缕缕纤薄的云彩，飘浮无定，忽然，流星闪着明亮的光辉划过长空，像是给牛郎织女传送离情别恨。词的下片歌颂了牛郎织女爱情的无比坚贞，无比纯洁。虽然相聚时间短暂，但爱情若是坚贞不渝，又何必朝夕相守？这首词格调高，意境新，是歌颂爱情的不朽之作。

秦观一生遭遇坎坷，只活了五十二岁。他死之后，苏轼特别悲伤，有两天吃不下饭。在四学士中，苏轼与秦观的感情最深厚，对他的才华评价也最高。

同样只活了五十多岁的晁补之，字无咎，出身于官僚家庭。他的父亲和叔父都是当时小有名气的诗人，因此他从小就爱好诗文，精通词律。十七岁那年，他跟着叔父来到杭州，看到杭州景色那样秀美，不禁诗兴大发，仿照曹植的《七启》，写了篇辞赋《七述》。恰巧苏轼当时正在杭州任通判，看到这篇文章后，对别人说，我本来也有意思写这个题目，可是

苏门四学士之一张耒〔风流子〕写意

读了晁补之的辞赋，只好不写了。又称赞他"博辨俊伟，绝人远甚"。由于苏轼的这种赞赏，使晁补之顿时出了名。

在苏门四学士中，晁补之的词同苏轼词最接近，同属于豪放词派。他的词题材广泛，坦荡磊落，风格高秀，没有故作呻吟的靡靡之音，因此后人说他是四学士中继承苏轼传统的人。

四学士中最后一个去世的是张耒。张耒，字文潜，号柯山。他十三岁就能写文章，十七岁时作了一篇赋，被当时的人们广为传诵。他的文名传到苏轼的弟弟苏辙那里，苏辙就把他招了来，非常器重。后来得到一个机会，苏辙把张耒介绍给苏轼，从此张耒就跟着苏轼学习了。

张耒与苏门其他文人如秦观、晁补之等交谊都很深厚。秦观死后，他的儿子护送灵柩经过黄州，当时张耒正在黄州隐居。听说这件事后，就在江边烧纸祭奠，痛哭失声。可是他的泪水还没有干，从岭南又传来一个不

幸的消息：黄庭坚也去世了。在极度的悲伤中，张耒写下了为后人传诵的《读黄鲁直诗》：

> 江南宿草一荒丘，试读遗编涕不收。
>
> 不践前人旧行迹，独惊斯世擅风流。
>
> 一尊华发江边客，万里黄茅岭外州。
>
> 虎豹磨牙九关邈，重华可诉且南游。

诗中缅怀过去的知己，三年前两人在黄州江边分别时，还以为以后还能再见，谁知竟成永别。这是多么的悲哀啊！只能重读故人遗下的诗文，可读后又不禁泪落如雨。

张耒很有气节。他的晚年生活非常困苦，贫病交加。《岁暮即事寄子由先生》描述了这种艰难的情况。其中有"肉似闻韶客，斋如持律徒。女寒愁粉黛，男窘补衣裾。已病药三暴，辞贫饭一盂"的诗句。说他家里贫穷没有肉吃，像佛教徒那样吃素食。衣服的前襟破了，却没有布补上。而且苏门其他文人的相继去世，使他更加寂寞。即使这样，他仍然坚持着，不改节操。

张耒的诗非常朴素自然，在苏门四学士中，他的诗最能反映民间疾苦，同情劳动人民。语言上则平易近人，意深词浅，清新隽永，不事雕琢。

四学士在当时影响很大，他们和苏轼诗文相契的故事，在历史上有不少记载。《王直方诗话》中有这样一例：一次，苏轼刚作完一首小词，拿去给张耒和晁补之看，问他们，我的词和秦观的词有什么不同？张耒和晁补之认真地看了一遍，说："秦观的诗写得好像词一样，而您的词呢，写得却像诗一样。"苏轼听了大笑说，很对，很对。这个故事反映了他们师友之间常常互相讨论各自的诗词，而且是平等的，无拘无束地发表意见，用一种诙谐幽默的方式来表示相互间的情谊，互相取长补短。

在京时期是他们最快乐的一段时间。当时苏轼和苏门四学士都在京师，各任不同官职。每到闲暇之时，他们便聚在一起，有时一起游览京都的名胜古迹，诗文酬唱；有时便摆下酒宴，欢饮流连。这是他们难以忘怀的年代，也是北宋的盛事。曾有书记载说，他们欢聚时所做的文章、诗词，在他们聚后便马上传诵开来，人们争着阅读、抄写，致使当时的纸价大涨。由此可见，苏门四学士声势有多么大。

苏门四学士是北宋一支以苏轼为核心的文人小集团。四个人都是才华横溢，遭遇坎坷。然而他们的诗文，不仅在当时影响很大，而且也是我国文学宝库中一笔珍贵的财富。

33. 满腹经纶，遭贬被逐的秦少游
mǎn fù jīng lún, zāo biǎn bèi zhú de qín shǎo yóu

秦观出生在一个中小官僚家庭。六岁时，他的父亲从汴京太学回来之后，十分赞赏太学中王观的才学，因此将自己的儿子也取名为"观"，用以寄寓对他的期望。他十五岁时，父亲去世，秦观与母亲戚氏随祖父、叔父在大家庭中生活。秦观小时候不大喜欢与人交往，平时只知读书、习文，性格比较柔弱。十九岁时，与潭州宁乡主簿徐成甫的大女儿徐文美成婚，住的是只能遮蔽风雨的几间旧房子，守着"薄田百亩"度日，如果不遇到什么意外的灾祸，也只能满足衣食所需的七成左右吧。这

江苏高邮秦少游读书楼

样的家境哪有余钱去贮藏大量的书籍呢？只能向人索借，颇有些凄凉之感。那个时代，对于一个读书人来说，要改善这种境况，只能选择"求仕"的功名之路了。

秦观一生仕途坎坷。年轻时，文章被人称道，连王安石也赞誉为"清

新妩丽，与鲍谢似之"。但科举考试却屡试不中，空有满腹经纶，竟怀才不遇，抑郁之情充溢于胸。他倾倒于苏轼的旷世之才，与之结成生死之交，却由此而铸就自己一生的悲剧命运。

秦观对于当时四海闻名的文学家苏轼十分崇拜，听说苏轼将从杭州移守山东密州，将路经扬州之时，欣喜万分，煞费心思地模仿苏轼笔调写了几首诗，事先题在扬州一所寺院的墙壁上，期望能让苏轼见到。苏轼到此果然看到，读后大吃一惊，很是惊奇。之后他遇见友人孙觉时，孙觉有意将秦观推荐给他，将秦观的诗词数百篇全都拿给他看。他边看边赞赏，感叹道："那次留诗在寺院壁上的，一定是此人呀！"至此二人已有初交。而友谊的正式开始是在后来的徐州相见。元丰二年的春天，秦观去会稽探望祖父、叔父的途中，正好遇到苏轼调任湖州。于是二人欣然同行，一路游览名胜，赋词作诗，很是愉快。没想到分别不久，苏轼就因反对王安石变法而被弹劾收监。秦观闻讯甚为焦急，忧心忡忡，亲到湖州看望，期望能给遇难的朋友些许的安慰。而此时苏轼的许多亲朋都怕株连而避之不及，秦观却一直如影随形地陪伴，视苏为师，堪称生死之交。

秦观在去会稽时，对这座历史名城流连忘返，逗留了半年之久，与当时的太守程公辟相处很好，常常相偕游玩，出入歌楼。多情而倜傥的秦观很自然地有了一份情感牵系在此，临别时竟无限惆怅。归途中，面对暮冬的衰败与凄凉，万般感触尽上心头：屡试不中的抑郁，与情人分别时的难舍难分……遂写下了著名的慢词〔满庭芳〕：

> 山抹微云，天连衰草，画角声断谯门。暂停征棹，聊共引离尊。多少蓬莱旧事，空回首、烟霭纷纷。斜阳外，寒鸦万点，流水绕孤村。　　销魂。当此际，香囊暗解，罗带轻分。谩赢得、青楼薄幸名存。此去何时见也，襟袖上、空惹啼痕。伤情处，高城望断，灯火已黄昏。

微云萦绕山际，枯草黏连远天。远处城楼上传来的角声，让话别的恋人愁肠寸断。多少柔情缱绻的日子，都已如缥缈的烟霭悄然而逝，收入眼帘的只有斜阳下寒鸦栖息的流水孤村，益发让人感到无限的悲凄。解香囊，分罗带，彼此相赠，渐行渐远。回望黄昏灯火中，伊人所居的高城还隐约可见，却不知何时两人才能再相聚。秦观将悲苦离情在词中转化到衰草、斜阳、寒鸦、流水、孤村的意境中渲染，使整首词笼罩着哀婉、凄迷的氛围。清丽婉约，用语精致，很快传遍大江南北，被苏轼冠以"山抹微云君"称号。

虽然秦观学柳永作词受苏轼责备，但天生柔弱多情的本性，加上个人遭遇的多舛，使他仍无法摆脱这种哀婉的风格。〔八六子〕（"倚危亭"）、〔江城子〕（"西城杨柳弄春柔"）等，都是抒写羁愁别绪、伤感而凄迷的词篇。

在此期间，秦观一直"徜徉吴楚间"，直到元丰七年，因回京的苏轼的推荐而中进士，才开始了他的仕途生涯。这一年，他由于倾慕后汉马援从弟马少游的为人，而改字"少游"。但他的风流俊逸，四溢的才情，却引起许多人的嫉妒。所以虽被屡次向上推荐，却仍无法得到重用，直到在应制考试时，进策论方被提携。此后，他先后任宣教郎、太子博士、校正秘书省书籍、国史院编修官等职。

元丰八年，奋斗多年，年近四十的秦观终于跻身仕途。同年，主张新法的宋神宗病逝。年幼的哲宗即位，主张旧法的高太后摄政，起用司马光为宰相，一切复旧。一时间，新党纷纷被逐出朝廷，旧党得势，卷土重来。力主旧法的苏轼被召入京不到一年就擢升为翰林学士。

秦观画像。秦观是最具代表性的北宋婉约词作家。纵观秦观的一生也如一首词，少年的飘逸，中年的感伤，晚景的凄凉，年年岁岁都是真情真意，字字句句却又是点滴泪痕。如果苏轼的词是一声长啸，那么秦观的词就是一瞥哀怨的眼风。

此时已任蔡州教授，自感在多年落第的打击下雄心已折磨殆尽的秦观，仿佛看到了一丝希望，多年的政治抱负终于有了可以施展的机遇了。可是事与愿违，当苏轼以"贤良方正"之名将他推荐给朝廷时，却遭到一些嫉恨他的人的打击和中伤，使他被迫假称有病离开了京都，仍旧回到蔡州。隔年，范纯仁再次向朝廷举荐。秦观这次以能"著述之科"被召回京师，应制科，进策论。他的三十篇策论对用人、理财及边防各方面都有详细而具体的改良建议，对于当时的时政颇有用处，引起当权者的注意，被任宣教郎、太子博士、秘书省正字及国史院编修等职。

在京都的这段时间，他和黄庭坚、晁补之、张耒几人都很受苏东坡的赏识。他们经常相约为伴，骑马游玩，饮酒作诗，交游的是馆阁名流，游览的是名园胜迹，留下了许多美好的回忆。"宜秋门外喜参寻，哀丝豪竹发妙音"，"有华灯碍月，飞盖妨花"。当时的秦观，经常出入歌楼娼馆，与妓为友，相处相恋，可以说是风流倜傥。可是这样的快乐竟消失得那样快，在他还没有尽情施展抱负之时，政局就发生了变化。

元祐八年，高太后驾崩，哲宗亲政。主张新法的章惇、吕惠卿等人重新执掌了政权。主张旧法的所谓"元祐旧党"的在朝之臣被纷纷赶出京城，无一幸免于难。苏轼、黄庭坚等人相继被贬。厄运也同样落到了秦观的头上，他被贬为杭州通判。离京前，旧地重游，不胜感慨，写下了有名的〔望海潮〕。触目伤情，回忆起那个新晴的日子，漫步郊外，桃李芬芳，在此佳景中，无意中跟随着别人的车子，产生的一个情感的故事。如今往事已矣，不堪回首，只能交付那流水随意绕天涯。

尽管留恋万分，却不得不离京赴任。可是没隔多久，御史刘拯又说他重修《神宗实录》，随意增减，大力诬毁先辈，于是将尚在途中奔波的秦观再贬为"监处州酒税"。独处处州的秦观，内心极度忧伤，面对眼前的明媚春光，益发思念远在四方的朋友。他在〔千秋岁〕中叹道："飘零疏酒盏，离别宽衣带。人不见，碧云暮合空相对。"朋友们都漂泊在外，再次举杯畅饮已不可能，彼此牵挂，已是"衣带渐宽终不悔，为伊消得人憔悴"，如今自己面对的只是那天边的碧云，凄迷而暗淡。想当日的豪情不再，当日的梦想已绝，不禁凄惨地喊道："春去也，飞红万点愁如海。"落红万点，引起的却是他如海深愁。

虽已被逐出京城，但那些嫉恨他的政敌却从未停止对他的迫害，又因他写了一首《题法海平阇黎》而被加以"谒告写佛书"的罪名，他又被降级贬谪到郴州。郴州偏僻遥远，他不得不告别老母、妻子，只身前往。面对漫漫长途，他无限感伤。心力交瘁的秦观，怀着对未来的深深担忧，一人度过了除夕之夜，真是"乡梦断，旅魂孤"，备感凄凉。第二年，朝廷又对元祐旧党加重处罚，秦观又被贬到横州，真是愈贬愈远。对于他来说前途是不可预见的，不知会是什么样的结局等待着他。

离开郴州前他写了著名的词篇〔踏莎行〕。整首词流淌着寂寞、愁苦、失望之情。暮色中，登楼远望，一弦弯月正从东方升起，却被雾气缠绕，月色朦胧，连渡口都看不清，那没有烦恼、没有争斗的桃花源更是望不见、寻不着。春寒料峭，传到耳畔的哀切的鹃声又勾起了他的思乡之情。远方朋友捎来的安慰，更增添了无限愁思。这时已自感无望的他像许多的文人一样，想躲到一个清静无忧的世界。可是已经身陷逆境的人，又到哪里找得到那一方净土啊！所以，最后秦观只能将对现实

湖南郴州三绝碑。秦观〔踏莎行〕词、苏轼作跋、米芾书写，尽显当时才子风流。

的无奈和无力，托付于山水的描绘之中，其中也夹杂着一丝悔恨：本可以过那种安静的生活，为什么要卷到这样一场纷争中呢？苏东坡认为最后一句乃千古绝唱，曾将此句写在自己的扇子上，无限惋惜地说"少游已矣，虽万人何赎！"

秦观怀着愁绪万点，匆匆上路。继而又被贬到雷州，这次仿佛到了天涯海角，举目无亲。他已深深绝望，竟自作挽词哀叹自己死后将会像犯人

一样，葬于异乡，怕只怕连魂魄都不敢东归故乡与亲人见面，心情之惨痛可想而知。就在他自感已心力耗尽之时，朝廷却又来了一纸赦令，让他们这些被贬之臣北归。绝望之中突然见到一线光明，他悲喜交集，急切地盼望"及我家于中途，儿女欣而牵衣"，可是却在返回途中，醉卧光化亭而谢世。

在他并不幸运的五十二个春秋中，已近不惑方才走入仕途，却又有近一半的时光是在贬谪中度过的。满腹经纶，却未能施展于世，实在是"哀哉！痛哉！"当时的一代文宗苏东坡也悲叹说："世岂复有斯人乎！"

在京的这段日子是秦观一生中最辉煌的时光。他与黄庭坚、晁补之、张耒等一同受苏轼的赏识、提拔，以"苏门四学士"而称于世。他本以为就此就可青云直上了，可是世事难料，当绍圣元年哲宗亲政时，元祐旧党又相继被贬。生性柔弱的秦观被一贬再贬，最后竟被贬到"天涯海角"的雷州，过着"灌园以糊口，身自杂苍头"的艰辛生活。面对无法预知的将来，他觉得自己渐渐走向衰亡，凄婉中叹道："奇祸一朝作，飘零至于斯……"语极哀伤，令人读之极感酸楚。

一介书生，在政治的大舞台上，只能是一个任人摆布的角色。在他已备感绝望之时，朝廷赦下，命其北归，受命宣德郎。秦观得讯，悲喜交集，以为从此可以享受天伦之乐。没想在赴任途中，饮酒醉卧于光华亭，向人要水喝，当家人倒了水给他时，他笑着向水钵看了看就永远地闭上了双眼。一生坎坷的秦观就在这归途之中撒手西归，结束了他一生波折的命运。苏轼闻此噩耗悲叹道："少游不幸死在途中，实在伤心，世上再也没有这样的才子了！"

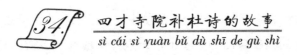

34. 四才寺院补杜诗的故事
sì cái sì yuàn bǔ dù shī de gù shì

诗歌创作的选词炼句，表面上看起来只是个语言的问题，其实远不是这么简单，它是作者的主观情态与客观景物有机融合的结果，体现着作者对创作时所处的生活环境的独特感受，有着鲜明的个性和即时性特点，常常是不可重复的，特别是那些大文学家的作品，更是由于在对生活的领悟和艺术表现方面有独到的功夫，用的字、词都准确、精妙，令人叹为观止。

相传苏轼等人寺庙补杜诗的故事，就很能说明这个问题。

有一天，宋代的几位著名诗人苏轼、黄庭坚、秦观和佛印一同来到一座寺院游览，忽见墙壁上有一首唐代大诗人杜甫的诗《曲江对雨》，引起了他们极大的兴趣，几个人驻足壁前，细细地吟诵起来：

> 城上春云覆苑墙，
>
> 江亭晚色静年芳。
>
> 林花著雨胭脂湿

读到这里，大家读不下去了。原来，由于寺院年久失修，墙皮也有许多地方剥落，第三句的最后一个字怎么也辨别不清。没有办法，大家只好再往下看：

> 水荇牵风翠带长。
>
> 龙武新军深驻辇，
>
> 芙蓉别殿漫焚香。
>
> 何时重此金钱会，
>
> 暂醉佳人锦瑟旁。

这是一首有很深意味的诗。诗中生动地描绘了雨中曲江的静谧，把诗人在这静谧中所见到的皇家宫苑的清冷，所体验到的世事沧桑，人生的慨叹传神地表达出来。

四人品味再三，不禁啧啧称赞。作为诗歌创作修养很深的诗人，他们都对诗的选词炼句有着诗人的敏感，对于第三句脱落的一字究竟是什么，内心都不停地揣摩，读不出这个字心中都觉得如鲠在喉，不舒服，不妥帖。

　　这时，有人提议，每个人都补出一字，然后再与杜甫的原诗相对，看谁能猜中，谁补的字与原诗接近。大家都积极响应这个建议，更仔细地品味诗的意境，揣摩杜甫在诗中要表达的思想感情。经过再三斟酌，每个人都拈出了一个字：苏轼补的是"润"字；黄庭坚补的是"老"字；秦观补的是"懒"字；佛印补的是"落"字。大家把每个人补的字都逐一品评了一番，觉得各有各的道理，各有各的境界。但是，究竟谁的更准确，更接近杜甫的原诗？回去后，大家找出了杜甫的原诗。对照一看，出人意料的是，杜甫用的是一个"湿"字。再仔细一品味，都觉得这个"湿"字用得恰到好处。曲江位于长安的东南郊，建有兴庆宫、芙蓉苑，是皇家重要的别墅。唐代的帝王们经常到这里来住，唐玄宗与杨贵妃的故事就发生在这里。杜甫的诗《丽人行》描写的就是杨贵妃的姐姐虢国夫人和秦国夫人曲江游春的情景。安史之乱后，国家发生了大动荡，人们对世事人生的感受多了份沧桑变化的深沉和慨叹。杜甫再见曲江，又是在雨中，自然有了深深的感慨：景色依旧，物是人非，"何时重此金钱会，暂醉佳人锦瑟旁？"过去的一切实际上已经一去不复返了，国家在这锦瑟声中由盛而衰，走上了末路。杜甫的这种深深的人生感叹在"雨"的情景描绘中得到更浓重的渲染。"胭脂湿"给人一种沉寂、缺乏生气之感。恰当而准确地表现出杜甫的心情。

　　苏轼四人在寺院中谈到这首诗时，早已是改朝换代，换了人间。他们当然不可能有杜甫写诗时的感受，因此也很难做到一下子猜到杜甫所用的每一个字，这不是由于他们的艺术才能不高，而是由于他们没有与杜甫相同的人生体验。这个故事可以看出，文学创作有自己的规律。

35. 貌丑而才高的"贺鬼头"
mào chǒu ér cái gāo de hè guǐ tóu

　　贺铸，字方回，号庆湖遗老，是北宋著名的文学家。相传，贺铸其貌不扬，据陆游《老学庵笔记》说："方回状貌奇丑，长身耸目，面色铁青，人称贺鬼头。"想来，那张铁青脸，那双耸竖的眼睛，实有阎罗之相，让人见了害怕。

贺铸虽说相貌欠佳，但他填制的词却隽秀可人。张耒在贺铸的《东山词·序》中说："余友贺方回，博学，业文，而乐府之词，高绝一世。"足见其才华出众。

贺铸有一首〔青玉案〕词，最为人激赏：

> 凌波不过横塘路，但目送、芳尘去。锦瑟华年谁与度？月桥花院，琐窗朱户，只有春知处。飞云冉冉蘅皋暮，彩笔新题断肠句。若问闲愁都几许？一川烟草，满城风絮，梅子黄时雨。

"锦瑟华年谁与度？月桥花院，琐窗朱户，只有春知处。"

贺铸虽是宋太祖孝惠贺皇后族孙，且与宗室联姻，但他性情刚直，喜谈时事，批评时弊，不避权贵，因而一生仕途不得其志。贺铸晚年，挂冠辞归，隐于苏州城外一个叫横塘的地方。这首词便是贺铸家居横塘时所作。从字面看，这首词似乎是抒写追慕一女子，但可望而不可即的苦闷愁思。其实，词中写追慕女子不过是兴寄之笔，深层意旨在于抒发有志难酬的积郁苦衷。此词胜处，在于以博喻喻愁。"一川烟草，满城风絮，梅子黄时雨"，词人以烟草、风絮、梅雨三种不可数的事物比喻愁情，说出了心中无限的愁绪。况且，三个喻词中，又暗寓三个不同的物候，烟草是"草色遥看近却无"的早春景象，风絮是"枝上柳绵吹又少"的暮春景象，梅雨则是"梅雨洒芳田"的初夏景象。这便寓有节候推移、时间转换的寓意，更说出了词人心中的愁，并不是在某一个时点上的突发，而是一种在时间上无限延伸的无法消解的长愁。无怪黄庭坚极赞贺铸的喻愁妙笔，赞之说："解道江南断肠句，只今唯有贺方回。"（见《能改斋漫录》）而罗大经在《鹤林玉露》则说得更为具体，他说："诗家有以山喻愁者，杜少陵云：'忧端如山来，澒洞不可掇。'赵嘏云：'夕阳楼上山重叠，未抵闲愁一倍多'是也。有以水喻愁者，李颀云：'请量东海水，看取浅深愁。'李后主云：'问君能有几多愁？恰似一江春水向东流。'秦少游云：'落红万点愁如海'是也。贺方回云：'试问闲愁都几许？一川烟草，满城风絮，梅子黄时雨。'盖以三者比愁之多也，尤为新奇，兼兴中有比，意味更长。"这便在比较中，推举出优胜者，说明了贺铸写愁优胜前人之处。

此词一出，遂传为绝唱。

贺铸不仅填词俊秀可人，他作的诗也清丽可喜。且看贺铸的五言诗《望夫石》：

> 亭亭思妇石，下阅几人代。
>
> 荡子长不归，山椒久相待。
>
> 微云荫发彩，初月辉蛾黛。
>
> 秋雨叠苔衣，春风舞萝带。
>
> 宛然姑射子，矫首尘冥外。
>
> 陈迹遂无穷，佳期从莫再。
>
> 脱如鲁秋氏，妄结桑中爱。
>
> 玉质委渊沙，悠悠复安在？

这首诗，是贺铸诗中的成名之作。《苕溪渔隐丛话》引《王直方诗话》说："交游间无不爱之。"五言诗借思妇所化之石的传说命意，以荡子不归、思妇相待的情感矛盾，交代了思妇化石的悲剧；而后拈来微云、初月、秋雨、春风作衬托，托起已化为石的思妇形象，在云来云去、月升月落、秋转春移的映衬中，说出了思妇不舍的等待；而对思妇石发彩、蛾黛、苔衣、萝带的正面摹画，也在浪漫的色彩中，写出了思妇深重的失望。最后，用神话人物姑射子来写思妇的长久孤独，用现实人物鲁秋氏点染思妇的错位婚姻，从而将人间思妇的苦辣酸甜和盘托出。全诗语淡而情浓，词清而悲重，反映了贺铸对当时妇女的深切同情。

贺铸的诗之所以为人所喜爱，之所以获得成功，当在于诗人深厚的诗歌修养。《王直方诗话》记载方回的话说："学诗于前辈，得八句云：'平淡不流于浅俗；奇古不邻于怪癖；题咏不窘于物象；叙事不病于声律；比兴深者通物理；用事工者如己出；格见于成篇，浑然不可镂；气出于言外，浩然不可屈。'尽心于诗，守而勿失。"

贺铸的这番诗歌创作谈，极有见地，充溢着思辨精神，从风格、炼字、题材、体裁、气韵、格调诸多方面提出了自己的看法，而且中肯实在，即便对于现代诗人的诗歌创作，也不失为有益的经验。

关于贺铸，我们或许可以这样评述，他是一位相貌丑陋而才情俊伟的古代文学家。尽管人们戏称他为"贺鬼头"，但于情感上却深深地敬重他，尊他为才情出众的"贺梅子"。

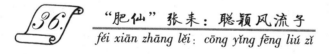

36. "肥仙"张耒：聪颖风流子
féi xiān zhāng lěi: cōng yǐng fēng liú zǐ

张耒（1054—1114 年），字文潜，号柯山，人称宛丘先生，楚州淮阴人，是北宋后期的一位现实主义作家。他以其才学为苏轼所称赏，和黄庭坚、秦观、晁补之齐名，后人并称他们为"苏门四学士"。

相传，张文潜出生时，他的手纹清晰，隐约形成一个"耒"字，故而起名叫耒。

他聪颖好学，才思敏捷，十三岁时即能为诗文，十七岁时，所作《函关赋》被传诵一时。后来，他把所作文章拿给苏轼兄弟过目，苏轼和苏辙都很赏识他的才气，于是张耒便投在苏氏门下，作了弟子。

张耒在苏门弟子中是最胖的一个，因此，师兄弟们都喜好吟诗作文来打趣他，他却也不生气。乐观豁达的性格使他原本魁伟异常的身体更添了一副肥臃之态，俨然一个在世的"弥勒佛"。师兄陈师道诗云："张侯便然腹如鼓，雷为饥声汗为雨。"黄庭坚诗云："六月火云蒸肉山。"虽是夸张谑戏之意，但也足见他体态的肥胖了。

虽然体胖，但张耒却从不节食，爱吃什么就吃什么。例如螃蟹吧，他一生都喜欢吃，即使到了晚年仍是贪嗜如故。把蟹肉剔出来，满满地装在最大的杯盘之中，尽情享用，真是可爱之至。

张耒投在苏氏兄弟门下后，虚心向老师学习，进步很大。神宗熙宁时，刚刚十九岁便考中了进士，于是开始了仕途生涯。但他却并未从此青云直上，而是在北宋朝廷激烈的新旧党争漩涡中时起时落。他虽然不像苏轼那样处于斗争的中心，但由于他和苏轼的密切关系，跟老师"借光"，常受牵连，多次遭贬。

绍圣初年（1094年），哲宗亲政期间，变法派中的投机分子章惇、吕惠卿等人以所谓新党的面貌被起用，他们抓到政权后，把与变法派曾有过矛盾的苏轼及其门生，都当作不折不扣的旧党要员来加以折磨。当时正任起居舍人的张耒也被一贬到底。

哲宗元符三年（1100年），徽宗即位，宽赦元祐旧臣。苏轼及其门生再度被起用，张耒被召为太常少卿。全家刚刚安顿下来的第二年，没想到老师苏轼却在常州病逝了。张耒为了表达自己的哀思，在佛寺中拿出自己的俸禄来举行奠仪。可是这一行为却遭到了别的旧党要员的疑忌和排斥，于是又被派往外地任职。至此，张耒再也未得到内迁。

徽宗崇宁五年（1106年），已经步入晚年的张耒把家搬到了陈州宛丘（今河南淮阳），直至卒年（1114年）。"宛丘先生"的得名也在此时。这期间，"三苏"及黄庭坚、晁补之、秦观等人相继谢世后，张耒便成了当时的文坛盟主。《宋史》说"士人就学者甚众，分日载酒肴饮食之"。闲暇的时候，他以琴书自遣，以佛法相慰，以平静的心绪看着花开花落，豁达地笑观世事。

虽然张耒的一生经历曲折，多次浮沉，但他都能够超脱困顿苦闷而坦然处之，常把不如意寄托于诗词，用以自遣。他的《夜坐》便是较为典型的一首诗。深夜独坐沉思，与先贤交流，"庭户无人秋月明，夜霜欲落气先清。梧桐真不甘衰谢，数叶迎风尚有声"。

再有一次，张耒被贬时，住在河南福昌县一个穷僻的小山村，他说"万竿修竹开侯府，十里青山隐相家"（《官舍岁暮感怀书事》），又说"吏胥借问官何在？流水声中看竹行"，觉得"冷官自有贫中乐"。从这点滴句子中，足见张耒的豁达、乐观性格，因此，他成为苏门诸弟子中去世最晚的一个，也就不是偶然的了。

在文学创作活动中，他的笔端极少涉及社会民生的大问题，而多从日常生活及自然景物中直接选取题材，较多反映劳动人民生活，语言也较平易浅近。他曾在为贺铸写《东山词序》中说："文章之于人，有满心而发，肆口而成，不待思虑而工，不待雕琢而丽者，皆天理之自然，而性情之至道也。"截然不同于黄庭坚的搜奇抉怪，一字半句不轻出的创作态度。

他诗学白居易、张籍，乐府得盛唐之髓。虽然古诗创作中有语尽意亦尽的不足，然而在创作倾向上，部分诗作反映了北宋后期官逼民反的社会现实，又表现出他诗作的相当可贵之处。例如他的《和晁应之悯农》诗，表面看上去，像一篇有韵的散文，但却是作者在经过长期的艰苦锻炼，艺术达到纯熟境界后信手而成、自然工丽的诗篇。诗中老农形象虽不及白居易《卖炭翁》、张籍《野老歌》那样鲜明、饱满，但他却能够抵挡脱离现实，专在字句上争胜的江西诗派的影响而保持了自己独特的清新朴实的风格，还是很有意义的。他的诗集现存的有《柯山集》。

张耒其实也是一个在词作上很有成就的文人，只不过为诗名所掩盖罢了。他现存的词，在苏门四学士之中最少，一共只有六首，风格同诗相似，多是描写自然景物，寄托情意，抒发感慨。

他现存的文集《宛丘集》七十六卷，《诗说》等也并行于世。后人经

整理而成《张右史文集》。

张耒的文章以骈体赋成就最高。《宋史·文苑传》中指出："耒仪观甚伟，有雄才，笔力绝健，于骚词尤长。"例如《柯山赋》中笔势古劲，语言清雅，写景状物惟妙惟肖；在语言形式上灵活自如，随意所之，既有古赋之古朴，又有骈赋之整饬。再如苏轼的《超然台记》：

> 登高台之岌峨兮，旷四顾而无穷。
> 环群仙之左右兮，瞰大海于其东。
> 弃尘壤之喧卑兮，揖天半之清风。
> 身飘飘而欲举兮，招飞鹤与翔鸿。
> 莽丘原之茫茫兮，吊韩侯之武功。
> 提千乘之富强兮，凭百胜而称雄。
> 忽千年而何有兮，哀墟庙之榛蓬。
> ……

这段文字，虽多偶俪，又兼用韵语，极尽整饬谐和之美，但却毫无堆砌晦涩之感，更无着力雕琢之痕。他的文笔显然也有意师法白居易、张籍，力求平易浅淡。

张文潜豁达乐观地面对一生的起落，在诗词文上都很有影响，但遗憾的是没有后代。他原有三子：秬、秸、和，也都与他一样聪明绝顶，都中了进士。但是张秬和张秸不幸在战争中阵亡，张和从陕西回来给兄弟奔丧，不料路遇强盗，结果被杀。"形模弥勒一布袋，文字江河万古流"（黄庭坚评张耒语），文学上的成就也许多少可以慰藉张耒寂寞的一生了。

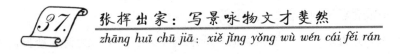

37. 张挥出家：写景咏物文才斐然
zhāng huī chū jiā: xiě jǐng yǒng wù wén cái fěi rán

北宋时僧人仲殊，字师利，生卒年不详。这是一位很特殊的僧人，他的诗、词、文都作得很好，又与大文学家苏轼过从甚密，所以值得谈一谈。

其实仲殊并不姓仲，也不是从小出家。仲殊俗姓张氏，名挥，安州（湖北安陆）人。据《中吴纪闻》记载：仲殊原本是读书人，曾经得与乡荐。生活上有些放纵不羁，他的妻子一怒之下，就给他下了毒药想毒死他，他大难不死，从此对家庭意冷心灰，于是抛弃家人，出家当了和尚。先是住苏州承天寺，后来又到杭州吴山宝月寺。

仲殊能文，能诗，还会填词，又懂音律。苏轼做徐州、杭州太守时，仲殊常常是苏轼的座上客。苏轼在《东坡志林》卷二中这样写道："苏州仲殊师利和尚，能文，善诗及歌词，皆操笔立成，不点窜一字。予曰：'此僧胸中无一毫发事，故与之游。'"

仲殊喜欢吃蜜，苏轼也喜欢吃蜜，而且还能吃饱。仲殊的吃蜜可能和他的中毒有关。蜂蜜可以入药，能润肺止咳，可以缓和毒性，从而起到解毒的作用。仲殊最初吃蜜解毒，可能渐渐就吃得喜欢上了；后来辟谷，也常以蜂蜜为食。所以东坡称他为"蜜殊"。苏轼还有一首《安州老人食蜜歌》赠仲殊：

> 安州老人心似铁，老人心肝小儿舌。
> 不食五谷唯食蜜，笑指蜜蜂作檀越。
> 蜜中有诗人不知，千花百草争含姿。
> 老人咀嚼时一吐，还引世间痴小儿。
> 小儿得诗如得蜜，蜜中有药治百病。
> 正当狂走促风时，一笑看诗百忧失。
> 东坡先生取人廉，几人相欢几人嫌。
> 恰似饮茶甘苦杂，不如食蜜中边甜。
> 因君寄与双龙饼，镜空一照双龙影。
> 三吴六月水如汤，老人心似双龙井。

苏轼说：仲殊以蜜蜂为檀越（即施主），不食五谷而食蜂蜜，既治病，又涵咏诗兴，病好了，诗也有了。还说自己交友谨慎，与仲殊甚为相得，所以寄给仲殊"双龙饼"（茶）。诗写得很风趣。

仲殊与苏轼常常诗词唱和往来。仲殊游西湖，写《雪中游西湖》诗，苏轼就写了《次韵仲殊雪中游西湖》二首来唱和。还有一次，苏东坡领着个歌妓去拜谒杭州净慈寺的大通禅师。大通禅师见苏轼如此，不觉有些生气。东坡就写了一首〔南歌子〕词，让歌妓唱给大通禅师听，故意气他。当时仲殊在苏州，听到这一件事后，也和了一首词：

> 解舞清平乐，如今说向谁？红炉片雪上钳锤，打就金毛狮子，也堪疑。
>
> 木女明开眼，泥人暗皱眉，蟠桃已是着花迟，不向春风一笑，待何时？

这虽然都是些游戏之作，但对于像大通禅师那样古板拘泥的出家人来说，也算是一个小小的讽刺。

仲殊现存的诗已不足十首，其中也有写得较好的，如《京口怀古》、《润州》等，后者是一首七绝：

> 北固楼前一笛风，断云飞出建康宫。
> 江南二月多芳草，春在濛濛细雨中。

短短的四句诗，就勾勒出了一幅江南二月烟雨朦胧的春景图。

但是仲殊创作成就最高的，不是诗，而是词；而词中又以小令写得最有韵致。所以黄升《花庵词选》说："仲殊词多矣，小令为最；小令中之〔诉衷情〕又为最，不减唐人风味。"仲殊的词集名《宝月集》，已失传，后人辑存词共四十六首，另有残句若干。仲殊的词风虽然未脱"花间"樊篱，但是由于时代不同，身份、经历迥异，所以仲殊词无论内容，抑或技巧，都与"花间"有了很大的区别。首先值得注意的，是仲殊的写景咏物词。仲殊很善于写景状物。《复斋漫录》中说：元丰末年，张诜为杭州太守。一日宴客西湖之上，刘泾和仲殊都曾与宴。张诜命客人以西湖为题，即席赋诗曲。刘泾先吟道："凭谁妙笔，横归素缣三百尺？天下应无，此是钱塘湖上图。"仲殊马上接口道："一般奇绝，云淡天高秋夜月。费尽丹青，只这些儿画不成。"张诜又出梅花，邀二人同赋。仲殊又以前章的曲调吟道："江南二月，犹有枝头千点雪。邀上芳尊，却占东君一半春。"刘泾怎么也对不上了，后来还是陈袭善续成了后半阕。从这里可以看出仲殊写景咏物的才华。

仲殊出家后，主要往来于苏、杭之间，两地的风物景色也就成了他所吟咏的主要对象。比如〔定风波〕《独登多景楼》写多景楼，〔诉衷情〕《建康》写建康（今江苏南京市），〔南柯子〕《六和塔》写钱塘六和塔等。〔南徐好〕一组十首词，则是分咏南徐的瓮城、渌水桥、多景楼、京口以及花山李卫公园亭、沈内翰宅百花堆、刁学士宅藏春坞等名胜古迹。瓮城的一首是这样写的：

> 南徐好，鼓角乱云中。金地浮山星两点，铁城横锁瓮三重。开国旧夸雄。　春过后，佳气荡晴空。渌水画桥沽酒市，清江晚渡落花风。千古夕阳红。

词的上片写瓮城形势之险固，用笔雄劲；下片写城内，用笔工细，设色称艳，确实深得"花间"三昧。词虽然不是写什么大题材，也没有隐喻着什么大的寓意，但在从容闲雅中勾勒了一幅典型的江南春景图，令人读过之后，很难忘怀。

仲殊也写了许多咏物词，在现存词中，占据相当大的比例。咏物词中，除了芭蕉、菊、荷花之外，尤以咏梅为多。如〔点绛唇〕《题雪中梅》：

> 春遇瑶池，长空飞下残英片。素光团练，寒透笙歌院。　莫把寿阳，妆信传书箭。掩香面，汉宫寻遍，月里还相见。

词的上片写雪，用飞下瑶池写雪的不同凡俗；下片写梅，用寿阳公主梅妆来点梅。词中用"月里还相见"将雪、梅绾合到一起；又用"寒透笙歌院"将咏物与人事相连。可见词人确实费了一番斟酌的功夫。但平心而论，这样的咏梅词，在浩如烟海的宋词中并不见得有多么出色。

仲殊虽然出家为僧，但吟诗填词，仍然喜欢俗艳一路，别人劝他，他也不改（也可能是改不掉）。他现存的词作中，这一类作品有〔南歌子〕（"解舞清平乐"）、〔虞美人〕（"飞香漠漠帘帷暖"）、〔洞仙歌〕（"广寒晓驾"）等。《中吴纪闻》还记载了仲殊写〔踏莎行〕的故事：

> （仲殊）一日，造郡中，接坐之间，见庭下一妇人，投牒立
> 于雨中。守命殊咏之。口就一词云："浓润侵衣，暗香飘砌，雨
> 中花色添憔悴。凤鞋湿透立多时，不言不语恹恹地。　　眉上新
> 愁，手中文字，因何不倩鳞鸿寄？想伊只诉薄情人，官中谁管闲
> 公事。"

这首词自然算不得艳，但口吻中还是透出一些轻佻来。据说仲殊后来吊死于枇杷树下，一些轻薄子弟就把仲殊词略加改动，套用在这里，成了"枇杷树下立多时，不言不语恹恹地"。《中吴纪闻》把这事记录下来，也可能是当成仲殊写艳词的冥报吧？

不幸的仲殊，就这样结束了不幸的一生。

38. 周邦彦：千古词坛领袖
zhōu bāng yàn: qiān gǔ cí tán lǐng xiù

清代周济在《介存斋论词杂著》中评价周邦彦："美成思力独绝千古。"陈匪石在《宋词举》里也说："周邦彦，词学之大成，前无古人，后无来者。"享有如此盛誉的周邦彦（美成）究竟是怎样一个人呢？

周邦彦，字美成，晚年自号清真居士。钱塘（今浙江杭州）人。生于仁宗嘉祐元年（1056年），卒于徽宗宣和三年（1121年）。他一生主要活动在神宗、哲宗、徽宗三朝，正是北宋盛极而衰的时期。就在周离世前一年（1120年），爆发了以方腊为首的农民起义。周邦彦就生活在这样一个动荡的时代，他一生也动荡、坎坷。他曾三旅汴京，三次外迁。神宗元丰二年（1079年），第一次入京为太学生；元丰七年，因呈《汴都赋》，声

名大振，被任命为太学正。哲宗元祐二年（1087 年），首次外迁任庐州（今安徽合肥）教授，到过荆州（在今湖北），担任过溧水县（今江苏县名）地方官。于哲宗绍圣四年（1097 年），回京做国子主簿，担任过秘书省正字、校书郎、考功员外郎等职。徽宗政和二年（1112 年），第二次出京知隆德府（今山西长治），后徙明州（今浙江宁波）。在徽宗政和六年（1116 年），第三次入都，再进秘书监，提举大晟府（国家音乐机构）。两年后，又出知真定府（今河北正定），改顺昌府（今安徽阜阳），迁处州（今浙江丽水），又提举南京（今河南商丘）鸿庆宫，路遇方腊起义，辗转至南京，卒于鸿庆宫斋厅。匆匆地走过了他六十六岁的人生路。

周邦彦一生宦海沉浮，但他却不是以一个政治家的身份为后人所称道，他卓越的才能尽显于词作中。陈廷焯言："词至美成，乃有大宗，前收苏、秦之终，后开姜、史之始，自有词人以来，不得不推为

图为今日江苏溧水无想寺水库。1093 年，周邦彦任溧水县令，在溧水任上曾作〔满庭芳〕词："凤老莺雏，雨肥梅子，午阴嘉树清圆。……"词的题目为《夏日溧水无想山作》。

巨擘，后之为词者，亦难出其范围。"这段评论把周邦彦推到了词坛承前启后的一个重要位置。

周邦彦留有词集《片玉词》（又称《清真集》），多反映爱情、羁旅行役生活，还有一部分咏物词。

北宋大词人周邦彦，早年以《汴都赋》一文名震京都，其人风流儒雅，精通音律，每有词出，汴京的人便争相传诵，颇有柳永之时"凡有井水饮处，即能歌柳词"之盛。然而，周邦彦的晚年，值北宋亡国之际，社会动荡，百姓流离失所。周邦彦个人也由"壮年气锐，以布衣自结于明

主"，到晚年"委顺知命，人望之如木鸡"。他的思想核心也由儒家转移至道家。也许是参透了人生、世事的变化无常，而寄托无限的希望与无尽的失望于道家的清静无为、修身养性吧。

周邦彦一生三旅汴京，数次远宦。他最后一次远宦，是于徽宗宣和二年（1120 年），提举南京（今河南商丘市南）鸿庆宫。在此之前，周邦彦曾提举大晟府（国家音乐机构），任职一二年，因友人刘昺获罪而受株连，被降职外放。此事《鸡肋编》曾有记载："周邦彦待制尝为刘昺之祖作埋铭，以白金数十斤为润笔，不受，昺无以报之，因除户尚书，荐以自代。后刘缘坐王寀沃言事得罪。"此事后，周邦彦曾笑对人说："世有门生累

"行路永，客去车尘漠漠。斜阳映山落。敛余红、犹恋孤城栏角。"

举主者多矣，独邦彦乃为举主所累，亦异事也。"被降职的周邦彦先出知真定，后改顺昌，不久罢官。直至宣和二年，以待制之身提举南京鸿庆宫。此时他已是花甲之年的老人了。

周邦彦从杭州迁居到睦州（今浙江建德县）。其间梦中作了一首〔瑞鹤仙〕词，全词如下：

悄郊原带郭。行路永，客去车尘漠漠。斜阳映山落。敛余

红、犹恋孤城栏角。凌波步弱。过短亭、何用素约。有流莺劝我，重解雕鞍，缓引春酌。　　不记归时早暮，上马谁扶，醉眠朱阁。惊飙动幕。扶残醉，绕红药。叹西园、已是花深无地，东风何事又恶。任流光过却，犹喜洞天自乐。

此次梦中赋词，醒后，竟全部记得，邦彦心内不觉诧异。居睦州不久，在睦州青溪爆发了以方腊为首的大规模农民起义。于是，周邦彦又从睦州逃出，想回杭州旧居。在初入杭州钱塘门时，看见杭州的老百姓也在四处躲藏。大街上人流涌动，夹杂着孩童的啼哭声、成年人的叫喊声，遮掩了老年人的叹息声。周邦彦被挤在人群中，对人生的无奈之感涌上心头，仰天长叹，唯见一轮落日半悬在杭州城楼的檐间，殷红的落日蒙上了一层灰，似无数流离人的鲜血。此时，周邦彦似有所悟，梦中之句："斜阳映山落，敛余红，犹恋孤城栏角"描述的正是此情此景！

有传闻说，起义军要从睦州直捣苏杭，杭州城不能久留，旧居无法回去了。周邦彦无处托身，连日来的劳累、饥渴、困顿，使他无力奔命，缓步于惊慌失措的人流中。一声"待制何往?"唤醒了茫然行进的周邦彦，他左右环视，一女子正从一群人中挤出来，向他这边高喊。等近前一看，原来是同乡的侍女，曾很熟识。侍儿见了周邦彦，邀他去小酒店用饭，周邦彦正饥肠辘辘之时，便欣然前往。酒足饭饱之后，不由得重又想起"凌波步弱，过短亭，何用素约，有流莺劝我，重解雕鞍，缓引春酌"几句，心内暗暗惊叹。

从酒店中出来有点微醉，天色已晚，不敢耽搁，想直接出城，路上低吟"上马谁扶，醉眠朱阁"之句。上涨的江水冲断了小桥，夜色沉沉，周邦彦想找一夜栖身之地，他先来到几所寺庙，可早已被占满了。他又来到一处小寺，恰好，这个小寺的藏经阁没有人住。于是，便在此住了一宿。这正应了"醉眠朱阁"之句。

清晨醒来，与寺内僧人告别，因为从睦州一路而来，到处是流散的人群，便又渡江到了扬州。不久，听说起义军已尽占二浙，再迁到南京鸿庆

宫的官邸。此事暗合了"叹西园，已是花深无地，东风何事又恶"几句。

到了南京，周邦彦居住在鸿庆宫的斋厅，安定的日子没过多久，周邦彦便身染重病，于宣和三年（1121年）故去。以生命的结束，应验了梦中之词的尾句"任流光过了，犹喜洞天自乐"。

这样解析开来，整个〔瑞鹤仙〕一词，便仿佛是先知一样，预见了词人一生最后一段时光，是道家思想的指引呢？还是于不知不觉中窥见了天机？

关于此词，也有人说是送别词，回忆送客前，送客后的一些片段。如上阕："悄郊原带郭。行路永，客去车尘漠漠。斜阳映山落。敛余红、犹恋孤城栏角。"是写景。描写的是在空旷的原野上，朋友远去的车马，扬起片片灰尘。此时，日已半落似乎留恋大地，不肯就此离去。这阕的"凌波步弱……"几句，是写送友人回来时的经历。曾经过"短亭"，解下马鞍，同歌女一起饮酒。至于下阕，则是酒醉后，不知谁扶自己上马，回家后，一夜宿醉，早晨醒后，还有残醉，来到"西园"，看着满园的花草，感叹时光流逝，韶华已尽。"犹喜洞天自乐"是词人聊以自慰的说法。

关于〔瑞鹤仙〕一词，无论是送客前后的经历，还是晚年生活的预见，周邦彦都确实经历了那段颠沛流离的生活，有语说："夕阳无限好，只是近黄昏。"周邦彦人生的夕阳却不尽悲凉，于逃命途中，却寻得一处安宁之地。想世人谁又有幸能走进"桃花源"，尽享"黄发垂髫并怡然自乐"的和美与幸福呢？

39. 多才多艺的徽宗皇帝
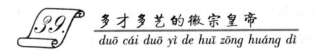
duō cái duō yì de huī zōng huáng dì

《水浒传》中那个对高太尉言听计从的昏庸的皇帝宋徽宗，可能没给读者留下多少印象。这毫不奇怪，与水泊梁山一百单八将的豪气干云相比，他实在是微不足道的。但从艺术史和文学史上看，宋徽宗可就不同了，他独创了"瘦金体"书法，留下了名画《芙蓉锦鸡图》，唱出了"裁剪冰绡，轻叠数重"的哀歌。仅此数端，便足以不朽。

徽宗赵佶（1082—1135 年），宋神宗赵顼第十一子，他降生时，宋神宗梦见南唐后主李煜前来拜见。十个月大的赵佶便被封宁国公；哲宗绍兴三年（1096 年），被封端王；哲宗无子，死后赵佶于元符三年（1100 年）即位，开始了他的帝王生涯。

他在位时期，正值北宋末年，国势衰微，内忧外患，无力抵御金兵的大宋朝，一味屈辱求和，对国内人民却横征暴敛，人民不堪其苦，终于爆发了以宋江和方腊为首的农民起义。作为一国之君的宋徽宗，未能图强以自救，相反，他却沉浸于歌舞升平之中，任用蔡京、王黼、童贯、梁师成、朱勔、李彦六奸贼，国家危在旦夕。宣和七年（1125 年）年底，金兵大举南侵，他匆忙退位，当上了太上皇，称"教主道君太上皇帝"。靖康二年（1127 年），被金兵掳走，开始了他的囚徒生活。

这就是作为昏君的宋徽宗。宋徽宗不是个好皇帝，但作为艺术家，他却是出类拔萃的一个。

赵佶早年酷爱绘画，他曾描绘过鹤的二十种不同姿态。他于山水、花鸟、人物画都很精通。他作画讲求"法度"、"专以形似"，重视着色。他的花鸟画《芙蓉锦鸡图》是当时院体画的代表作品。画的主体是绚丽的锦鸡立于芙蓉枝头，回望翩然双飞的蝴蝶，左下角衬有一丛秋菊。整幅画色泽艳丽。此外，他的花鸟画作品还有《五色鹦鹉图》、《柳鸦图》，人物画有《听琴图》，山水画有《雪归江棹图》等。

宋徽宗画像。徽宗赵佶昏庸无为，以至于沦为亡国之君，但他却有极高的艺术素养与才能，吟诗填词，能画擅书，他的书法被称为"瘦金体"，自成一派。

赵佶的画作《芙蓉锦鸡图》上题有一首五言绝句，右下角有"宣和殿御制并书"与"天下一人"的花押。赵佶的书迹，多为此类的书画题跋。他的书法最初学黄庭坚，后来自成一格，笔势劲逸，如"屈铁断金"，自称"瘦金书"。同时，他的草书飘逸多姿，留传下来的作品有真草《千字文卷》、《大观圣作之碑》等。

赵佶又是个收藏家和鉴赏家。他"玩心图书"，无一暇日。他把搜集到的名画集成《宣和睿览集》。当时的古今精品，都在他的收藏之列，如：顾恺之的《女史箴图》、吴道子的《维摩像》，以及宋初黄居寀等人的作品。这对于他吸收古今绘画的优良传统，形成他工细、富丽的画风有很深的影响。

御花园内，到处是从全国各地搜罗来的奇花异石，珍禽异木。这既满足了宋徽宗的享乐生活，又增长了赵佶的见识，开阔了视野。

同时，赵佶又是一个出色的词人。他的词名很盛，但流传下来的作品不多。并以"靖康之难"为界分为前后两个时期。前期的作品反映身为皇帝的安逸享乐生活，后期作品则反映身为囚徒的无限愁苦，思想深沉。

自"靖康之难"后，徽宗先后经过真定（今河北省正定县）、中都（今北京市）、上京（今黑龙江阿城县）等地，最后辗转至五国城（今黑龙江依兰）。于1135年病死于五国城，结束了九年的囚徒生活。

宋徽宗赵佶的一生，可谓大起大落——他既是个地地道道的昏君，又是个颇为出色的艺术家。皇帝、词人、妓女，此三人，一君一臣一风尘女子，巧遇在一起，不知演绎了怎样一段词林韵事。

这妓女便是北宋的名妓李师师。她貌冠群芳，才艺尤绝。与她交往的大都是颇负名气的文人学士。苏轼十分赏识的"山抹微云君"秦观就和李师师有交往，他曾赋诗一首，描摹李师师的容貌：

> 远山眉黛长，细柳腰肢袅。
>
> 妆罢立春风，一笑千金少。
>
> 归去凤城时，说与青楼道。
>
> 看遍颍川花，不似师师好。

秦观以花比人，而人更胜花，可见李师师的娇美容颜。

自命"风流才子"的词人周邦彦与李师师私交甚笃，周邦彦曾作〔洛阳春〕一词赠与李师师，倾吐了他对李师师的一片爱悦之情。

"独绝千古"的词人周邦彦，其词在北宋时就受到各阶层的喜爱，盛传各地。南宋末年陈郁曾这样说："贵人、学生、市侩、妓女，皆知美成词为可爱。"（《藏一话腴》）名妓李师师自不例外。一个是自命风流的才子，一个是色艺双全的妓女，二人的相识、相交似乎很合常理。周邦彦精通音律，能自度曲，与师师交往时，正担任大晟府（国家音乐机关）乐正的官职。李师师能歌善舞，二人在一起，以词为媒，借歌、舞助兴，甚是相得。据说，李师师曾想嫁与周邦彦，沈雄《古今词话》引陈鹄《耆旧续闻》说："师师欲委身而未能也。"

因何而未能？原来是皇帝老儿宋徽宗"不意"走进了香闺。

徽宗赵佶，是个"风流天子"。他经常打扮成普通人的样子，带着大臣和太监，到汴梁城的大街上闲逛。作为一代君王，赵佶是昏庸无道，又好寻欢作乐；但作为一位艺术家，他却是当之无愧的。他琴棋书画样样精通，并自创"瘦金体"书，用笔瘦劲，自成一格。他的绘画很见功力，山水、花鸟、人物，均有佳作，流传下来的有《芙蓉锦鸡图》、《雪归江棹图》等作品。他也能诗能文，"尤工长短句"。他一见到李师师，既为其容貌所倾倒，又为其才艺所折服，于是便经常出入李家。他曾想纳师师为妃嫔，因师师出身风尘，不合礼法，未能如愿。就命人从宫中挖了一条直通李家的地道，这样往来，不仅方便，而且隐秘。而周邦彦再往师师家，不免小心翼翼了。

据《贵耳集》记载，周邦彦曾在李师师家遇见过徽宗。事情是这样的：一日，周邦彦来到李师师家，与李师师把酒唱词。不巧，徽宗从地道里出来。为人臣子的周邦彦忙躲至李师师的床下（一说复壁间）。徽宗随身带了江南新进贡的橙子，拿来与师师品尝。宋人食橙子与现代人略有不同，要先准备一杯盐水，切开来的橙子在盐水中蘸一下再吃。皇帝与师师私下的言语，都被床下的周邦彦听了去。长于赋词的他，就把这事写成了

"念月榭携手，露桥闻笛。沉思前事，似梦里，泪暗滴。"

一首〔少年游〕：

并刀如水，吴盐胜雪，纤手破新橙。锦幄初温，兽烟不断，相对坐调笙。低声问、向谁行宿，城上已三更。马滑霜浓，不如休去，直是少人行。

此词写出后，很快传遍京城，不久传入宫中。徽宗听到后，龙颜大怒。皇帝一怒，周邦彦自然就要倒霉，被贬到外地去做官。

但事情还没有结束。过了一日，徽宗又去李师师处，恰巧李师师不在。等了半天，才见师师回来。她愁容满面，泪痕交错。问起原因，却原来是去为周邦彦饯行。道君皇帝十分不悦。李师师说起周临行前作了一首慢词〔兰陵王〕《柳》，徽宗便要李师师唱来听，李师师含泪唱道：

柳阴直，烟里丝丝弄碧。隋堤上、曾见几番，拂水飘绵送行色。登临望故国，谁识京华倦客。长亭路，年去岁来，应折柔条过千尺。闲寻旧踪迹，又酒趁哀弦，灯照离席。梨花榆火催寒食。愁一箭风快，半篙波暖，回头迢递便数驿，望人在天北。凄

恻，恨堆积。渐别浦萦回，津堠岑寂，斜阳冉冉春无极。念月榭

携手，露桥闻笛。沉思前事，似梦里，泪暗滴。

全词由景生情，抒发了满怀的离情别绪。再经李师师含情唱出，更是十分动人。徽宗简直听得呆了。他也是识音律、工长短句的能手，听到这样一首词，早已心动神摇，爱才、惜才之心顿生。于是便撤了惩罚令，让周邦彦官复原职。

周邦彦这首〔兰陵王〕《柳》唱出后，即风靡词坛。宋毛开《樵隐笔录》载："绍兴初，都下盛行周清真咏柳〔兰陵王慢〕，西楼南瓦皆歌之，谓之'渭城三迭'。"可见该词的影响之大。

这则趣闻虽然事出有因，却也查无实据，记录的人姑妄言之，读者也不妨姑妄听之。

至于三人最后的结局，也很不一样：徽宗皇帝1127年被金兵掳走，由至尊无上的皇帝，一落而成为囚徒，几次转徙后，于高宗绍兴五年（1135年）死于五国城（今黑龙江依兰）；词人周邦彦未能看到北宋沦亡的半壁江山，于1121年卒于南京鸿庆宫斋厅；至于李师师的下落，则说法不一：一说她在靖康之难开封失陷后，逃到湖湘（今湖南一带），年老色衰，晚景凄凉；另一说则是她被金兵掳去，誓死不屈，在金兵大营里，脱下金簪自刺喉不死，又折断它，吞金而亡。

历史悠悠，一切已成尘迹。当后人茶余酒后，拾起这些布满尘埃的故事重新讲谈时，无尽的沧桑之感也会一时涌上心头。

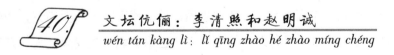

40. 文坛伉俪：李清照和赵明诚

wén tán kàng lì：lǐ qīng zhào hé zhào míng chéng

在我国宋代文坛上，李清照和赵明诚情趣相投、和谐美满的婚姻，打破了封建社会里男尊女卑的传统观念，尤其是他们在日常生活中演绎出的平凡的爱情故事，更成为流芳百世、名传千古的佳话。

李清照画像。李清照是古代杰出的女性作家，是为数不多的可以与男性词人比肩而立的词坛大家。

李清照是我国南宋时期著名的女词人，她生于公元 1084 年，卒于 1151 年，自号为易安居士，山东济南人。

李清照从小生活在一个条件比较优裕、艺术氛围浓厚的家庭里。父亲李格非在京城做官，曾经为了写好文章而拜在苏轼门下；母亲王氏也是知书能文。家里经常是贵客盈门，高朋满座，他们或饮酒赋诗，或挥毫泼墨，使得少年时期的李清照耳濡目染，对诗词产生了浓厚的兴趣，慢慢地自己也开始了创作，并且逐渐在京城里小有名气了。十八岁时，李清照嫁给了太学生赵明诚，夫妻二人恩爱有加，常常是共同研究金石书画，一起填词作诗，生活得幸福美满。宋朝南渡后，李清照同丈夫仓皇南下，使得他们所收藏的文物被金兵付之一炬。后来，赵明诚病死在建康，她便开始了辗转漂泊、孤苦寂寞的晚年生活。

李清照的一生，既经历了表面繁华、危机四伏的北宋末年，也经历了国破家亡、动荡漂泊的南宋时期。因此，她的词也以南渡为界，分为前后两期。前期词主要是描写她在少女、少妇时期的生活，以抒发对爱情的渴望和对自然的热爱及对丈夫的思念为主，写得曲折、含蓄，韵味深长，形象鲜明，代表作有〔怨王孙〕、〔如梦令〕、〔浣溪沙〕、〔一剪梅〕、〔醉花阴〕等。南渡以后，李清照的词中，蕴含着沉痛的家国兴衰之感，通过个人的不幸遭遇，表达了她对复国无望产生的忧愁和痛苦心情，反映出时代和社会的动乱，虽然情绪比较低沉，但具有一定的社会现实意义。这一时期的代表作主要有〔菩萨蛮〕、〔念奴娇〕、〔声声慢〕、〔永遇乐〕、〔渔家傲〕等。

"兴尽晚回舟，误入藕花深处。"

　　李清照的词，主要是继承婉约派词家的特点，后期还兼有豪放派之长，她对词的独到见解以及她在词的创作中所表现出的高超的艺术技巧，使她在宋代词坛能够独树一帜，形成了自己独特的"易安体"。

　　易安体的特点之一是语言清新自然，通俗流畅，富于口语化。李清照善于驾驭现实生活中的语言，她的词比较口语化，读起来朗朗上口，浅而不俗，今日读来依然是通俗明了。李清照在少女时代就已经小有名气了。当时，她的父亲李格非在京城做官，和赵明诚的父亲是同事，因此，两家之间的关系也比较密切。赵明诚是个酷爱文学艺术、喜欢搜集整理金石碑帖的青年。有一天，他偶然在客厅里听到客人们的高谈阔论，其中一人说道："当今女辈，能作诗填词者，都超不过格非之女。"另有一人还当场吟诵了李清照的几首小诗。赵明诚听后，心中非常佩服，并暗暗记下几句。从此，只要是李清照的诗词，赵明诚便爱不释手。一日，明诚的父亲来到书房，明诚便对父亲说："中午睡觉时在梦中读了一本书，醒来只记住了三句话'言与司合，安上已脱，芝芙草拔'"，父亲一听，略一思忖，高兴地说："你要娶一个能填词写诗的媳妇了。你看，'言与司合'是词字，'安上已脱'是女字，'芝芙草拔'是之夫二字，这不是说你要做'词女之夫'了吗？当今堪称'词女'的，也只有李格非之女李清照啊！"这一段梦中奇缘最终成全了赵明诚和李清照美满的婚姻。

李清照和赵明诚结婚时只有十八岁，赵明诚比她大三岁。夫妻二人情趣相投，志同道合，他们不但喜欢诗词创作，还共同研究整理金石书画。有时候，赵明诚还会陪伴李清照去郊外春游，或带着李清照去参加亲朋好友的宴席。刚结婚时，由于明诚是太学的学生，没有经济收入，于是每月初一父亲总要给他们五百铜钱。但往往是赵明诚一手拿到了铜钱便马上到相国寺去，购买一些好的碑文字帖，回到家里，与李清照一起细细地品味，慢慢地欣赏。李清照也非常支持丈夫这样做，为了多节省一些钱，她在家庭生活方面尽量节省，"食去重肉，衣去重彩，首无明珠翡翠之饰，室无涂金刺绣之具"。夫妻二人的共同爱好很快便传遍了京城。一些书画商只要一看到他们二人来了便马上抬高价码。有一次，一个人拿着一幅南唐著名画家徐熙的《牡丹图》来到了赵家，声称要二十万钱才能出卖。赵明诚把他让进客厅后，急忙请妻子来一起欣赏。李清照出来一看，果真是画中精品，名家妙笔，但一听要二十万钱，遗憾地摇摇头说："上哪去筹集这么多钱啊！"可又实在舍不得放弃，于是，想出了一个办法，让客人在家中住一个晚上，他们也好慢慢地品味。天亮了，当赵明诚交还《牡丹图》时，夫妻二人依依不舍，惋惜得差点掉下泪来，他们着实为此难过了好多天。

结婚两年后，赵明诚便被皇上委派了一个官职，夫妻之间不再是形影不离，日日相守，有时半个月、一个月，有时是一年半载，才得以见面。这离情别绪对于新婚不久的李清照来说实在是难以排遣，时间一长，也就只有靠作诗填词来抒发自己寂寞孤独的情怀和对丈夫的加倍思念。这一年农历九月初九重阳节，李清照在家思念丈夫，饮了几杯淡酒，不觉心潮涌动，诗兴大发，提笔写了一首〔醉花阴〕：

薄雾浓云愁永昼，瑞脑消金兽。佳节又重阳，玉枕纱厨，半夜凉初透。

东篱把酒黄昏后，有暗香盈袖。莫道不消魂，帘卷西风，人比黄花瘦。

远在异地他乡的赵明诚接到此词后，心中感叹不止，自愧不如，却又想超过李清照。于是，赵明诚闭门谢客三天，废寝忘食三夜，写了五十阕词，他把自己写的词与李清照的〔醉花阴〕掺和在一起，请朋友陆德夫看。陆德夫对诗词颇有研究，他从头至尾细细品读一遍，欣赏再三，最后说："我看只有三句写得绝妙。"赵明诚忙问是哪三句，陆德夫笑着说："莫道不消魂，帘卷西风，人比黄花瘦。"赵明诚一听，叹道："这三句正是清照所写，我比不上她啊！"陆德夫也赞扬道："早就听说清照的大名，虽然是女流之辈，却作得如此好词，果真名不虚传啊！"

李清照二十四岁的时候，跟随丈夫回到了家乡青州（今山东益都），他们把自己的书房称为"归来堂"，把内室称作"易安室"。在这里，他们远离了城市的喧嚣，得以静下心来搜集整理古籍文物；他们没有政治上的干扰，可以一天到晚地从容闲谈，坦然看书。经常是赵明诚搜集来金石书画，李清照帮助整理校对正误，白天干不完，晚上继续做。搜集的古籍越来越多了，他们便在"归来堂"里放上几个大书橱，把书画古籍全部汇编成册，分成甲乙丙丁，编好次序，写明标签，有秩序地排放在里面。他们在青州住了十年，搜集的书画古籍等竟装满了十多间的房屋。夫妻二人虽说居住在乡下，却感到非常的充实、愉快。平日整理完图书，二人就喝茶逗趣，有时作诗填词，有时赏花散步，或者考校双方的记忆力，夫妇生活得别有一番滋味、情趣。

公元1121年，十年的乡下生活结束了。因为这年秋天，赵明诚出守莱州，李清照随往。在莱州的三年里，夫妇二人生活得安定、愉快，在李清照的大力支持和帮助下，赵明诚终于初步完成了一部记载我国古代丰富的历史文物的著作——《金石录》，这不能不说是赵明诚夫妇二十年来辛勤劳动的成果。

山东济南李清照纪念馆。李清照一生饱经人世悲欢离合，曾无比幸福，也曾心痛欲绝。她的作品成为其心路历程的记录，欢愉之辞亦好，悲苦之篇尤工。

莱州三年的时光一晃就过去了。随着时局的动荡，他们开始了颠沛流离的逃亡生活。这期间，由于金兵的入侵，使得他们留在青州的十多间屋子的书籍、字画、器物等全部被抢劫一空，他们半生的心血都化成了灰烬。建炎三年（1130年）五月，当赵明诚夫妇的船只漂泊到池阳（今安徽省贵池县）时，突然接到了皇帝的诏书，让他出守湖州。于是，赵明诚把李清照安置在池阳，冒着六月的酷暑烈日独自奔赴建康，去接受皇帝的召见。行至中途由于天气炎热，加上急着赶路，赵明诚在客栈里便因中暑而病倒了，等他赶到建康时，终因劳累过度已由中暑转为疟疾。而李清照是直到七月底的时候才收到丈夫病倒的书信，她心急如焚，带着惊慌和忧虑，乘船一个昼夜便赶到了丈夫的身边。此时的赵明诚已经病入膏肓，危在旦夕了。李清照整日以泪洗面，悲痛欲绝。八月十八日，赵明诚在病榻之上写了一首绝笔诗后便撒手告别了人世，离开了他心爱的妻子，时年仅有四十九岁。李清照伤心不已，痛哭流涕，以无比悲痛的心情含着泪为与她共同生活了二十八年的丈夫写了一篇祭文，表达了自己对丈夫的深切哀悼。

　　赵明诚的离去，给李清照的精神和身体以沉重的一击。从此，夫妻二人恩爱和谐的美好生活结束了，开始的是她一个人孤苦伶仃、无限凄凉悲苦的晚年生活，直到她离开人世。

41. 岳飞：千古英雄留绝唱

yuè fēi: qiān gǔ yīng xióng liú jué chàng

　　在中华民族历史上，有许多民族英雄，以其悲壮动人的爱国诗篇，激励着千古中华儿女，岳飞便是其中最著名的一位。

　　岳飞（1103—1141年），字鹏举，相州汤阴（今河南汤阴）人。南宋著名将领，抗金名将。岳飞出身寒微，且生活在宋王朝多事之秋，因此从小立志精忠报国。"岳母刺字"的故事更是家喻户晓。他在徽宗宣和四年（1122年）十九岁就入伍，英勇善战，屡立战功，被宗泽称为"智勇才艺，古良将不能过"（《宋史·岳飞传》）。岳飞率领的"岳家军"转战南北，收复了大片失地，所到之处，敌人闻风丧胆，使金兵主帅兀术发出了"撼山易，撼岳家军难"的感叹。尤其是在绍兴十一年（1141年），岳家军大破朱仙镇，收复中原在望，但是以宋高宗赵构、奸相秦桧为首的投降派，却连发十二道金牌

岳飞最致命的弱点是他不善揣摩高宗在堂而皇之的外表掩盖下的阴暗心理。"直捣黄龙，迎还二圣"的抗敌宣言，正是赵构最大的忌讳。

将其召回，并解除兵权。同年，以"莫须有"的罪名将其杀害。岳飞临刑前写下"天日昭昭，天日昭昭"八个大字，从容就义，年仅三十九岁。宋孝宗即位后，为其平反昭雪，赐谥武穆，宁宗时追封为鄂王，理宗时改谥忠武。

岳飞的英雄事迹妇孺皆知，千古流传。同时，岳飞还是个文学家，虽然留下的作品数量极少，却以其高度的思想性和较强的艺术性，成为千古传诵的名篇。

岳飞曾参加过镇压农民起义的战斗，因为在那个时代，忠君与爱国是相一致的。绍兴三年（1133年），岳飞奉命从江州（今江西九江）前往虔州（今江西赣州）、吉州（今江西吉安）镇压那一带的农民起义。在途经青泥市（今江西新淦县）时写下一首《题青泥市萧寺壁》：

> 雄气堂堂贯斗牛，誓将直节报君仇。
>
> 斩除顽恶还车驾，不问登坛万户侯。

在诗中，作者把"报君仇"、雪国耻当作头等大事，并且不计较个人功名，一个处处想着"报国"的英雄跃然纸上。

也就在绍兴三年（1133年）左右，岳飞负责长江防务，并率领岳家军收复了襄阳六郡，这是南宋朝廷第一次大片收复失地，岳飞也由此被晋升为清远军节度使，年仅三十岁左右。此时的岳飞已战功显赫，意气风发，对未来充满希望，满怀激情与信念，挥笔写下一首气壮山河的爱国词章〔满江红〕：

> 怒发冲冠，凭栏处、潇潇雨歇。抬望眼，仰天长啸，壮怀激烈。三十功名尘与土，八千里路云和月。莫等闲、白了少年头，空悲切。靖康耻，犹未雪。臣子恨，何时灭！驾长车、踏破贺兰山缺。壮志饥餐胡虏肉，笑谈渴饮匈奴血。待从头、收拾旧山河，朝天阙。

从词中我们可以看到岳飞对敌寇的无比痛恨、对国耻的悲愤、对恢复中原故土的坚定信念，大有"不破楼兰终不还"之势。一个忠心耿耿、气贯日月的民族英雄，就生动地浮现在人们眼前。对这首词，历来评价颇高。沈际飞称其为"胆量、意见、文章悉无今古"（《草堂诗余正集》）。陈廷焯更是感慨道："何等气概！何等志向！千载下读之，凛凛然有生气焉。'莫等闲'二语，当为千古箴铭。"（《白雨斋词话》）

襄阳大捷后，百姓欢欣鼓舞，岳飞也想借此良机继续挺进，乘胜长驱直入，收复更多失地。这时朝廷却以"三省、枢密院同奉圣旨"之名，召岳飞火速班师回朝，岳飞只得率部回朝。看到朝廷失去大好战机，岳飞怀着悲愤，在驻节鄂州（今湖北武昌）时，登上黄鹤楼，北眺中原，写下〔满江红〕《登黄鹤楼有感》：

> 遥望中原，荒烟外，许多城郭。想当年，花遮柳护，凤楼龙阁。万岁山前珠翠绕，蓬壶殿里笙歌作。到而今、铁骑满郊畿，风尘恶。兵安在？膏锋锷。民安在？填沟壑。叹江山如故，千村寥落。何日请缨提锐旅，一鞭直渡清河洛。却归来，再续汉阳游，骑黄鹤。

词中岳飞遥想当年汴京城内的繁华景象，再看到今日中原一片荒芜，激愤之情油然而生，恨不得马上北伐。尽管这时他已被封侯，但仍念念不忘收复中原，歼灭胡虏，统一河山之志淋漓尽致地表达出来。

岳飞作为一名军人，所作之词慷慨激昂，千载之下读之，仍令人热血沸腾；即使委婉低沉之作，仍不忘抒写爱国之志。绍兴八年（1138年），正当前线捷报频传，凯歌高奏，广大军民抗金热忱高涨之时，宋高宗再度起用投降派秦桧为相，进

岳飞〔满江红〕石刻

行议和。岳飞坚决反对，多次上书反对议和，但不被高宗采纳，反而受到投降派的排挤、迫害；同时，其他的人也不理解他，如大臣张浚等，也多次进行劝阻。他深感理想难以实现，身边又缺少志同道合的知音，抑郁不住内心的忧愤，写下〔小重山〕一词：

昨夜寒蛩不住鸣，惊回千里梦，已三更。起来独自绕阶行，人悄悄，帘外月胧明。　白首为功名，旧山松竹老，阻归程。欲将心事付瑶琴，知音少，弦断有谁听？

这首词一改前面两首豪迈之语，含蓄曲折地道出心中之事，写出理想与现实的矛盾。我们看到的是一个屡受打击、壮志难酬、独自徘徊的惆怅英雄，但同样可以看到其拳拳爱国之心。正如今人缪钺在《灵谿词说》中所论的那样："将军佳作世争传，三十功名路八千。一种壮怀能蕴藉，诸君细读〔小重山〕。"

"沧海横流，方显出英雄本色。"岳飞在投降派势力占据上风之际，仍坚持收复故土。他虽不以文名，流传的作品也极少，但这是岳飞以生命和血泪凝结的诗章，它能够表现出处于民族危难之时，一个民族所应追求的理想。通过这些作品，我们可以看到一个"凛凛然有生气"的爱国英雄形象。"慷慨悲凉，数百年后，尚想其抑塞磊落之气"（《四库全书总目提要》），也只有这样的作品，才能感召百世，千古传诵。

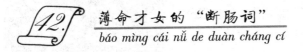

42. 薄命才女的"断肠词"

báo mìng cái nǚ de duàn cháng cí

在中国古代，妇女被压在社会的最底层，她们的命运往往是极悲惨的，因而社会上流传着"自古红颜多薄命"的说法。倘若不仅是"红颜"，而且是才女，她的命运就更为悲惨了，因为在"女子无才便是德"的封建社会里，这些红颜才女是绝不能为社会所容纳的。

这里所介绍的，就是一个红颜才女一生薄命的故事。故事的主人公，是宋代与李清照齐名的女诗人——朱淑真。

朱淑真，自号幽栖居士，浙江钱塘人。约生于北宋神宗元丰三年（1080 年），约卒于南宋高宗绍兴初（约 1131 至 1133 年），大约活了五十一二岁。她是我国明代以前女作家中写作诗词数量最多的人。

关于朱淑真的生平事迹正史无载，而散见于《古今图书集成》所引的《诗话》、魏仲恭的《断肠集序》，还有《断肠集纪略》以及一些野史小说中。然而，这些记载只是只言片语，尚多有抵牾之处。所以近代一些学者又参证朱淑真的诗词，进一步考订了她的生平，使得她的事迹渐觉清晰。

女诗人在很小的时候便很聪慧机警，非常喜欢读书，长大后不仅出落得相貌出众，而且颇有才学，正所谓"文章丰艳，才色娟丽"。女诗人的少女时代，生活闲静，幽居闺阁，无涉世事，所以世间的烦恼还没有冲击到诗人的心灵。且看她的《夏日游水阁》诗：

> 淡红衫子透肌肤，夏日初长水阁虚。
>
> 独自凭栏无个事，水风凉处读文书。

这是天真无邪的少女生活的写照，诗中充满着烂漫的光彩。进入了青春期，女诗人像所有的女孩子一样产生了青春的骚动，开始幻想她的未来，幻想她的爱情，幻想她的归宿。

> 初合双环学画眉，未知心事属他谁？
>
> 待将满抱中秋月，吩咐萧郎万首诗。

这首诗名为《秋日偶成》，是女诗人的言志之作。诗中期盼着"满抱中秋月"般的美好生活，希望找到一个像弄玉的丈夫萧郎一样的才貌双全的郎君。因此，她开始有烦恼了，而这时的烦恼，还是一种莫名的烦恼：

> 停针无语泪盈眸，不但伤春夏亦愁。
>
> 花外飞来双燕子，一番飞过一番羞。

见双燕飞来飞去，逗出她形单影只之愁，油然而生择偶婚配之想，故而红透两颊，害起羞来。这是看到燕子引起的遐想，生出的羞愧。所以这首诗题为《羞燕》。播下爱情的种子，就会有爱情的萌生，就会有爱情的收获。女诗人开始恋爱了。有人说〔生查子〕《元夕》就是她这一时期的爱情写照，但也有人说这首词的作者是欧阳修：

　　去年元夜时，花市灯如昼。月上柳梢头。人约黄昏后。

　　今年元夜时，月与灯依旧。不见去年人，泪满春衫袖。

　　人都说，恋爱的滋味是苦辣酸甜的混合。女诗人的初恋便尝到了这种甜蜜与苦涩相伴的爱情味道。从朱淑真的诗词中我们可以知道，她初恋的恋人，是她理想中的才貌双全的偶像：

　　门前春水碧于天，坐上诗人逸似仙。

　　白璧一双无玷缺，吹箫归去又无缘。

——《湖上小集》

　　她说他"逸如仙"，她称他为"诗人"，她认为她与他堪称"白璧一双"珠联璧合。这样的恋人多么惬意！然而，女诗人的初恋中有一个不祥的阴影，上述两首诗中"不见去年人"和"归去又无缘"的描述已透露了这个信息。这个不祥的阴影是什么呢？便是朱淑真父母的干涉。《断肠集序》说："早岁，不幸父母失审，不能择伉俪，乃嫁为市井民家妻，一生抑郁不得志。"这说明，由于父母的阻挠，女诗人自己选择的对象被否决了，而把她嫁给了她不喜欢的人，一对有情人终未能成为眷属。朱淑真的人生悲剧，从此便开始了。

　　女诗人对父母给她选择的丈夫是极不满意的，她在《黄花》诗中说：

　　土花能白又能红，晚节由能爱此工。

　　宁可抱香枝上老，不随黄叶舞秋风。

　　诗中借物咏怀，表示了与其嫁与庸夫俗子，不如终身不嫁的心意。可是父母之命终难违抗，女诗人还是嫁了。尽管如此，她对她的丈夫始终没有一丝感情：

> 鸥鹭鸳鸯作一池，须知羽翼不相宜。
>
> 东君不与花为主，何似休生连理枝。

在这首《愁怀》中，她把她的丈夫比作鸥鹭，把自己比作鸳鸯，说他们是"不相宜"的，上天是不该把没有感情而又不相配的一对捏合成"连理枝"的。有人根据女诗人的《春日书怀》中的"从宦东西不自由"一句，认为朱淑真的丈夫并非是"市井民家"之子，说这位丈夫是个做官之人。即便如此，这个丈夫也绝不合朱淑真之意，因而她呼天喊地大鸣不平："痴汉常骑骏马走，巧妻偏伴拙夫眠。老天若不随人意，不会作天莫作天。"所以她仍旧苦恋着初恋的情人："昨宵徒得梦鸳缘，水云间，悄无言。争奈醒来，愁恨又依然。辗转衾裯空懊恼，天易见，见伊难！"因而她整日愁眉不展，以泪洗面："妇人虽眼软，泪不等闲流。我因无好况，挥断五湖秋。"就这样，女诗人在愁苦的煎熬中，在怨愤的呼号中，在与命运抗争而又无法摆脱命运的挣扎中，走完了她的悲剧人生。

朱淑真死后，曾遭到许多封建文人的责难，说她"有违妇道"，就连她的父母也觉得这个女儿有辱家风，将她的诗篇"一火焚之"。这正应了女诗人生前的预感："女子弄文诚可罪，那堪咏月更吟风。磨穿铁砚非吾事，绣折金针却有功。"

不过，同情朱淑真者也大有人在。稍后于朱淑真的宋人魏仲恭，就是其中之一。魏仲恭有感于女诗人的悲剧人生，悲怜于女诗人的不幸遭际，更称许女诗人以泪和心血吟唱出的诗词，苦心辑集了朱淑真的遗作，并深表同情地题名为《断肠诗集》，这样才使得薄命才女的"断肠词"流传后世。

43. 伟大的爱国诗人：陆放翁

wěi dà de ài guó shī rén：lù fàng wēng

清代学者梁启超曾有一首诗云：

诗界千年靡靡风，兵魂销尽国魂空。

集中什九从军乐，亘古男儿一放翁。

——《读陆放翁集》

诗中赞叹的"亘古男儿"，就是我国伟大的爱国主义诗人——陆游。

陆游，字务观，号放翁，南宋越州山阴（今浙江绍兴）人。徽宗宣和七年（1125 年）十月十七日，陆游出生在一艘漂泊的小船上。据说陆母生

被梁启超赞为"亘古男儿"的陆游。

陆游时，梦见了北宋文人秦观（字少游），因此起名为陆游。当时，他的父亲陆宰以朝请郎直秘阁权发遣淮南路计度转运副使公事，奉诏朝京师，从楚州（今江苏淮安）经淮河去汴京（今开封），我们的诗人就诞生途中。

陆游出生不久，金兵开始入侵中原，陆游一家开始了颠沛流离的逃难生活。"少小遇丧乱，妄意忧元元"（《感兴》），尤其是从家乡山阴再次逃难到东阳（今浙江东阳）依靠豪杰陈彦声的经历，给陆游留下了深刻的印象。"避胡犹记建炎年"（《书喜》）是他深切的感受。陆游的父亲陆宰，是一位力主抗金的爱国志士，在山阴

避难时，常有抗战派人士来与陆宰纵谈国事，谈到激愤之时，不是拍案而起，就是痛哭流涕。年少的陆游，耳闻目睹了他们的慷慨激愤之情，对他以后一生志在报国、恢复中原的影响是巨大的，他发愤立下雄誓："儿时祝身愿事主，谈笑可使中原清。"（《壬子除夕》）

绍兴十三年（1143年），陆游十九岁，参加了科举考试。他对考取进士充满了希望，希望通过进士中科实现报国的理想："上马击狂胡，下马草军书。"（《观大散关图有感》）但这次考试他没有中第，因为当时是主降派当权，陆游"喜论恢复"的文章自然不会被

刻写在沈园墙壁上的陆游和唐琬的两首〔钗头凤〕词。当年这对有情人被生生拆散，留下一生遗恨；如今这两阕生死恋歌却可以相依相伴了。

赏识。接着，诗人经历了一次婚姻悲剧，在陆游二十岁左右的时候，他与舅舅唐闳的女儿唐琬结了婚。唐琬不仅美丽、活泼，而且还是当地有名的才女，与陆游兴趣相投，因此婚后夫妻之间伉俪相得，极尽恩爱。这也是陆游一生难得的快乐时光。

但不知什么原因，陆游的母亲，也是唐琬的姑母，却对自己的侄女不满起来，强迫陆游休了唐琬。陆游与唐琬感情甚深，自然不肯分离。但迫于母命，终于在婚后三年左右离异。不久，陆游另娶王氏，而唐琬也改嫁同郡人赵士程。

十年之后，在一个明媚的春日里，陆游出游于家乡禹迹寺南的沈家花园，恰好遇见了同来此地游玩的唐琬与赵士程。尽管陆唐二人已分离十年，但彼此间并没有真正忘怀。这次邂逅，更增添了两人的惆怅之情，心中都有许多话想向对方倾诉，只是碍于封建礼节无法开口。赵士程早知道

唐琬与陆游的往日婚姻，也非常大度，按照唐琬的意思，让家僮送去酒肴以致意。陆游更加伤感，回想起以前二人琴瑟和谐的夫妻生活，以及这十年来的内心苦闷，于是借酒浇愁，在一堵墙上题了一首哀怨悱恻的词：

> 红酥手，黄藤酒，满城春色宫墙柳。东风恶，欢情薄，一怀愁绪，几年离索。错！错！错！春如旧，人空瘦，泪痕红浥鲛绡透。桃花落，闲池阁。山盟虽在，锦书难托。莫！莫！莫！

这就是后人所传诵的〔钗头凤〕。不久，唐琬看到了这首词，读后心情更加难以平静，想到自己与深爱的人能够结合，本是一件幸福的事，但却突遭横祸，被迫分离，而心爱的人也同样痛苦。唐琬含着眼泪，和了一首词：

> 世情薄，人情恶，雨送黄昏花易落。晓风干，泪痕残，欲笺心事，独倚斜阑。难！难！难！人成各，今非昨，病魂常似秋千索。角声寒，夜阑珊，怕人寻问，咽泪装欢。瞒！瞒！瞒！

这两首词风格极其相似，眼前的现实是那样的残酷：夫妻离异，劳燕分飞，欲哭无泪，欲罢不能，既然无法改变，只得各自在绝望中叹息。不久，唐琬在这抑郁痛苦中，离开了人世。

陆游与唐琬的离异，已造成诗人一生的遗憾，沈园一别和唐琬的去世，更加重了诗人心灵的创伤。这股悲伤、痛苦之情，苦苦地萦绕着诗人，五十余年间，陆游陆续写了许多首悼亡诗。

他与表妹唐琬的美满婚姻硬被拆散，最后夫妻二人劳燕分飞，各自再婚。十年后，二人相遇于沈园，陆游写下了那首著名的《钗头凤》，而唐琬不久也抑郁而终。这段悲剧，是陆游一生的心灵创痛，他写下了大量怀念唐琬的诗篇，直到晚年还写下《沈园二首》，悼念早逝的爱妻。

爱情悲剧之后，紧接着就是一次政治打击。绍兴二十三年（1153 年），陆游二十九岁，第二次参加科举考试。陆游省试第一，但是临安殿试却被黜落了。原因是秦桧的孙子秦埙也参加了考试。秦桧希望能让秦埙第一，但当时的主考官陈阜卿却按成绩把第一名给了陆游，秦埙第二。因此陆游被除名黜落，陈阜卿也被罢官。诗人的报国之路又一次被阻，不得不回到山阴。但是，诗人并没有因此改变志向、趋炎附势，"奈何七尺躯，贵贱视赵孟"（《和陈鲁山十诗》），表达了诗人对投降派的蔑视，同时，陆游也没有抑郁消沉下去，而是研读兵书，为将来上战场作准备。

绍兴二十八年（1158 年），陆游终于入仕，出任宁德县主簿。次年改调福州决曹掾。但陆游对这个"举事为尤难"的小职务并不满意，认为它离实现自己的理想相距甚远。"平生四方志，老去转悠哉"（《晚泊慈姥矶下》），正是他此时心情的写照。绍兴三十年（1160 年），陆游调到临安任"敕令所删定官"。这虽是个小官，但却是京官，能够更多地接近皇帝。陆游开始积极力陈抗金主张，希望能被高宗采纳，同时又结交了一批爱国志士，如周必大、张孝祥、李浩等，组织抗金力量，"京华结交尽奇士，意气相期共生死"（《金错刀行》），陆游对前途充满了信心。可惜好景不长，这些爱国志士相继被罢官免职，陆游也罢归山阴，诗人的理想又一次破灭。

绍兴三十二年（1162 年），高宗赵构将帝位传给养子赵昚，即宋孝宗。赵昚算是一位比较有进取心的皇帝，即位之初，志在恢复，因此主战派人士重新得以任用，尤其是抗战派老将张浚重新出山，任右丞相兼枢密使，一时朝廷弥漫着抗战气氛。此时陆游也颇有名声，有一天孝宗问周必大："当今诗人中有能赶上李白的吗？"周必大推举了陆游。于是陆游有了"小李白"的称号，被孝宗赐进士出身，任"圣政所检讨官"，不久调任镇江府通判。这时，张浚正积极北伐，陆游非常高兴，发表言论，对北伐提出建议。乾道二年（1166 年），陆游以"交结台谏，鼓唱是非，力说张浚用兵"（《宋史·陆游传》）的罪名被罢职，陆游又一次体会到了"报国欲死无战场"（《陇头水》）的苦闷心情。符离之败使孝宗失去了北伐的信心，隆兴二年（1169 年），陆游入张浚幕中，这时朝廷中和议派已占上风，张浚的处境也很艰难，但陆游仍积极主战。正如他在后来罢居山阴时所写的那样："早岁那知世事艰，中原北望气如山。"（《书愤》）不久，张浚被罢相，八月病逝。

陆游在家乡闲居了五年。但这五年中他的心并没有闲下来，他还是准备随时出来为国驱驰。他在《闻雨》里写道："慷慨心犹壮，蹉跎鬓已秋……夜阑闻急雨，起坐涕交流。"可见诗人是时刻关注国家命运的。乾道六年（1170年），陆游入蜀任夔州（今四川奉节）通判，这是个有职无权的官职，诗人常常与杜甫相比，他同情杜甫的遭遇："拾遗白发有谁怜？零落歌诗遍两川。"（《夜登白帝城楼怀少陵先生》）其实也是对自己坎坷命运的嗟叹。

"独骑洮河马，涉渭夜衔枚。"

但是，诗人的理想不久又一次被激发了。乾道七年（1171年），陆游被四川宣抚使王炎辟为四川宣抚使司干办公事兼检法官。王炎志在恢复中原，因此陆游入王炎幕后，又积极向王炎献策，这一时期诗人意气风发，与王炎"宾主相期意气中"（《怀南郑旧游》），而且南郑（今陕西汉中）又是抗金前线，诗人终于可以实现自己早年的夙愿。他亲自去前线考察地势，提出建议，对胜利充满信心，"独骑洮河马，涉渭夜衔枚"（《岁暮风雨》），是他艰苦的军中生活的写照，但诗人的心情是愉快的。这一段生活是陆游一生最值得自豪、最值得回忆的。"楼船夜雪瓜洲渡，铁马秋风大散关"（《书愤》），诗人至老还记忆犹新。

可惜幕府于第二年就因王炎调回临安而解散了。陆游离开南郑去成都，任成都府路安抚司参议官。在这里，陆游颇受冷落，心情苦闷，直到好友范成大到成都任四川制置使，才略有好转。然而诗人又一次受到打击，淳熙三年（1176年），陆游被言官弹劾"燕饮颓放"，被罢免，于是陆游索性自号"放翁"，并作下有名的《关山月》一诗。"和戎诏下十五年，将军不战空临边"，表达了诗人对现实的无奈与哀怨。此后，陆游又陆续做了一些地方官，但都没有机会实现理想，一直在任职、罢免、再任职、再罢免的动荡中生活，而以在野生活居多，但是仍然"未敢随人说弭兵"（《书愤》）。

绍熙五年（1194年），孝宗赵昚去世，其子赵惇即位，即光宗。这时宗室赵汝愚、宫廷大臣韩侂胄发动宫廷政变，拥立新帝赵扩，即宁宗，朝廷大权逐渐被韩侂胄掌握。韩侂胄为了巩固权势，积极北伐，再次起用陆游。此时的陆游已七十八岁了，他感到自己报效国家的机会来到了，不顾众人的非议，出任实录院同修撰、同修国史。陆游不计个人恩怨得失，就是为了能"灭虏收河山"。可是，北伐失败，韩侂胄于开禧三年（1207年）被部下史弥远谋杀，宋金又一次议和，陆游恢复中原的理想彻底破灭了。

嘉定二年（1209年）的一个寒冬，陆游这位为国家奋斗了几十个春秋、留下九千余首诗歌的伟大诗人病逝了。临终前，留下那首流传千古的绝笔诗《示儿》：

　　死去元知万事空，但悲不见九州同。

　　王师北定中原日，家祭无忘告乃翁。

这也是诗人一生的精神写照。

纵观陆游的一生，他始终把自己与国家、民族的命运紧紧联系在一起。他虽然屡屡因"爱国"而获罪，但仍赤心不改，不管自己处境的顺逆。"男儿坠地志四方，裹尸马革固其常"（《陇头水》），诗人总是抱有坚定的信念，而且随着时光的流逝，越来越坚定不渝。"壮心未与年俱老，死去犹能作鬼雄"（《书愤》），直到八十一岁时，仍旧"一闻战鼓意气生，

犹能为国平燕赵"（《老马行》）。诗人的笔下，包括了所有的爱国内容，它们是诗人一生政治生活的记录。因此，陆游无愧于是继屈原、杜甫之后我国的又一位伟大的爱国诗人。

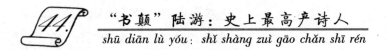

44. "书颠"陆游：史上最高产诗人
shū diān lù yóu：shǐ shàng zuì gāo chǎn shī rén

陆游是文学史上作品流传最多的一位诗人，一生大约做了九千一百多首诗，还有一部分词、散文。作为一名"高产"且多脍炙人口诗词的作家，陆游的作品思想内容慷慨激愤、鼓舞人心，艺术技巧也是高人一等。这恐怕与陆游的博览群书、采撷众家之所长不无关系。

陆游出生在一个官僚士大夫之家，同时也是世代书香门第，家里文学气氛浓郁。他的祖父陆佃是王安石的学生，神宗时曾任国子监直讲、集贤校理、崇政殿说书等职，著书有二百四十二卷，如《春秋后传》二十卷、《尔雅新义》二十卷等，他还长于写七绝、七律，著有《陶山集》。陆游的父亲陆宰继承家学，著有《春秋后传补遗》一卷，同时也能作诗，但已散佚，只留下"奴爱才如萧颖士，婢知诗似郑康成"一联。陆家藏书也极其丰富，为当时越州藏书三大家之一。

在这种家庭氛围的熏陶下，陆游从小就聪颖好学。据《宋史·陆游传》记载："年十二，能诗文。"并且这时他已开始读《陶渊明集》。他还喜好读岑参的诗，并给予他很高的评价，认为他的排位应紧接李白、杜甫之后。更难能可贵的是，年少的陆游并没有把读书看作个人博取功名的途径。由于他"少小遇丧乱"（《感兴》），再加上家中时常有主战派人士来与父亲谈论国事，陆游把报国、报民明确为自己读书的目的。正如他在《读书》一诗中所云："读书本意在元元。"正因为他读书的目的异常明确，因此他读书达到了废寝忘食的地步。

绍兴十二年（1142年），陆游十八岁，恰巧江西派大诗人曾几到他家做客。陆游见到了仰慕已久的大诗人非常欣喜，并且拜其为师，这次拜师对陆游的诗歌创作有着重要的影响，陆游学会了江西诗格。"我得茶山一转语，文章切忌参死句"（《赠应秀才》），正是他学诗的心得。他认为这时才是他写诗的开始，曾说："予自年十七八学作诗"

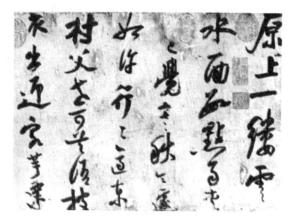

陆游自书诗帖

（《小饮梅花下作》），并把《别曾学士》这首诗作为《剑南诗稿》的第一首诗，可见他对这段经历是非常怀念的。

乾道七年（1171年），陆游任四川宣抚使王炎的幕僚，这段从戎生活大大地充实了陆游诗歌的内容，使他不再为诗歌内容单调而苦闷，在《九月一日夜读诗稿有感走笔作歌》中写道：

> 诗家三昧忽见前，屈贾在眼元历历。
>
> 天机云锦用在我，剪裁妙处非刀尺。

这时的陆游已深化了对诗的体会，以至他总结道：

> 我初学诗日，但欲工藻绘；
>
> 中年始少悟，渐若窥弘大。
>
> ……
>
> 汝果欲学诗，工夫在诗外。
>
> ……
>
> ——《示子遹》

到了晚年，他谈到作诗，说：

> 文章最忌百家衣，火龙黼黻世不知；
>
> 谁能养气塞天地，吐出自足成虹蜺。
>
> ——《次韵和杨伯子主簿见赠》

也正是陆游在"诗外"下苦功，才使他的诗歌取得了高度的艺术成就。

陆游爱读书，他甚至把自己的居室起名为"书巢"，他在五十八岁退居故乡山阴时，作《书巢论》称自己："吾饮食起居，疾痛呻吟，悲忧愤叹，未尝不与书俱。"作为一名时刻不忘报国的知识分子，发愤读书更引出自己无限感慨，因而陆游作品中有许多写夜读的诗篇，均为随感而发。七十二岁时，作《读书》："读书本意在元元。"七十三岁作《读书》："两眼欲读天下书，力虽不逮志有余。"七十七岁作《自勉》："读书犹自力，爱日似儿时。"八十四岁作《读书主夜兮感叹有赋》："老人世间百念衰，唯好古书心未移。"可见，这种好学精神、读书报国的目标支撑其一生。

陆游不仅仅是一位诗人，同时也是一位具有渊博学识的学者，《会稽续志》说他："学问该贯，文辞超迈，酷喜为诗；其他志铭记途之文，皆深造之昧；尤熟识先朝典故沿革、人物出处；以故声名振耀当世。"这与他博览群书不无关系。

陆游曾三为史官，主持修孝宗、光宗两朝实录的工作。他的私人著作《南唐书》，可以与东汉范晔的《后汉书》相媲美，其宗旨是指出处在民族危难之时，人民应该团结一致，同心协力，恢复故土。

此外，他的一些散文，也很有特色。《入蜀记》是一部旅游日记，记载了陆游于乾道六年（1170年）入蜀任夔州通判沿途的山川景色，这不仅仅是部山水游记，同时对研究地理也有着重要作用，明代徐霞客的名作《徐霞客游记》明显受到这部游记的影响。晚年在山阴，写下著名的《老学庵笔记》，其中记载了抗金活动，还有一部分是论诗的文章，很有文化价值，《四库全书总目提要》称其："轶闻旧典，往往足备考证。"

大诗人陆游一生致力于收复中原，他渴望"上马击狂胡，下马草军书"（《观大散关图有感》）的戎马生活，但在"诸公尚守和亲策"的年代里，只落个"报国欲死无战场"的结果。因此，在他的诗中出现了大量的关于梦的内容，来抒发自己的报国豪情。

据统计，在陆游的九千多首诗歌中，仅题目标明记梦的就有一百六十多首，如果算上其他诗中有关梦的，数量就更多了。可以说，陆游是中国文学史上创作记梦诗最多，也最有成就的一位诗人。

俗话说：日有所思，夜有所梦。陆游生活在民族危难之时，山河破碎，人民流离失所，大好河山被异族铁骑践踏，诗人的心情难以平静，以至夜不能寐：

> 徘徊欲睡复起行，三更犹凭阑干立。
>
> ——《夏夜不寐有赋》
>
> 八十将军能灭虏，白头吾欲事功名。
>
> ——《冬夜不寐至四鼓起作此诗》

这正是诗人心情的写照，正如清人王士祯所言："中原未定，梦寐思建功业。"（《带经堂诗话》）

作为一名有志之士，陆游渴望杀敌报国、建功立业，实现毕生的理想，但是，朝廷上投降派却占据上风，主战派纷纷受到打击、排斥，因而，陆游始终无法实现自己的夙愿。孝宗乾道二年（1166年），宋金和议，陆游因"力说张浚用兵"而被罢职。乾道六年（1170年）才出任夔州通判这个小官。他在西行途中写下《晚泊》。在诗中他感叹身世："半世无归似转蓬，今世作梦到巴东。"陆游并未因位卑而忘国，而是希望赶快到职。乾道七年（1171年），陆游入四川宣抚使王炎幕僚，到达南郑，这是诗人一生中最快乐的时光，他真正到达了抗金的前线。可惜不久幕府解散，诗人的理想又一次破灭了，因而发出了"今朝忽梦破"（《自兴元赴官成都》）的慨叹，他在夜宿驿站时写道：

> 逆胡未灭心未平，孤剑床头铿有声。

破驿梦回灯欲死，打窗风雨正三更。

——《三月十七日夜醉中作》

"梦回"之后是何等的凄凉！

陆游从南郑到成都任成都府路安抚使司参议官，诗人终日无所事事，只得流连于天府之国的美景，但仍无法排遣其内心的苦闷，爱国情怀依旧萦绕心头。一天夜里，他听到了浣花江的江水声，联想到了抗金战场上那声势浩大的雄壮气势。"梦回闻之坐太息，铁衣何日东征辽"（《夜闻浣花江声甚壮》），诗人欲上战场的心情是多么的急切啊！

正因为陆游的理想在现实中无法实现，因而他只能在梦里得到满足：

三更抚枕忽大叫，梦中夺得松亭关。

——《楼上醉书》

夜阑卧听风吹雨，铁马冰河入梦来。

——《十一月四日风雨大作》

陆游洞，位于巫峡西口与大宁河交汇处。宋孝宗乾道六年陆游入蜀，曾泊宿于此，因得名。

诗人不仅幻想着自己在沙场上纵横驰骋，而且还憧憬着胜利后的情景。他在江西任提举平茶盐公事任上，作了一首《五月十一日，夜且半，梦从大驾亲征，尽复汉唐故地，见城邑人物繁丽，云"西凉府也"。喜甚，马上作长句，未终篇而觉，乃足成之》，诗中满怀豪迈之气，既有胜利后的喜悦："驾前六军错锦绣，秋风鼓角声闻天。"也有故土收复后中原的和平景象："苜蓿峰前尽亭障，平安火在交河上；凉州女儿满高楼，梳头已学京都样。"

陆游的一生是悲壮的，他时刻不忘记收复中原故土。

> 横槊赋诗非复昔，梦魂犹绕古梁州。
>
> ——《秋晚登城北门》
>
> 壮心自笑何时豁，梦绕祁连古战场。
>
> ——《秋思》

诗人经常在梦中想到中原，情系故土，甚至在晚年贫困交加时，仍念念不忘。他在《异梦》中写道：

> 山中有异梦，重铠奋雕戈。
>
> 敷水西通渭，潼关北挖河。
>
> 凄凉鸣赵瑟，慷慨和燕歌。
>
> 此事终当在，无如老此何。

陆游壮志难酬，在一心只想苟且偷安的南宋小朝廷中是很难找到知己的，因而在梦中梦见自己与高士奇人相会：

> 梦里遇奇士，高楼酣且歌。
>
> 霸图轻管乐，王道探丘轲。
>
> ……
>
> 真当起莘渭，何止复关河。
>
> ……
>
> ——《二月一日夜梦》

所谓的"奇士"就是能与他志同道合、"意气相期共生死"的知音，通过与他们结交相会表达自己渴望知音、对现实政治的不满之情。

纵观陆游的记梦诗，杀敌报国、收复故土占据其绝大部分，但这种雄心壮志终究无法实现，只能在梦中驰骋想象，突破现实的樊篱。陆游作为一位伟大的现实主义爱国诗人，在记梦诗中却洋溢着浓郁的浪漫主义气息，正是他撷采众家之所长，加以融会贯通，使之诗歌风格更为多样的结果。

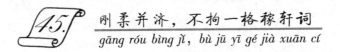

45. 刚柔并济，不拘一格稼轩词
gāng róu bìng jǐ，bù jū yī gé jià xuān cí

辛弃疾早年丧父，由祖父辛赞一手把他培养成人。当年金兵攻占济南时，辛赞并未携家南下，而是为了养家糊口不得不在金朝中担任官职。当他在亳州的谯县做县令时，辛弃疾便已到了读书年龄，跟随祖父前往谯县。当时，亳州有个人叫刘瞻，善于作田园诗，诗中充满了清新野逸之趣，在当地颇有名声。辛赞便让辛弃疾去拜他为师，向他学习。刘瞻的门下虽然有许多学生，但在平时学习过程中表现得聪明颖悟、反应速度快的，却只有辛弃疾和党怀英两个人。辛弃疾比党怀英要小七岁，但他们毕竟是同学，而亳州人也认为他们二人的才华不相上下，因而，亳州的读书界并称他俩为"辛党"。他们虽然受教于同一位老师，各自的理想和人生道路却截然不同。辛弃疾为了民族的大业勇敢地走上了抗击金兵的战场，并屡建战功，成为一位令人敬仰的民族英雄和爱国词人；而党怀英则贪图安逸享受，做了金国的达官贵人。

辛弃疾二十三岁的时候，带领一部分起义军归入南宋朝廷后，以宋高宗为首的南宋政府却并未重用他。他们先是解除了起义军的武装，然后派辛弃疾做江阴军签判，帮助地方官处理政务。尽管如此，辛弃疾仍然继续坚持爱国主义的立场，用他那饱含激情、气势磅礴的词和文章，来宣传北伐抗金、收复中原、统一祖国的主张。

他一生当中留有诗词六百多首，其中诗有一百二十多首，其余皆为词。这些词又大都是在他两度退休、二十年隐居闲散的生活中写的。他的词，常常是稿子还没有修改好，就被朋友们抢去收藏起来了。有时，他随便写写或写了就烧，致使他的词流失了不少。公元1188年，他的门人范开，将他创作的词编成《稼轩词甲集》，并写了《稼轩词序》，这才使他的词得以保留下来。

辛弃疾挑灯看剑图。"醉里挑灯看剑，梦回吹角连营。八百里分麾下炙，五十弦翻塞外声。沙场秋点兵。马作的卢飞快，弓如霹雳弦惊。了却君王天下事，赢得生前身后名。可怜白发生！"（辛弃疾〔破阵子〕《为陈同甫赋壮词以寄》）

辛弃疾的词创作最多的时候，也正是他在政治生活当中最苦闷、最烦恼的时候。试想想，一个人的雄心抱负不能实现，那会是怎样的心情？一个人的宏图大志不能施展，那又是怎样的情绪？无疑，他的心情是郁闷的，情绪是低沉的。当这种心情无处表达时，就只好婉转曲折地表现在他的作品里。因此，辛弃疾的词大多是反映民族、国家等方面的重大题材，他的作品充满了奋发激越的积极进取精神，反映人民的意愿和苦闷，真切地反映了现实社会生活，有着强烈的感染力和号召力。其代表作有〔水龙吟〕《登建康赏心亭》、〔永遇乐〕《京口北固亭怀古》、〔破阵子〕（"醉里挑灯看剑"）、〔鹧鸪天〕（"壮岁旌旗拥万夫"）等等。也因为这些作品有奔放驰骋、生气蓬勃的"豪放"风格，世人便把辛弃疾与苏轼并称。

辛弃疾的词在艺术成就方面非常突出，他善于创造生动的形象，善于运用浪漫主义的手法表现丰富的想象。他写长剑是"倚天万里"，写长桥是"千丈晴虹"，写水仙花的盆景也是"汤沐烟波万顷"，就连那突兀的青山，在他的想象中，不但妩媚可爱，而且奔腾驰骤，像万马回旋。这些生动、形象的描绘创造了深远的意境，使辛弃疾的词呈现出豪放的风格。

辛弃疾还善于运用比兴的手法寄托自己的理想，并且运用大量的典故，托古喻今。对此，曾有人认为他"掉书袋"，是滥用书本材料来炫耀自己的渊博，连岳珂也向他提出过这一意见；而辛弃疾自己也承认，他对岳珂说："夫君实中予痼"，"乃味改其语，日数十易，累月犹未竟。"

辛弃疾的词在语言方面能力很强，可以说是唐、宋以来词家中成就最高的。他打破了语言运用的范畴，丰富了词的语言，开拓了词的境界，运用民间语言、口语等轻松自如，明白流利，并且有很强的艺术性，尤其是他在写农村题材的词时，有的通俗易懂，有的明白如话，却又不失他的创造性。

总之，辛弃疾是南宋时期第一流的词作家，他的词集豪放与婉转、风流妩媚于一身，为宋代词坛的发展作出了突出的贡献，也深深地影响着他之后的一些词作家。

46. 陈亮："人中之龙，文中之虎"

chén liàng：rén zhōng zhī lóng，wén zhōng zhī hǔ

陈亮，字同甫，婺州永康人。为人才气超迈，喜谈兵，论议风生，下笔数千言立就。宋孝宗朝，屡屡上书，言恢复大业，虽大谈国事，但不慕功名，时人以为是旷世狂人。光宗绍熙四年（1193 年）策进士，擢为第一，受签书建康府判官听公事，上任未至而卒。《宋史》称颂陈亮："志存经济，重许可，人人见其肺肝。与人言，必本于君臣父子之义。虽为布衣，荐士恐弗及。家仅中产，畸人寒士衣食之，久不衰。"陈亮本人也有一篇题为《自赞》的短文，自画其像说：

其服甚野，其貌亦古。倚天而号，提剑而舞。唯禀性之至愚，故与人而多忤。叹朱紫之未服，谩丹青而描取。远观之一似陈亮，近视之一似同甫。未论似与不似，且说当今之世，孰是人中之龙，文中之虎！

短文中描画自己说，外貌是一身山野村夫的装束，一幅古里古气的嘴脸；行为是倚长天而呼啸，把长剑而挥舞；性格是生来愚笨不谙世事，难于随波逐流，与世俗寡合；一生遗憾是仕途穷困，壮志难酬；一生追求是不喜名利，笑傲江湖；自我评价是人中之龙，文中之虎。

《宋史·陈亮传》说："醉中戏为大言，言涉犯上。"疑即是因"人中之龙，文中之虎"之类言语。此语是托大狂放之语吗？观陈亮一生所作所为，当不愧"人中之龙"；览陈亮一世诗词文章，亦不愧为"文中之虎"。

宋孝宗隆兴年间，南宋与金人议和，天下人多欣然，庆幸有了休养生息之机，唯有陈亮认为不可议和。当时婺州以解头之身份向朝廷荐举陈亮，陈亮因上《中兴五论》。

宋孝宗淳熙五年（1178年），陈亮在太学为诸生，曾三次上书，孝宗赫然震动，欲提拔陈亮为官，可是陈亮只愿为国献计献策，并不是要以上书求取功名，遂毅然还乡。

宋孝宗淳熙十四年（1187年），宋高宗驾崩。来吊唁的金使，意态简慢，引起了国人不满。陈亮有感于孝宗相知，特意到金陵，观察山川形势，然后写了《戊申再上孝宗皇帝书》，大意是激励孝宗坚定恢复中原的决心。

宋光宗绍熙四年（1193年），光宗策进士，问以礼乐刑政之要，陈亮以君道师道应对，深受光宗赏识。

陈亮作为一个平民百姓，能以国事为重，为恢复中原，统一天下，奔走呼号，其精神可嘉可表。宋乔行简在《奏请谥陈龙川札子》中评价陈亮说："陈亮以特出之才，卓绝之识，而究皇帝王霸之略，期于开物成务，酌古理今，其说盖近世儒者之所未讲。""至若当渡江积安之后，首劝孝宗以修艺祖法度为恢复中原之本，将以伸大义而雪仇耻，其忠与汉诸葛亮、

"倚天而号，提剑而舞"，自称为"人中之龙，文中之虎"的陈亮。

本朝张浚相望于后先，尤不可磨灭。"极称陈亮"非所谓一乡一国之士，乃天下之士"。足见陈亮自喻为"人中之龙"，并非虚夸。

陈亮的散文作品极富，其代表作是《中兴五论》、《酌古论》、《上孝宗皇帝三书》和《戊申再上孝宗皇帝书》。他的《酌古论》从汉、唐以来许多重大军事活动中总结历史经验教训，作为南宋抗金的历史借鉴；他的《中兴五论》明确地表述了自己的抗金主张，建议朝廷要经营荆襄，作为抗金的根据地，并提出"节浮费"、"斥虚文"、"严政条"、"惩奸吏"等一系列的为抗金作准备的政治经济措施；他的《上孝宗皇帝三书》和《戊申再上孝宗皇帝书》，则反复重申自己的抗金主张，同时更具体地分析了南宋和金人的政治经济军事形势，提出了江南"不必忧"、和议"不必守"、金兵"不足畏"、主和派的投降理论"不足凭"的主战观点。古人评述陈亮"为文章，上关国计，下系民生，以祖宗之业为不可弃置，子孙之守为不可偏安"；古人评价陈亮其人"所谓真英雄、真豪杰、真义士、真理学者"。

陈亮词现存计七十四首，多为超迈豪壮之作。其代表作是〔水调歌头〕《送章德茂大卿使虏》。据《宋史》和有关资料记载，陈亮一生中曾三次蒙冤，三次入狱，三次死里逃生。

陈亮二十五岁时，陈亮家的一个家童在家乡杀了人。恰巧这个被杀的人曾侮辱过陈亮的父亲陈次尹，被害者的家人怀疑童仆杀人是陈亮主使的，便向官府状告陈亮。官府拘捕了陈亮家的家童，严刑拷打，直打得死去活来。那个家童虽对杀人供认不讳，但矢口否认此事与陈亮家有关。于是官府又拘捕了陈亮的父亲，关入了大牢。遇此大祸，陈亮的祖父、祖母忧思成疾，先后过世。陈亮的妻子也被娘家接了回去，陈亮的弟弟怕受牵连，带着妻子躲出家门。家里只有陈亮的妹妹一人，为先前去世的母亲和刚刚去世的祖父、祖母守丧。这次横祸，直闹得陈亮一家家破人亡。当时的陈亮，已是名闻朝野的知名人士。早在十八岁时，陈亮便以《酌古论》一文受到婺州郡守周葵的赏识，被赞为"他日国士也"；二十岁时，陈亮游学临安，恰逢周葵升调入京，为同知贡举兼权户部侍郎。在周葵提携举荐下，他得交一时豪俊。此案既牵扯到陈亮，地方官不敢贸然行事，便向朝廷上报，极言案情严重，因而陈亮也被传至大理寺受审。一桩普通的杀人案，一牵连到陈亮之家，为何竟掀起轩然大波？其因由《宋史》未有交代，然而考订陈亮事迹或可知之。宋孝宗隆兴二年（1164 年），南宋与金人订约：正皇帝之号，与金为叔侄之国，岁币减十万，割商秦地。"天下欣然，幸得苏息"，然而陈亮却持有不同见解，曾作《中兴五论》抨击议和，文章写成后，上报于朝廷，却被某些官员扣押下来。从此事看来，朝中主和派很有可能借此案做文章，欲置陈亮于死地。幸有当时朝官辛弃疾、罗点为他极力辩冤，丞相王淮知道皇帝不想让陈亮死，这才赦免了陈亮父子之罪。

陈亮三十六岁时，曾亲自到当时的京城临安上书，十天之内，向宋孝宗连连进献了三篇奏书。据说，第一次上书后，宋孝宗读了陈亮的奏书，赫然震动，要将陈亮的奏书张榜于朝堂之上，以激励朝臣，并要提拔陈亮入朝为官。一时间，朝中大臣不知道陈亮是干什么的，只有一个叫曾觌的朝官知道。曾觌便去见陈亮，可陈亮认为曾觌品格不高，耻于和他见面，竟跳墙跑了。因此，曾觌心中极不痛快。而其他的朝臣则认为陈亮的奏书直言不讳，担心陈亮在朝为官会对他们不利，便从中作梗，阻挠宋孝宗召见陈亮。于是，陈亮又献上第二、第三篇奏书，词情恳切，指言时弊，正中要害，所进措施，切实可行。宋孝宗看了更加赏识，决心召他在朝为官。而陈亮知道了，却说："我这样做，是想为国家开创数百年的基业，哪里是要谋求一官半职呀！"说罢，便毅然渡江回家去了。此次进京，让陈亮颇为失望。他觉得朝廷对于恢复大业只不过是说说而已，朝中的权臣只图偏安江南，毫无北伐之志。这样，陈亮回到家乡后，心灰意冷，于是便借酒浇愁，与家乡狂士做长日之饮。有一次，陈亮酒后谈起了国家大事，言语中流露出对朝廷的不满。这事被一个想中伤陈亮的小人告发了，因此陈亮又第二次被关入了大理寺的大牢。先前，陈亮二十七岁之际，曾被家乡以解头身份推荐上京应礼部殿试，然而被黜落榜，陈亮大感不平。事后谈起此事，屡屡表露出对当时的主考官何澹极大不满，何澹听说后，便怀恨在心。不想，这次主审陈亮的，正是已调任为刑部侍郎的何澹。这个小肚鸡肠的何澹，乘机诬陷陈亮图谋不轨，并屡用酷刑，打得陈亮体无完肤，还将此案上报给皇上，意欲处陈亮以极刑。宋孝宗对于陈亮，虽不满于他辞官而去，但颇器重陈亮的才华。他获悉陈亮犯案后，曾派人暗中调查，知道陈亮并无谋反之心。因此，在何澹上奏时，孝宗气得在奏书上批了"秀才醉后妄言，何罪之有"几个字，然后将奏书扔到了地上。就这样，陈亮又一次逃脱牢狱之灾，又一次免于一死。

陈亮四十二岁时，在家乡参加乡里举行的宴会。乡里人为了表示对陈亮的尊敬，按照当地的风俗，特意在陈亮席上的肉羹中撒上了胡椒粉。有一个与陈亮同席的人，宴后归家突然暴死，这人在病发时，曾对家人说席上的食物有异味，于是家人便怀疑食物有毒，状告陈亮下毒害命。这一状又告到了大理寺。大理寺便派酷吏严加审问，但陈亮本无辜，因而审来审去终不能定案。这样案子就挂了起来，而一挂便是四五年。然而一波未平，一波又起。陈亮四十七岁时，乡民吕兴、何念四殴打吕天济，打得很重，差一点打死了。这个吕天济告到官府，说是陈亮主使的。当地的县令王恬录了口供，又将此案上报给大理寺。于是大理寺将陈亮两案归一，两罪并罚，将陈亮押入大理寺候审。人们都以为此次陈亮必死无疑。陈亮无辜罹罪，自然上书申辩。当时主理大理寺的少卿郑汝看了陈亮的申辩书，大为惊诧，他说："陈亮这人是天下的奇才！如果朝廷杀了这无罪的才子，那就会上干天和、下伤国脉。"于是向宋光宗力辩陈亮无罪，陈亮才第三次免遭劫难。这两桩案子，大家一看便知，均为民事纠纷，然而一牵扯到陈亮，便被小题大做，直闹到大理寺。想来，很有可能是那班朝中权奸，千方百计想置陈亮于死地而后快。陈亮自己也有所疑，他在《何绍嘉墓志铭》中说："而当路欲以事见杀。"

陈亮一生三遭冤狱，可谓多劫多难，然而陈亮百折不挠，始终不改其志。有一则陈亮的轶文说："见辱于市人，越夕而可忘其辱；见羞于君子，累世而不泯其羞。此丈夫所当履其道，免笔诛口伐于荜门圭窦之间；实其行，免心丧胆落于目瞻耳聆之余。"这是陈亮一生的座右铭，也是陈亮的人格写照。与陈亮同时代的诗人叶适，在《龙川集序》中，对陈亮罹难蒙冤之事评论说："同甫（陈亮字）其果有罪于世乎？天乎！余知其无罪也！同甫其果无罪于世乎？世之好恶未有不以情者，彼于同甫何独异哉？虽然，同甫为德不为怨，自厚而薄责人，则疑若以为有罪焉可也。"这便是对陈亮人格精神的肯定。

47. 词人姜夔的合肥之恋
cí rén jiāng kuí de hé féi zhī liàn

姜夔（约1155—1221年），字尧章，号白石道人，江西鄱阳人。南宋杰出的词人，和辛弃疾、吴文英分鼎词坛，名存千古。

姜夔一生浪迹江湖，到过许多地方。除了湖州、杭州和汉阳的姐姐家外，客居时间最长、停留次数最多的就要数合肥了。为什么洒脱不羁的游子会一而再、再而三地钟情于这块多柳之地呢？原来，姜夔年少时曾在合肥发生过一段深挚的恋情。

宋孝宗淳熙三年（1176年），姜夔二十多岁。他客游合肥，在赤柳桥一带的歌楼中偶识了一对姊妹。她们色艺佳绝，一善古筝，"小乔妙移筝"；一善琵琶，"大乔能拨春风"，所演绎的词曲情韵并茂，深深打动了

图为姜夔石刻像。姜夔终生未仕，一生清贫，在诗、词、文、书法和音乐等方面有极高的造诣，是一位艺术全才。其词作成就尤大，虽属婉约一派，却以超凡脱俗的淳雅，独树一帜。

姜夔的心。他对美有着特殊的领悟力，面对眼前"蛾眉""奇绝"、体态"轻盈""娇软"，浪子有些迷失了。听她们唱起自度曲《淡黄柳》，歌声婉转，特别是"燕燕飞来，问春何在，唯有池塘自碧"这几句，更是心旷神怡。佳人也倾心于这位虽衣衫褴褛，却一表人才，困顿中流露出英气的才子。交谈中，非常投洽，于是他们便走到了一起。

在姜夔的辅导下，两姐妹的技艺大有长进，一曲〔淡黄柳〕引起了不小的轰动，人们竟称她们为"柳淡黄"和"柳嫩绿"。两姐妹除了和姜夔探讨一些音律诗词外，还细心地照料着姜夔的生活。

尽管这段有红颜知己相伴的日子很快乐，但当时宋金交战，国家的艰难也直接影响到了寻常百姓家。在两姐妹的劝说下，姜夔依依不舍地离开了合肥。

姜夔过江到临安后，看不惯南宋朝廷的腐败，便想回合肥。可途中却听说合肥已沦陷，对恋人的担心之情流于笔端，于是写了最早的离别怀人之作〔一萼红〕。该词以"红萼"起而以"垂柳"结，隐隐道出伤心语："记曾共西楼雅集，想垂杨还袅万丝金。待得归鞍到时，只怕春深。"自此以后，姜夔每每咏物抒怀，多涉及梅花和杨柳这两种令人伤感的相思之物。

当风尘仆仆的姜夔终于不再感慨"东风落靥不成归"时，看到的却是合肥巷陌凄凉萧条的景象。三人见面悲喜交集，互相叙说别离之苦。见姐妹二人安然无恙，姜夔住了一段日子后，便再次离去，云游江湖以尽野兴。

在分离的日子里，他们互通书信，一直保持着联系。情兴笔至，一首首佳作便流淌出来。

宋光宗绍熙二年（1191年），姜夔已经三十五岁了。当他历尽艰难，又一次来到战乱的合肥探望二姐妹时，带给姐妹的是他已娶了萧氏（萧德藻的侄女）的消息。这一次三人不欢而别。

分开之后，姜夔仍是割舍不下这段恋情，在他的诗词中仍会不经意地念起。在应范成大的"授简索句"时，面对雪中红梅，因情所动而作词，即刻成两首。

一首是〔暗香〕，另一首是〔疏影〕。两首词笔墨飞舞，运笔空灵，无怪乎被张炎赞为"前无古人，后无来者，自立新意，真为绝唱"。

后来，南宋抗金大将刘锜在柘皋大败金人之后，收回了合肥。这时，姜夔又忍不住想去探望二姐妹。但是，"卫娘何在，宋玉归来，两地暗萦绕"（〔秋宵吟〕）。所恋之人已在战乱中不知去向了，姜夔自此便再也没到过合肥。

但这一段深沉的爱恋，却给姜夔以后的词曲创作带来了很大的影响。现在，姜夔的存词大约有八十多首，其中有十八九首是怀念合肥所遇女子的作品。最著名的一首，是在他们分开六年后，即宋宁宗庆元三年（1197年）正月，姜夔元旦之夜梦见恋人，醒后不胜伤感而作的〔鹧鸪天〕：

> 肥水东流无尽期，当初不合种相思。梦中未比丹青见，暗里忽惊山鸟啼。春未绿，鬓先丝，人间别久不成悲。谁教岁岁红莲夜，两处沉吟各自知。

梦是人的潜意识中真实情感的自然流露。思极入梦，梦中之人，隐隐

"客里相逢，篱角黄昏，无言自倚修竹。"

约约，并不真切。但这残梦也偏偏被山鸟惊醒，不能久做。绵绵离恨在词中更显激切。可见，深挚凄美的爱恋，给姜夔的心灵带来的震撼是永远无法宁息的。姜夔多才多艺，精音律，善鉴赏，工书法，诗、文、词俱佳，尤以词著名。他的词首首都是精金美玉，虽数量不多，但能独树清空、骚雅一帜，卓然成为南宋一大家。他虽在文学史上地位很高，但在仕途上却颇不得意，一生没有做过官。也许正是由于这个原因，反而成全了他的文学创作，让他有机会能够游遍湘、鄂、赣、皖、江、浙一带的好山好水，结交到志趣相投的许多文人志士。

他"野云孤飞"般游士的生活经历，形成了洒脱不羁的性格和清雅高洁的品格。在范成大的印象中，他甚似晋宋间的雅士。姜夔平生好学、好客、好藏书，陈郁《藏一话腴》中云："白石道人姜尧章，气貌若不胜衣，而笔力足以扛百斛之鼎。家无立锥，而一饭未尝无食客。图书翰墨之藏，汗牛充栋。"可以想见他的为人。他没有凭借自己卓越的才学，像其他江湖游士那样依附于高官贵族来寻个一官半职，或者阿谀奉承，过一种寄生虫生活，而是以其独特的个性，一生漂泊困顿，浪迹江湖。

早在姜夔幼年之时，他便常常跟着做汉阳知县的父亲遍游那一带的秀美景地。这在当时姜夔小小的世界中，便是神气的"走南闯北"了。幼小的心灵中早早埋下了对江湖泉林的向往。

大约十四岁时，他的父亲突然病逝，从此他只好寄居在汉川山阳村的姐姐家。在这段时间，他听凭自己的兴趣所在，或抚琴吹箫，或吟诗诵词，或泼墨挥毫，或游山玩水，在潜移默化中，文学修养和艺术才能得到增益。但他却不想考取功名，也不想置买一些产业，整天就是外出交游访友。姐姐对他十分关心，常劝他要为将来打算。其实，姜夔何尝没有想过功名呢？只是"东风历历红楼下，谁识三生杜牧之"。他在游历中，看清了南宋朝廷的腐败、黑暗，大失所望，便开始以酒解愁，寄情于山川名胜、林泉雅趣之中了。

宋孝宗淳熙三年（1176年），姜夔曾过扬州。原来的"淮左名都"一片荒凉景象，感念今昔，他沉痛地写下了回肠荡气的〔扬州慢〕：

> 淮左名都，竹西佳处，解鞍少驻初程。过春风十里，尽荠麦青青。自胡马窥江去后，废池乔木，犹厌言兵。渐黄昏，清角吹寒，都在空城。　　杜郎俊赏，算而今重到须惊。纵豆蔻词工，青楼梦好，难赋深情。二十四桥仍在，波心荡、冷月无声。念桥边红药，年年知为谁生。

姜夔以其精练传神的妙笔，点染出昔日繁华的名都经过战乱之后的惨状。一声号角、一弯冷月、一泓寒水，还有落寞的二十四桥，无一处不显得凄寂，黍离之悲昭然纸上。

过淮扬之后，他又历楚州，游濠梁，泛洞庭，客武陵，留长沙，辗转在湘、鄂之间。

淳熙十三年（1186年），姜夔三十二岁，在潇湘偶识萧德藻（南宋著名诗人）。萧德藻很赏识他的诗才，曾感叹道："四十年作诗始得此友。"

欣然结为忘年交，并将侄女嫁给了他。从此，姜夔就不再回汉阳，而依靠萧德藻住在了湖州。

第二年元旦，过金陵，三月游杭州。由萧德藻引见，认识了杨万里。杨万里很赞赏他的词，尤其是"行人怅望苏台柳，曾与吴王扫落花"两句。两人谈起来又甚是投机，成为好友。杨万里曾称许姜夔"文无不工，甚似陆天随"，诗有"裁云缝月之妙思，敲金戛玉之奇声"。苏州的范成大看过姜夔的词后，也暗暗称妙。交往后，范成大更心折于姜夔出类拔俗的风度，称许他为"翰墨人品似晋宋之雅士"。自此，三人成为挚友。

光宗绍熙元年（1190年），姜夔因特别喜欢吴兴弁山的清雅环境，便把家安在了山上的白石洞旁，因而又被永嘉潘柽称为白石道人。

清末何元俊绘"小红低唱我吹箫"诗意图。

绍熙二年（1191年）冬，姜夔从吴兴出发，冒雪乘船去苏州石湖拜访范成大。这一次，他在范家住了一个多月。两人制谱填词，饮酒畅谈，好不痛快。一天，在范村（范成大家花园）赏梅，范成大请他谱新曲作词。姜夔看到雪中红梅，才思突涌，用月下吹笛来烘托情境，人面梅花相映，不管春寒，更显得人的清高拔俗。梅花冷香袭人，词兴所致，姜夔畅然写下内心的感受。写成之后，范成大极为赞赏，把玩不已，命家中的歌妓学习演唱，音节和谐婉转。歌女中有一名叫小红的，尤其喜爱唱这新词，而这咏梅的新词即是后来脍炙人口的两首名篇〔暗香〕和〔疏影〕。当除夕姜夔离开时，范成大便将歌女小红赠送给他。这夜正赶上大雪纷飞，船过垂虹桥时，姜夔即景生情，写下一首诗："自作新词韵最娇，小红低唱我吹箫。曲终过尽松陵路，回首烟波十四桥。"真有如神仙一般了。其实不过是旧时文人风流倜傥生活的写照而已。此后，姜夔每次谱曲填词后，小红就歌而和之。

在吴兴小住了一段时间后，姜夔还是回到了湖州。在那里大约住了八九年。中间他虽然又到过临安、合肥、苏州、金陵、绍兴、南昌等地，但时间都很短。

庆元三年（1197 年），萧德藻晚年生病，他的儿子把他接了去。这一下，姜夔失去了依靠，不得已只好把家搬到浙江杭州，投奔他的另两个挚友张鉴（字平甫，淳熙间做过州的推官）和张镃（字功甫，与平甫为异母兄弟，做过奉议郎官）。

姜夔自己曾经说过："旧所依倚，唯有张兄平甫，其人甚贤，十年相处，情至骨肉。"姜夔与张氏兄弟虽情同手足，不分你我，但姜夔终究也是七尺男儿，并不甘愿依赖他人生活。传统的"四十五十而无闻焉"的"无闻"心情，还促使他想把自己的才能用于当世。于是，在他刚搬到杭州的那年，四十三岁的他向朝廷进献了《大乐议》和《琴瑟考古图》，但朝臣们早就听说过姜夔的才识，为了让自己的官位坐得更稳些，索性来个不予奏议。于是，这一次的进献便石沉大海了。事隔两年，姜夔仍不死心，试图再次证明自己的实力，又向朝廷献上一部《圣宋铙歌十二章》。所幸这次终于可以在礼部和进士们一起考试了，然而他仍是未被选中。之后，他便再不对南宋朝廷有什么幻想，成为浪迹天涯的布衣游士。

张鉴和张镃，是南宋大将张俊的后代，世代显贵，家产很富有，总是照顾姜夔及其全家。在杭州的十来年间，姜夔和许多的当世名公巨儒成为好朋友。这些人或爱其人，或爱其诗，或爱其文，或爱其字，姜夔的知己

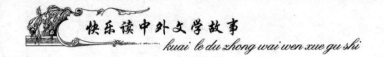
不可数计。但他却从不折腰乞官，依然过着贫困的生活。宁宗嘉泰二年（1202 年）张鉴去世后，姜夔无论是生活上还是精神上，都感到"今惘惘然若有所失"。

屋漏偏逢连夜雨，没过两年，姜夔的住宅又被一把大火毁掉，只落得"壁间古画身都碎，架上枯琴尾半焦"，他的生活压力越来越重了。他的另一好友张岩虽也经常慷慨解囊接济他，但有时，也还需要卖文卖字来维持生计。在贫穷困顿中，他苦苦地煎熬着。

可怜南宋词中一代巨匠，在他死时却穷得无钱下葬。宋宁宗嘉定十四（1221 年）年，姜夔倒在了杭州西湖。"除却乐书谁殉葬，一琴一石一兰亭"（苏洞《到马塍哭尧章》）。好友吴潜好心资助，含泪把他葬在杭州钱塘门外的西马塍。

南宋词中双巨擘之一的姜夔，就这样悄然凄惨殒没。他漂泊无定的一生留下了谜一般的运行轨迹，后人只能从他留世的作品中隐约探寻。他的作品有《白石道人诗集》、《白石道人歌曲》、《诗说》、《续书谱》等。

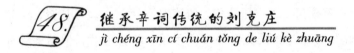48. 继承辛词传统的刘克庄
jì chéng xīn cí chuán tǒng de liú kè zhuāng

南宋豪放派以辛弃疾为代表形成一个气势庞大的作家群。这个作家群以张元干、岳飞及中兴四大名臣（李光、李纲、赵鼎、胡铨）等人为前驱，以陆游、张孝祥、陈亮、刘过等人为羽翼，以刘克庄、戴复古、黄机、吴潜、陈人杰等人为后继，余波直至宋末元初的刘辰翁、文天祥、刘将孙、汪元量等人。他们多以拯救国家与民族为己任，词中充满爱国主义激情。

刘克庄是辛派词人中的重要人物。冯煦曾推许刘克庄可以和陆游、辛弃疾三足鼎立。这评价虽然有些过了头，但在南宋末期词坛中，刘克庄以雄壮刚劲的词风同当时盛行的骚雅靡曼的"醇雅词"相对立，的确有点空谷足音，不同凡俗。

刘克庄，初名灼，字潜夫，号后村居士，谥文定。宋兴化军莆田县（今属福建）人。他生于孝宗淳熙十四年（1187 年）七月，卒于度宗咸淳五年（1269 年）正月，享年八十三岁。

刘克庄出生在一个十分有教养的官宦家庭，良好的家庭环境，使他有机会广泛阅读，对充满豪情的稼轩词"幼即能诵"。家中宾客往来，使他对国家的内外形势也有清醒认识。他一生经历了孝宗、光宗、宁宗、理宗、度宗五朝，主要活动在理宗时期。当时国内阶级矛盾激化，农民起义接连不断，国势在奸臣争宠的鸡犬相争中日趋没落。刘克庄面对严峻的社会现实，主张政府改良政治，抑制兼并，减轻徭役和税收，这样才能使人民安居乐业。他曾说："夫致盗必有由，余前所谓贵豪辟产诛货，官吏征求土地是也。"这里，他一针见血地指出了造成农民起义的主要原因是大地主大官僚的疯狂聚敛。这样直率的官吏必然会得罪有权有势的权臣，所以刘克庄在仕途上屡遭波折，长期被摒斥不用，一生做官时间总共不过五年。

刘克庄是一个硬骨头的人，头脑清醒，才思敏捷，他在无处报国的情况下将强烈的责任感和使命感融入到诗作之中，用另一种形式来参与现实。

宁宗嘉定十一年（1218 年），刘克庄出任江淮制置使李珏幕府，并且参加了防御金兵入侵的战争。当时，他血气方刚，欲把自己的文韬武略施展出来。站在辕门处，手中持着杀敌的武器，身上披着御敌的战衣，他们在寒气袭人的早晨奔杀在战场上，又在黑夜狂风中抢渡大江。经过艰苦卓绝的斗争，金兵终于退却了。他起草文书欲报佳音，可是在反动势力的诬告下，刘克庄只好被迫离开了战场。这一段激动人心的经历证明了他的才华，也使他因不能为保家护国作贡献而激愤异常。在理想与现实的矛盾面前，刘克庄只好以吟风弄月来耗费生命的热力，其实，现实中的他依旧是充满朝气的。

如果说，刘克庄的人生境遇与辛弃疾有某种相似之处，那么刘克庄对辛词"大声镗鞳，小声铿鍧，横绝六和，扫空万古，自有苍生以来所无"

的赞誉，则证明了两人在艺术追求上的相通。在《后村长短句》中，刘克庄经常采用辛弃疾所善用的〔贺新郎〕词牌进行创作，这也是刘克庄学辛词的一个标志。

可以说，刘克庄的词作中没有软媚纤弱之气，他的作品切近时事，或"发骚人墨客之豪"，或"哀而不温，微而婉"，以抒"放臣逐子之感"（《刘叔安感秋入词跋》），在内容上也继承了辛词的优良传统。另外，在词坛"雅词"盛行的情况下，刘克庄挺身而出，继承前贤，树起豪放词风的大旗，在国家和民族的危难之际，谱写了感人的爱国之曲。尽管他成绩不如辛弃疾，但他也为宋代的豪放词添写了有力的一笔，算得上是南宋末期继承辛词传统的最优秀的词人。清初张谦宜于《絸斋诗谈》中说："刘后村诗，乃南渡之翘楚，读之忘倦。"是的，刘克庄是一个具有多方面文学成就的人。他既是南宋著名的辛派词人，又是江湖派最优秀的诗人。他的诗作在江湖诗人中不仅质量最高，而且数量也最多，流传至今的约有四千五百首。

刘克庄酷爱写诗，本可以在社会上一展才华，但在奸臣当道的时代里，却因写诗而落狱十年，饱历人世沧桑。故事还需从头说起：

南宋宁宗、理宗年间，杭州书商陈起凭着优越的地理位置和优厚的财力，结交了当时很多文人雅士，相互之间应酬唱和。宝历初年，他在朋友的支持下搜集选择了部分诗集出资刻印，称为《江湖集》，以后又陆续印刻了《江湖前集》、《江湖后集》、《江湖续集》、《中兴江湖集》等。刘克庄在当时也有一定声望，与陈起也常往来，所以他的诗也被选录，其中有一首诗叫《落梅》：

> 一片能教一片肠，可堪平砌更推墙。
> 飘如迁客来过岭，坠似骚人去赴湘。
> 乱点莓苔多莫数，偶粘衣袖久犹香。
> 东风谬掌花权柄，却忘孤高不主张。

这首诗是刘克庄的咏梅佳作。当时，他正在建阳县做官。他为人正直，办事利落，凡有上诉案件都能及时处理，颇受当地人民的欢迎。他虽然为一方土地求得稳定的社会环境，却无力也无法改变国内的政治时局。

宁宗死后，南宋朝廷已经气息奄奄，濒于灭亡。统治阶级不但不齐心救国，反倒是相互陷害，争夺王权。当时的权相史弥远就私下里改写了宁宗的诏令，拥立赵昀做了皇帝，而改封皇子赵竑做赵王，并令其远居湖州。理宗宝庆元年（1225 年），湖州人潘壬等人谋划造反，并打算拥立赵竑做皇帝。可赵竑并不是有宏图大略之人，他顾及到潘壬等人造反可能不会成功，如果这样的话，自己不但不能称王，反而会惹来杀身之祸。于是他就悄悄地将谋反一事上报给朝廷。

赵昀做了皇帝，毕竟是心怀鬼胎。他接到赵竑的奏折后立即找史弥远商量对策，当场就决定派人到湖州平定叛乱。与此同时，史弥远担心赵竑日后有所图谋，必将危及自己，私下里逼迫赵竑自杀了。可怜一代皇族，既不能救国救民，也无能保全自己。

这件事情发生后，人们都很不满。真德秀、魏了翁、洪咨夔等人上书皇帝，为赵竑申冤。皇帝与史弥远本是一丘之貉，并不会伸张正义。可诡诈的史弥远害怕皇帝念起手足之情而杀害自己，便指使爪牙罗织罪名，陷害忠良。刘克庄《落梅》诗中"东风谬掌花权柄，却忌孤高不主张"一句，本来是谴责东风不知道怜香惜玉，却偏偏掌握了对万物的生杀大权，尤其忌妒梅花的孤高；实际上也是谴责、讽刺嫉贤妒能、打击人才的当权者。所以《落梅》诗一刊印，便被言官李知孝指控为"讪谤当国"，史弥远更是忍受不了这种明讥暗讽，就下令严惩刘克庄。年仅二十三岁的刘克庄从此坐牢十年。这就是历史上有名的"落梅诗案"。

刘克庄写诗落罪后饱历人世沧桑。端平改元（1234 年），理宗亲政时期，他进入真德秀帅府做幕僚，后又经历了二起三落，最高做到了工部尚书。就这样，他亲眼目睹了统治者的种种劣行，也亲历了仕途的艰难坎坷。刘克庄作为江湖诗人中少有的达到过显贵地位的人，丰富的人生阅历为他的诗歌创作提供了丰富的创作素材。他在《病后访梅九绝》中自嘲说："梦得因桃数左迁，长源为柳忤当权。幸然不识桃并柳，却被梅花累十年。"确实，在奸臣得宠、竞争激烈的时代里，他真是"老子平生无他过，为梅花受取风流罪"（〔贺新郎〕《宋庵访梅》），"不是先生暗哑了，怕杀乌台诗案"。虽然刘克庄多次危言，十年被谪在内心深处留下的伤痛，可是现实生活中他并没有屈服于权贵，而是大量创作咏梅诗词，一生共写了一百三十多首。他也常常以梅自喻，表达自己不屈不挠的高洁品格。

刘克庄宦海沉浮，在学诗路上则是"融液众格"。在经受过"落梅诗案"风波后依旧酷爱写诗。本来，刘克庄最开始是向"四灵"诗人学习的，后来感觉到他们只是在固定的形式、狭小的意境中徘徊，就转而学习晚唐诗人张籍、李贺等人的诗风，同时又效仿江西诗派喜欢化用典故、推敲对偶及声律的做法，以此来调和补救晚唐体"捐书以为诗失之野"和江西诗派"资书以为诗失之腐"的不足，力图让诗歌轻快流动、神韵兼长。虽然刘克庄在诗歌创作上学习多家长处，但因为他创作草率，所以没有形成自己的独特风格。方回在批评刘克庄的话中有一句是："饱满'四灵'，用事冗塞。"意思是说：一个瘦人饱吃了一顿好饭，肚子撑得鼓鼓的，可是相貌和骨骼还是变不过来。方回的话指出了刘克庄作品的不足，但刘克庄晚年还是有许多用典自然、气势开阔的诗作。

刘克庄因诗惹得一生沉浮不定，也因沉浮不定的生活而创作出大量有生命力的诗作。刘克庄正是因为他对祖国爱得深沉、对时局看得真切才成为"江湖诗人"中最优秀的一位。他有《后村先生大全集》留于后世。

49. 布衣词人吴文英的恋情词
bù yī cí rén wú wén yīng de liàn qíng cí

南宋词人吴文英布衣出身，词名显著。史书中关于他的记载很少，词作成了研究他的重要材料，透过曲曲真情的恋情词可以看到一个重感情、有才气的吴文英。

吴文英，字君特，号梦窗，晚号觉翁，四明（今浙江鄞县）人。夏承焘著《吴梦窗系年》，估定他生于庆元六年（1200 年），卒于景定元年

（1260 年），张凤子认为他生在嘉定十年（1217 年）以后，杨铁夫在《吴梦窗事迹考》中提出他卒于德祐二年（1276 年）。关于词人的生卒年，还是个疑问。

吴文英原本姓翁，与翁逢龙、翁元龙是亲兄弟。他的哥哥翁逢龙，字际可，号石龟，在宋宁宗嘉定十年（1217 年）中进士，嘉熙年间做过平江通判。弟弟翁元龙，字时可，著有《处静词》。大概吴文英因过继给吴家，才改了姓氏。

吴文英小时就酷爱文学，但他不喜欢科考，也就不去专心准备考试，所以一生也没有科场扬名的机会，自然也就无法走入正当的仕途。吴文英为人较坦率，他以词人和江湖游士的身份结识了许多知名人士及一些有权势的达官贵族。绍定五年（1232 年）起，吴文英在宰相吴潜的帮助下做苏州仓台幕僚，一做就是十二年。淳熙九年（1249 年）以后，他又到越州做了嗣荣王赵与芮和吴潜的幕僚。吴文英一生主要活动于现在的江苏、浙江两省，而在苏州、杭州住的时间最长。

吴文英在苏州时，南宋小朝廷正是一片虚假繁荣的景象，文人墨客流连歌妓舞馆是很正常的事。吴文英当时正是青春年少，对爱情也是充满了浪漫幻想。他在游玩中结识了一位民间歌妓，女子貌美如花，能歌善舞，深得吴文英的宠爱，两人之间也建立起真挚的爱情。然而，在男尊女卑的封建时代，男子寻花问柳无可厚非，女子身为歌妓，就无权获得长久而稳定的爱情。歌妓尽管做了吴文英的小妾，但最终还是被遣走了。一段纯真的爱情以悲剧而告终，这在感情丰富的吴文英心中，留下深深遗憾。

人到中年，少了年轻时的轻狂，吴文英在中年客寓杭州时依旧风流不减。一年春天，他在家奴陪同下到郊外野游。行到西陵路口，他见一个有钱人家的歌姬貌美无双，能歌能舞，就产生了爱慕之心。他让奴婢送书信给歌姬，歌姬对他也一往情深。从此两人频频幽会，共同游览南屏，寄宿西湖，往来在西陵、六桥之间。不是明媒正娶总难长久，在两人最后一次分别时，不幸的歌姬预感到危机的到来。果然，等到吴文英再来六桥看望时，歌姬已含恨而亡了。这段情事，又在吴文英心中印下难以抹去的记忆。

吴文英的两段恋情，都以失败而告终，他执著追恋的女子因身份、地位的低卑，不能成为他朝夕相伴的爱人。人去情在，真挚的感情郁结于心，遇有机会就要释放出来。

〔莺啼序〕是吴文英的代表作。在其中的一首词中，他怀念两位深爱过的女子，表现伤春伤别之情。全词如下：

> 残寒正欺病酒，掩沈香绣户。燕来晚、飞入西城，似说春事迟暮。画船载、清明过却，晴烟冉冉吴宫树。念羁情游荡，随风化为轻絮。十载西湖，傍柳系马，趁娇尘软雾。溯红渐、招入仙溪，锦儿偷寄幽素。倚银屏、春宽梦窄，断红湿、歌纨金缕。暝堤空，轻把斜阳，总还鸥鹭。幽兰旋老，杜若还生，水乡尚寄旅。别后访、六桥无信，事往花委，瘗玉埋香，几番风雨。长波妒盼，遥山羞黛，渔灯分影春江宿，记当时、短楫桃根渡。青楼仿佛，临分败壁题诗，泪墨惨淡尘土。危亭望极，草色天涯，叹鬓侵半苧。暗点检：离痕欢唾，尚染鲛绡，軤凤迷归，破鸾慵舞。殷勤待写，书中长恨，蓝霞辽海沈过雁，漫相思、弹入哀筝柱。伤心千里江南，怨曲重招，断魂在否？

全词运用比兴寄托手法，使得"全体精粹，空绝千古"（陈廷焯《白雨斋词话》）。

吴文英没有做过什么官，又不是隐士高人，他因《梦窗词》而扬名。南宋末期，《梦窗词》一出就有贬有赞，至今还是一个有争议的话题。

对吴文英持否定意见，首先当属"七宝楼台"这个比喻。张炎在《词源》一书中，将吴文英词与姜夔词相比较，认为吴词不如姜词"清空"，而有"质实"之病。他说："词要清空，不要质实：清空则古雅峭拔，质实则凝涩晦昧。姜白石词如野云孤飞，去留无迹；吴梦窗词如七宝楼台，炫人眼目，碎拆下来，不成片段。此清空、质实之说。"王国维在《人间词话》中说："梦窗之词，吾得取其词中之一语以评之，曰：'映梦窗凌乱碧'。"这些评论，指出吴文英词在表面上词藻华丽、金光夺目，像一座七宝楼台；但若将其肢解开来，便凌乱不堪，没有明晰的内容了。可以说，这些见解在一定程度上反映了吴文英词中用典过多、堆砌词汇的不足。吴文英《梦窗集》中忆恋苏州、杭州二女子的作品最多，透过词面可以看出，词人对她们的相思之苦、忆念之久、用情之深，感人肺腑。尽管这些词只是写个人的生死恋情，没有什么大的社会意义和时代意义，但是与空洞无物的艳词有所不同，尤其是同当时社会风尚结合起来，会让人更清楚地认识到，吴文英并非是轻薄寡情、玩弄女性之人。他是一颗多情的种子，更有一颗重情的心。他的词作绵密生动，有时因修辞、用典过多，所以也给解读造成了一定困难。

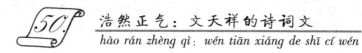

浩然正气：文天祥的诗词文

hào rán zhèng qì：wén tiān xiáng de shī cí wén

公元 1279 年，在今广东珠江口的零丁洋上，风雨飘摇中有一艘小船，船上一人衣衫褴褛，披枷戴锁，却目光炯炯，坚毅从容。他望着滔滔的江水，心中百感交集，用低沉的声音吟诵道：

> 辛苦遭逢起一经，干戈寥落四周星。
>
> 山河破碎风飘絮，身世浮沉雨打萍。
>
> 惶恐滩头说惶恐，零丁洋里叹零丁。
>
> 人生自古谁无死，留取丹心照汗青。

舟中此人正是南宋民族英雄，著名爱国诗人——文天祥，他所吟诵的就是后来流传千古的名篇《过零丁洋》。此诗传到元军统帅张弘范手里，连这位敌军对手也深受感动，连连称赞："好人！好诗！"

文天祥（1236—1282 年），初名云孙，字天祥，后改字宋瑞，又字履善，自号文山，庐陵（今江西吉安）人。他二十岁即中进士，他的作品集有：《指南录》、《指南后录》、《吟啸集》。

文天祥受命于危难之际，在元军围攻临安，"战、守、迁，皆不及施"的情况下，他"辞相印不拜"，以资政殿学士的身份前往元军议和。文天祥初到元军，慷慨陈词，使元朝上下既惊且佩。可怜天不从人愿，他身陷元营，难以脱身，加上宋朝官员的叛降，使文天祥更陷入了岌岌可危的境地。但他仍然不改初衷，保持民族气节。在元军大营里，他不惧宰相伯颜的气势，直接指责他的出尔反尔；他怒斥贾余庆、吕师孟等人叛国降敌。他在《指南录后序》中说："抵大酋当死，骂逆贼当死，与贵酋处二十日，屡当死。"但在生死之际，他忧虑的是能否为国家效力，"但令身未死，随力报乾坤"（《即事》）。后来，他被押解到镇江，"得间奔真州"，本想谋求兴国大计，可是，维扬帅的逐客之令，使他再次陷于危险之中，不得不隐名埋姓，风餐露宿，昼伏夜行，几经磨难才到达永嘉。

中国历史上著名的民族英雄和爱国诗人文天祥。

文天祥脱险后，立即组织抗元力量。"祖逖关河志，程婴社稷功"（《自叹》），他先后拥立赵罡、赵昺为皇帝，但终因寡不敌众，于祥兴元年（1278年）再度被俘。不久，随船被押往崖山，于是便出现了本文开头的一幕。崖山有皇帝赵昺以及陆秀夫、张世杰领导的最后一股抗元力量。此次随船同行，元军统帅张弘范就是为了让文天祥亲眼见到南宋小朝廷的覆灭。元军大举入侵，南宋水军溃不成军，江上到处是尸首，殷红的鲜血浸透着江水，陆秀夫背着小皇帝跳江，以保全贞节。目睹这一切，文天祥本欲自尽，以追随一同战斗的官兵，但被元军严密看守而未能一死。

崖山之战，元军大胜。庆功宴上，统帅张弘范再次劝文天祥投降。文拒不降敌，张弘范遂向元世祖请令，元世祖命令将文天祥押送首都燕京。途经南康军（今江西星子县），这已是文天祥第三次经过此地。第一次是送弟到临安，第二次是前往宁国府（今安徽宣城）上任。每次前后间隔都是十年，但其境况却昔是而今非。如今国破家亡，人又被俘，其内心自是不平静，他写下了〔酹江月〕一词：

> 庐山依旧，凄凉处、无限江南风物。空翠晴岚浮汗漫，还障东南半壁。雁过孤峰，猿归老嶂，风急波翻雪。乾坤未歇，地灵尚有人杰。　　嗟叹漂泊孤舟，河倾斗落，客梦催明发。南浦闲云连草树，回首旌旗明灭。三十年来，十年一过，空有星星发！夜深愁听，胡笳吹彻寒月。

此词上片写景，下片抒发感慨之情。虽是"空有星星发"，但"乾坤未歇，地灵尚有人杰"，作者还是寄予了一线希望的。

远离故国乡土，心情十分沉痛，他的《金陵驿》就表达了这样一种情感：

> 草合离宫转夕晖，孤云飘泊复何依！
> 山河风景元无异，城郭人民半已非。
> 满地芦花和我老，旧家燕子傍谁飞？
> 从今别却江南路，化作杜鹃带血归。

他北上途中，还写下了《怀孔明》、《刘琨》、《祖逖》等诗篇，既表达了他对古代人物的仰慕，也展现了诗人自己的心胸和怀抱。

元世祖至元十六年（1279 年）十月，文天祥被押抵大都，囚禁在兵马司。不久，元世祖派南宋降官留梦炎来劝降。留梦炎衣冠楚楚地前来，见到一身枷锁的文天祥，连呼："文兄受苦了！"文天祥听到后，轻笑出声，留梦炎跟文天祥讲了一通人生一世，荣华富贵的大道理后，又列数文天祥归降的好处。文天祥愤怒而坐，痛斥留梦炎卖身求荣的行径，留梦炎尴尬而去。元世祖不甘心，再派南宋被俘的皇帝赵显（此时他已被元封为瀛国公）劝降，文天祥不发一言，跪北拜别"圣驾"，终使赵显无说话的机会，汗颜而去。

文天祥被俘三年，一直拒不投降。最后一次，元世祖亲自会见文天祥。大殿之上，元世祖亲口许以丞相之职，但文天祥傲然挺立，只愿一死以报大宋。元统治者最后诱降的希望破灭了。公元1282年十二月，文天祥被押赴刑场，他面向南方几拜，随即从容就义。衣带上系着他的绝笔——《衣带赞》：

孔曰成仁，孟曰取义；

唯其义尽，所以仁至；

读圣贤书，所学何事？

而今而后，庶几无愧！

民族英雄文天祥何以能始终如一，矢志不移？他一生的宝贵思想都熔注在其诗作《正气歌》里：

天地有正气，杂然赋流行。

下则为河岳，上则为日星。

于人曰浩然，沛乎塞苍冥。

皇路当清夷，含和吐明庭。

时穷节乃见，一一垂丹青：

在齐太史简，在晋董狐笔。

……

这首诗展示了作家为人的崇高境界，正是这种充塞天地的浩然正气贯穿其中，使他始终如一，永不屈服。

后世的人们为了纪念这位爱国志士，在他被囚的地方修建了文丞相祠。在崖山，还有"三忠祠"（供文天祥、陆秀夫、张世杰三人）。他们的精神一直激励鼓舞着后人。

51. 咏赞西湖的精美诗词
yǒng zàn xī hú de jīng měi shī cí

人们常说："上有天堂，下有苏杭。"杭州一向以山水秀美著称于世。如果说杭州是一顶王冠，那么西湖就是王冠上最耀眼的明珠。

西湖名称很多。最初叫钱塘湖，也叫明圣湖、金牛湖，又叫上湖。因它在杭州的西面，所以，历代人民都称它为西湖。西湖在钱塘江下游的北岸，因为处于平原、丘陵、湖泊与江海相接的地区，所以形成了西湖的曲折、离奇、多变的自然条件，成为一个风景优美的旅游胜地。

西湖的名胜很多。旧有所谓"西湖十景"，即苏堤春晓、柳浪闻莺、花港观鱼、曲院风荷、双峰插云、三潭印月、平湖秋月、南屏晚钟、断桥残雪、雷峰夕照。又有所谓"钱塘八景"，即六桥烟柳、九里云松、泉石樵歌、孤山霁雪、北关夜市、葛峰朝暾、浙江秋涛、冷泉猿啸。这些景点，即使仅仅听听名字，也令人怦然心动。如果亲身游历，更令人赏心悦目、流连忘返、叹为观止。于是，西湖之地就留下了无数文人墨客的足迹和传说，描绘西湖之美的诗词更是不可胜数。

孤山是西湖风景之一，每当春暖花开的时候，孤山换上绿装，其间点缀着娇艳的花朵。满山上下，隐约现在绿阴中的是楼台亭阁的飞檐。驻足其间，令人心旷神怡。唐代大诗人白居易做杭州刺史时，写有许多赞美西湖的诗篇，传诵最广的是下面的这首《钱塘湖春行》：

孤山寺北贾亭西，水面初平云脚低。

几处早莺争暖树，谁家新燕啄春泥。

乱花渐欲迷人眼，浅草才能没马蹄。

最爱湖东行不足，绿杨阴里白沙堤。

诗人立足在孤山，尽情欣赏西湖春天的美景。"早莺"、"新燕"、"乱花"、"浅草"四句，以鲜红、淡绿、燕语、莺声描绘了初春西湖的浪漫气息，使人感觉到勃勃生机和无限春意。难怪诗人要在此流连忘返了。

宋代著名文学家苏东坡曾两度为杭州地方官。他第二次来杭州时，西湖已被葑草湮没了大半，几成一片水田。他发动了数万民工，除葑草，疏浚西湖，堆筑了一条横贯西湖南北的长堤，苏东坡曾有诗记述此事："我来钱塘拓湖渌，大堤士女争昌丰；六桥横绝天汉上，兆山始与南屏通；忽惊二十五万丈，老葑席卷苍烟空。"后人为了纪念他，就把这条堤称作"苏堤"。苏堤上筑有映波、锁澜、望山、压堤、东浦、跨虹等六座拱形石桥，沿堤遍植桃柳。自宋朝以来，苏堤就负有盛名。所谓"苏堤春晓"、"六桥烟柳"，都是苏堤上的绝妙佳景。

今日西湖盛景，游人如织，令人流连忘返。

在公余闲暇时，苏东坡纵情西湖的山山水水，留下许多歌颂西湖风光的诗，其中一首也是写孤山风景，不过，东坡写的是欲雪时的孤山：

天欲雪，云满湖，楼台明灭山有无。

水清石出鱼可数，林深无人鸟相呼。

——《腊日游孤山访惠勒惠思二僧》

　　苏东坡向我们展示了一幅冬天雪前西湖的画卷：乌云笼罩西湖，山峰楼台若有若无、若隐若现。湖水清澈见底，就连水底的石块和水中的游鱼也清晰可辨了。寂静无人的深林里鸟儿们更是呼朋引伴，鸟儿的鸣叫反衬了山林的幽静。

　　在东坡眼里，西湖的四季景色都很美丽：

　　　　夏潦涨水深更幽，西风落木芙蓉秋。

　　　　飞雪暗天云拂地，新蒲出水柳映洲。

　　东坡咏西湖的名篇当为《饮湖上，初晴后雨》：

　　　　水光潋滟晴方好，山色空濛雨亦奇。

　　　　欲把西湖比西子，淡妆浓抹总相宜。

　　在东坡看来，西湖无论晴天还是雨天都很美丽。东坡认为，西湖就像绝代美女西施一样，美在天然。西施的美不受浓淡装扮的影响，西湖的美也不受浓淡（晴天、雨天）的影响。

　　用美女来比喻自然景观，这一天才的比喻给后人以深远的影响。清代的两位诗人，一位有诗专写西湖着淡妆（雨天）时的美，一位有诗专写西湖着浓妆（晴天）时的美，把这两首诗与东坡的诗放在一起，相互参照欣赏，颇耐人玩味。因此，特录两位清人的诗以飨读者：

　　　　漠漠云阴敛晓光，平波才欲倒垂杨。

　　　　诸峰尽在微濛里，今日西湖是淡妆。

　　　　　　　　　　　　——清·郑书堪《湖上》

　　　　乍晴时节好天光，纨绮风来扑地香。

　　　　花点胭脂山泼墨，西湖今日也浓妆。

　　　　　　　　　　　　——清·杨次也《西湖竹枝河》

　　赞颂西湖美的极负盛名的词是柳永的〔望海潮〕：

东南形胜，三吴都会，钱塘自古繁华。烟柳画桥，风帘翠幕，参差十万人家。云树绕堤沙，怒涛卷霜雪，天堑无涯。市列珠玑，户盈罗绮，竞豪奢。

重湖叠巘清嘉，有三秋桂子，十里荷花。羌管弄晴，菱歌泛夜，嬉嬉钓叟莲娃。千骑拥高牙，乘醉听箫鼓，吟赏烟霞。异日图将好景，归去凤池夸。

这首词是描写杭州繁华富裕、山水秀丽、人民安乐的名篇。词的上片主要写杭州市，下片重点写西湖。我们重点分析下片。

因为西湖有里湖、外湖，可谓湖中有湖，所以说"重湖"，"叠巘（yǎn）"指重叠的峰峦。因此，第一句是赞美西湖水光山色的清新秀丽。

杭州玉皇山南宋皇帝八卦田，南宋君主每年都在此举行春耕仪式。

"三秋桂子，十里荷花"句，一写桂花飘香久长，一写荷花美丽无边。这山、这水、这树、这花，怎能不令人流连忘返呢！"羌管弄晴，菱歌泛夜，嬉嬉钓叟莲娃"句，写寻常百姓们荡舟湖上，自有达官贵人所羡慕的乐趣。"千骑拥高牙"（高牙，军前大旗，借指高级官员）句，写了郡守的游玩之乐。

西湖真是美极了，可以说"西湖如此多娇，引无数人物竞折腰"。逃到杭州的南宋小朝廷君臣陶醉于西湖的美景之中，沉迷于粉黛佳人的歌舞之中，忘记了北伐复国的大业。当时的诗人林升对此给予辛辣的嘲讽：

山外青山楼外楼，西湖歌舞几时休。

暖风吹得游人醉，直把杭州作汴州。

"杭州"为南宋临时都城，所以又叫临安；"汴州"为今河南开封，北宋都城。此诗表面上描写的是乐而忘返的游人，实际上讽刺了腐朽荒淫、偏安忘耻的南宋统治者。

宋末元初，亲眼看到宋朝灭亡的文及翁的悲愤之情是宋代的权贵们难以想象的：

一勺西湖水，渡江来、百年歌舞，百年酣醉。回首洛阳花石尽，烟渺黍离之地。更不复新亭堕泪，簇乐红妆摇画舫。问中游击楫何人是？千古恨，几时洗！

这是南宋末期统治阶级的生活缩影。开篇一句，批判南宋统治者苟安江南、醉生梦死的生活。"回首洛阳花石尽，烟渺黍离之地"，说当年宋徽宗派人到处搜集奇花异石，运往汴京，建造万岁山的事。"更不复新亭堕泪，簇乐红妆摇画舫"句，写达官贵人只知游玩，无人关心国事。面对这种局面，词人发出深深的感慨，问一问谁是能够率兵收复失地的人呢？我的悠长的仇恨，什么时候才能洗雪？读之，不免令人悲从中来。

有关西湖的诗词无法一一尽述，西湖的美丽更不是言语能形容得了的。

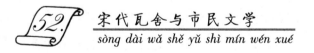

52. 宋代瓦舍与市民文学

sòng dài wǎ shě yǔ shì mín wén xué

宋代市民文学的兴起，是由于当时商品经济的发展，都市规模的不断扩大和城市人口的不断增加。当时城市中的各阶层人民对文化娱乐生活的要求更加迫切，适应人民群众需要的市民文学就有了广阔的发展天地。

宋代市民文学的种类很多，最主要的便是说话与戏曲。无论是说话还是演戏剧都要在一定的场所进行。起初大多在市井街头进行，随着市民文学的进一步发展，逐渐改在茶肆酒楼里演出。《水浒传》第三回写的"绰酒座儿唱的"金老父女，就是常在脚店表演"说话"的民间艺人。他们在茶肆酒楼里可以躲避风霜雨雪的侵袭，而且白日黑夜可以不间断演出，以满足市民的需要。这种茶肆酒楼作为演出的场所使说话在商业化的道路上前进了一大步。

北宋中后期，在京城汴京等地还出现了表演说话和戏剧的大型固定场所——瓦舍。瓦舍是宋代的市语，也叫"瓦市"、"瓦肆"、"瓦子"，是一种游艺性场所的总称。据《梦粱录》记载："瓦舍者，谓其来时瓦合，去时瓦解之义，易聚易散也。"这就是说，瓦舍这个地方的含义，就是演出时可以马上热闹起来，演出结束后便迅速可以解散。宋代瓦舍的大小不等，真正表演说话和戏剧的地方是瓦舍里面的"勾栏"。所谓"勾栏"是瓦舍的中心，它本意就是指栏杆，用它围成演出场所，后来就习惯称为勾栏或勾肆。北宋时，首都汴京的瓦子构栏相当兴盛。据《东京梦华录》记载，著名的就有新门瓦子、桑家瓦子、朱家桥瓦子、州西瓦子等。瓦子里面的勾栏规模也相当大，在这些勾栏瓦舍里表演的有唱小曲、演杂剧、弄傀儡戏、弄影戏、说唱诸宫调等等。而说话是勾栏中最为兴盛的技艺，据《水浒传》的描述，我们可以想象当时在勾栏瓦舍中表演的情况。第五十一回写雷横在勾栏里听白秀英说唱《豫章城双渐赶苏卿》；第一百十回也叙述燕青和李逵在桑家瓦子勾栏里听说《三国志》平话，写得很真实、自然：说燕青同李逵两个手拉着手，直奔桑家瓦子而来。来到瓦子前，便听见勾栏内锣鼓声响。李逵非要进去看看，燕青只得和他挤在人群里。听的上面正在说《三国志》平话。说到关云长刮骨疗毒："当时有关云长左臂中箭，箭毒入骨，医人华佗道：'若要此疾毒消，可立一铜柱，上置铁环，将臂膊穿将过去，用索拴牢，割开皮肉，去骨三分，除去箭毒。再用油线缝拢，外用敷药贴了，内用长托之剂。不过半月，可以平复如初。因此极难治疗。'关公大笑道：'大丈夫死生不惧，何况只手！不用铜柱铁环，只此便割何妨。'随即叫取棋盘，与客人下棋。伸起左臂，叫华佗刮骨取毒，面不改色，对客谈笑自若。"正说到这里，李逵在人丛中高声叫道："这个真是好男子！"从这《水浒传》中的这段描写，我们可以看出当时讲说《三国》故事已达到较高的水平。北宋末年东京的讲史艺术人中有专说"三分"的霍四究，可能就在这桑家瓦子里表演。

宋高宗南渡以后，南宋小朝廷依然歌舞升平。杭州更是一个有着美丽的湖光山色和市肆繁华的大都市。这个城市的勾栏瓦肆更是不可胜数，《梦粱录》载："买卖昼夜不绝。夜交三四鼓，游人始稀。五鼓钟鸣，卖早市者又开店矣。"供市民娱乐而设立的勾栏瓦肆，比汴京更多，规模更大，这些瓦子有的设在城内，有的设在城外，它们的服务对象包括新兴市民阶层以外，还有士兵和中下级军官以及子弟和帮闲清客在内。随着都市的不断发展，勾栏技艺的日新月异，流连在里面的观众日益增多，终于在瓦舍里形成了大规模的"勾肆群"。

宋代在这些勾栏瓦子进行表演技艺的，除上面所说的说话和杂剧外，还有鼓子词和诸宫调等技艺。鼓子词是艺人们在歌唱时用小鼓伴奏的一种技艺。北宋说书已有鼓子词存在，如赵德麟的《商调蝶恋花鼓子词》，它取材于唐元稹的传奇小说《莺莺传》，但那只是在文人士子中间流传的案头文学，而经赵德麟改成鼓子词后，便可以用小鼓乐器在勾栏瓦舍中表演了。据原词所说，在北宋勾栏瓦舍里便已经在讲唱这个故事了，似乎赵德麟因当时倡优女子虽然也能讲唱"莺莺"故事，但没有音律而不能"形之管弦"，他所以要谱成韵语，就是要弥补这个缺陷。虽然有人认为这种鼓子词因为铺张词藻，算不上市民文学，但它的体制却开民间鼓子词的先河。在《清平山堂话本》里有一篇题作"刎颈鸳鸯会"的小说，体制与赵德麟鼓子词相仿，韵文唱词却不像《商调蝶恋花鼓子词》那样秾艳。"刎颈鸳鸯会"是宋元时代的鼓子词是无疑的，它的讲唱对象，显然是广大的市民阶层，演说的场所也必然是勾栏瓦舍。在宋代瓦舍讲唱文学中，还有相传是艺人孔三传创制的诸宫调。诸宫调也是韵文和散文都有，只不过曲调较为繁复，往往在一段散文讲说之后，就接着唱一宫调的曲子，这与鼓子词从头到尾唱的是同一宫调的性质显然不同，所以称为"诸宫调"，意思是联合不同宫调的曲子为一整体。诸宫调从北宋开始，由勾栏瓦舍的艺人说唱，一直到文人学士的拟作，它们之间是逐渐发展变化的。孔三传是北宋神宗、徽宗之际瓦舍的著名艺人。他运用心思才力，在说唱上采取同一宫调的曲子联套办法，创造出这种体制的讲唱文学样式，为后来的元杂剧奠定了基础。诸宫调在勾栏瓦舍虽是普遍的技艺，而献艺的一般都是职业女艺人。这可能是因为里面唱词较多，难度较大，更适合女艺人演唱的缘故。《水浒传》中第五十回"插翅虎枷打白秀英"便有白秀英说唱的情形：李小二告诉雷横说，如今在勾栏里有一新来的艺人白秀英，每天都在那儿打散，或是戏舞，或是吹弹，或是歌唱，看的人是人山人海。雷横便和李小二去勾栏里看。只见门首挂着许多金字帐额，旗杆上吊着等身靠背……那白秀英在戏台上参拜四方，打起锣鼓，和撒豆般声响，念出一首诗道："新鸟啾啾旧鸟归，老羊赢瘦小羊肥。人生衣食真难事，不及鸳鸯处处飞。"雷横听了大声喝彩，白秀英说了开话又唱，唱了又说，整个勾栏喝彩声不绝于耳。然后，白秀英拿起盘子收赏钱。

总之，宋代的勾栏瓦舍是十分热闹的民间艺人表演技艺的场所，它不只是讲唱话本、杂剧、影戏、傀儡戏，而且还表演鼓子词、诸宫调等多种民间技艺。由勾栏瓦舍的繁盛，我们可以看到宋代市民文学的丰富多彩的繁盛程度。

53. 《碾玉观音》：人与鬼的恋歌
niǎn yù guān yīn：rén yǔ guǐ de liàn gē

《碾玉观音》是宋代话本小说中优秀的篇章之一，它讲述了一个令人窒息的爱情悲剧故事。小说主人公璩秀秀是裱糊匠的女儿，因为生活贫困被卖给了咸安郡王为刺绣的婢女。在一次王府大的火灾中，她"提着一帕子金珠富贝"逃了出来，路上正遇到王府中碾玉工匠崔宁。在秀秀的主动要求下，两人私奔成婚，逃到谭州，夫妻开了一个碾玉作坊。但好景不长，崔宁在一次为别人做玉器返回的路上被郡王府的走狗郭排军跟踪而至。秀秀与崔宁热情款待了郭排军，又希望他回去不要告诉郡王。郭排军虽当面答应了保守秘密，一回去就告发了秀秀和崔宁，致使秀秀被毒打后致死，崔宁却无罪放归。但小说并未至此结束。秀秀化成鬼后，仍然与崔宁继续生活。崔宁并不知道秀秀已被打死。郭排军一次偶然的机会又发现了这种情况，于是又在郡王面前搬弄是非，破坏了秀秀安宁的生活。也该这个坏蛋恶有恶报，他来到郡王府说在崔宁家又看到了秀秀。郡王不相信死人还能复生，郭排军立功心切，于是立下一纸军令状。郡王叫两个值班的轿夫抬顶轿子去抓秀秀回来。把抓到的秀秀一直抬到郡王府前，掀起帘子一看，人却不见了。郡王要杀郭排军，幸亏两轿夫作证，免去了他的死罪，但还是把他重打了五十大板。

再说郡王把崔宁叫来，告诉崔宁秀秀是鬼。秀秀对崔宁解释说："我为了你，被郡王打死了，埋在后花园里。只恨那郭排军多嘴多舌，今天我已经报了仇，伸了冤，郡王已经打了他五十大板。现在人人都知道我是鬼了，我在人间再不能继续生活下去了。"于是把崔宁也拉去一块到阴间做鬼去了。

秀秀是宋代小说里出现的一个新颖的形象。她的身份是女奴，并不新鲜，但她独特的行为方式和反抗精神却是令人赞叹的。她敢于反抗封建社会人身依附的关系，想自己决定自己的命运，不但趁王府失火时的机会逃跑，更重要的是她在爱情上的大胆、执著，她一点没有矫揉造作之态，而是直率地表达她的爱情要求。你看，在她遇到崔宁后便对他说："你记得当时郡王赏月，说要把我许配给你吗？而且众人都说，我们俩是一对好夫妻，你怎么忘了呢？"她见崔宁无动于衷，于是索性提出要求："只管等待，倒不如我们今夜就做了夫妻，不知你意下如何？"这说明秀秀已经认识到与其等待别人的施舍，不如自己去创造。崔宁犹豫不决时，秀秀从反面去激他："现在我要叫喊起来，你怎么解释呢？"这是多么豪爽、多么大胆的对爱情的追求啊！真是一个大胆泼辣、义无反顾献身于自由和爱情的奇女子形象。小说还描写秀秀爱憎分明的性格，对她所爱的，她可以爱得火热，不顾一切地追求，而且可以说是至死不变，她的鬼魂可以追随她所爱的崔宁，更何况她的死也是为了崔宁呢！如果她当时反咬崔宁一口，也许她不会死，至少不会死得如此悲惨。但她对所恨的，也会恨得彻骨，必欲报仇以为快意。郭排军是郡王的走狗，秀秀起初热情款待了他，但他的奴才本性使他告发了秀秀和崔宁。更可恨的是在秀秀成鬼后和崔宁一起生活得很和睦，但郭排军又一次破坏了他们安宁的生活。秀秀忍无可忍，恨透了这个为统治阶级帮凶的卑鄙小人，她利用自己是鬼的特点，狠狠报复了郭排军。当然，小说写秀秀变为鬼，在现实中是不可能存在的，但这同一般的封建迷信有区别，这使秀秀的形象又深化了一步，可以看成是秀秀反抗统治阶级压迫的延伸，更强烈地表现出秀秀顽强的斗争精神。

相比之下，崔宁的形象要比秀秀逊色多了，虽然小说名称叫"碾玉观音"，但主人公并不是崔宁。他实际是一个胆小怕事的小市民形象，他不敢追求自己的幸福，即使当美好的爱情降临时，他也一再拒绝，很是担心自己的安全。更可恨的是，他很自私，在关键时刻出卖了秀秀。秀秀虽然向崔宁提出爱情要求时，曾泼辣地"要挟"他，那只是为了追求爱情，鼓励崔宁。但崔宁被押解到官府后，"——从头说起"，并说无意中撞见秀秀，秀秀便抓住他的手说："你怎么把手放在我怀里，你若不依我，叫你坏了名声。"崔宁如此编造事实，将责任全部推到秀秀一人身上，可见他的愚讷、自私的一面。而且，当他得知妻子是鬼时，表现得更为狭隘，全无一点男子汉之气。回到家中没情没绪，走进房中，见秀秀坐在床上便说："告姐姐，饶我性命！"这些都表现了崔宁小生产者的本性特征。

小说的悲剧特征很明显，通过秀秀的遭遇给我们展现了人的价值、人生的美好的东西遭到无情的毁灭这幅悲惨的图景。秀秀的生活要求并不高，她和崔宁两个人开了个碾玉铺，靠自己的劳动生活，而且把父母接来同住，这为我们描绘了一幅和乐美满的家庭生活画面。但在那样的社会里，这些也不可得，也遭到了无情的扼杀。

有人说，那个暴戾的咸安郡王不是别人，就是抗金名将韩世忠。其实，不管小说把他写成谁，也不管秀秀出身寒门还是富贵人家，这种悲剧的必然性是改变不了的。尽管小说的结尾给人一种恐惧感："秀秀道：'我因为你被郡王打死了……如今都知道我是鬼，容身不得了。'说罢起身，双手揪住崔宁，叫得一声，四肢倒地。崔宁也被扯去和父母四个一块做鬼去了。"但它更加强调了悲剧的效果，中国古典小说受传统审美习惯的影响，再悲惨的结局也要安上一个美丽的结局，给读者以安慰。或是死而复生，或是让双方幻化成美丽的东西，但《碾玉观音》并没有这种粉饰性的尾巴，而是直面这种血淋淋的人生，不但从人的角度否定了残酷的现实，又从鬼的角度再一次否定这黑暗的社会。这样理解，我们便不会因为小说中描写鬼的活动而忽视其价值，相反，更能体会到悲剧力量的震撼。

54. 《错斩崔宁》：宋最佳本话本

cuò zhǎn cuī níng：sòng zuì jiā běn huà běn

《错斩崔宁》是宋代的话本小说，《世是园书目》将其列入"宋人词话"类，《醒世恒言》卷三十三作《十五贯戏言成巧祸》，题下特别注说："宋人作《错斩崔宁》。"胡适在《宋人话本序》中说，这篇话本小说是"纯粹说故事的小说，并且说得很细腻，很有趣味"，在今存的宋话本中堪称"第一佳作"。

《错斩崔宁》，单从题目上看，就知道它讲述的是一桩冤案。故事叙述宋高宗时，刘贵为盗所杀。其妾陈二姐因与少年崔宁路上同行，涉嫌被控，两人都被屈打成招，判处死刑。在南宋，统治集团十分腐朽，吏治极其腐败。在那暗无天日的社会里，广大人民不但受尽残酷的压迫与剥削，而且动辄被无辜杀害。《错斩崔宁》讲述的冤案故事，便深刻地揭露了南宋社会的黑暗，抨击了封建官府草菅人命的丑行。话本作者在故事叙述中批判说："这段冤枉，细细可以推详出来，谁想问官糊涂，只图了事，不想捶楚之下，何求不得！"并告诫那些官吏："做官切不可率意断狱、任情用刑，也要求公平明允，道不得个死者不可复生，断者不可复续。"反映了当时平民阶层渴盼蠲清吏治的呼声。

《错斩崔宁》虽然载录于明代的《京本通俗小说》和《醒世恒言》之

中，但是故事本身早在南宋时就在民间广为流传了。俞樾于《在春堂随笔》中说："此事不知出何书，余于国初人说部见之，与今梨园所演《十五贯》事绝异，且事在南京，非明时也。"并记述了他所见的《错斩崔宁》的故事梗概，兹转译如下：

南宋都城临安有一个叫刘贵的人，字君荐，妻子姓王，小妾姓陈。有一天，他与妻子一同去其岳父家为岳父祝贺寿诞。他的岳父王翁，因为女婿家境贫寒，就给了刘贵十五贯钱，预备让他做点买卖。寿毕，王翁留女儿住下，让刘贵先行回家。这刘贵在回家途中，遇到了一个朋友，两人便喝起酒来，直喝得酩酊大醉才回家去。刘贵到了家，小妾陈氏见他背了许多钱，便问其故，刘贵醉酒之中，不禁戏之说："我因家里贫穷，不能养活两个女人，所以把你卖给了别人。这钱就是卖你的钱，明天我就要把你送到别人家去了。"话说完了，酒醉的刘贵便一头栽到枕头上睡了。小妾陈氏担心自己被卖掉后，娘家不知道她的去向，便想回娘家告诉父母。于是就趁着刘贵熟睡，溜出家门，去了邻居朱老三家，把事情告诉了他，并寄宿在朱家，第二天一大早，就动身走了。再说刘贵在家昏昏大睡，夜半，有一贼人潜入其家，偷其钱。刘贵被惊醒，起身追贼，那贼见刘家地下有一把斧子，便拾起来砍死了刘贵，将刘贵的十五贯钱尽数拿去。次日，邻居们见刘家大门久不开启，便入室察看，才发现刘贵死了。这时，朱老三便向众人讲了昨天晚上陈氏的事。众人以为陈氏嫌疑颇大便顺路追去。陈氏走了一少半路程，便觉得累了，于是坐在路边休息。此时恰巧有个叫崔宁的人也在路边休息，又恰巧这崔宁在城中卖丝正卖得十五贯钱。众人追至，将二人双双抓获，报送官府，状告陈氏与崔宁通奸，两人合谋杀死了刘贵窃取了十五贯钱，企图逃跑。结果陈氏和崔宁同被斩首示众。后来，因为刘贵死后其家更为贫穷，王翁便派人去接寡居的女儿回娘家。不想途中遇有大雨，王氏到树林中避雨，为强盗掳去，霸占为妻。一次那强盗偶尔讲起几年前，他还是一个小偷，夜入人家，杀死主人，窃得十五贯钱。王氏这才知道杀她丈夫的凶手，原来是这个强盗。于是王氏寻找机会逃出贼窝，将事情报告了临安府，刘贵被杀案才水落石出。官府捕杀了那个强盗，没收了强盗的家产，又分一半给了王氏，王氏则把钱财捐给了寺庙，自己也出家做了尼姑。

从俞樾的记述来看，宋时《错斩崔宁》的故事还较为粗糙，远不如话本小说那么精彩。看来《错斩崔宁》故事被收入明人话本小说集中时已经过说话人或文人的加工润色。到了清代，朱素臣又对《错斩崔宁》作了大幅度的改写，名为《十五贯传奇》，又名《双熊梦》。故事大略如下：

淮安府山阳县有一书生名熊友兰，家住胯下桥，终日闭门读书。熊友兰的书房与邻居冯玉吾儿媳卧房相连，只隔一道墙。说来事巧，冯家儿媳床边几案上放有一对金环，纸钞十五贯，夜里被老鼠衔入墙上鼠洞中，而一对金环则掉在熊友兰的书架上。早上熊友兰发现金环，不知所来，说以示人。谁知，那天晚上，冯玉吾的儿子从外回家，向妻子索要钱钞，而其妻却找不到钱，冯玉吾之子便暴怒大骂，不意一时气塞而死。于是，冯玉吾便状告熊友兰与其儿媳同谋害人。山阳县以金环为证，拘捕冯氏儿媳和熊友兰下狱，并加紧追查纸钞下落。熊友兰的哥哥叫熊友惠，原本也是书生，只因为家里贫穷，所以去苏州为船家撑船。一天，听船客讲起山阳事，才知道弟弟蒙冤入狱。他有心回乡救难，却又苦于无钱，急得他大哭失声。客人中有一个叫陶复朱者，他为人慷慨好施，见熊友惠可怜，便解囊出十五贯钱相助。熊友惠得钱即夜动身，黎明时已至无锡。时遇少女苏戌妹，二人便结伴而行。这个苏戌妹，父亲早死，随母再嫁至尤葫芦家，母嫁后亦死，苏戌妹只好与后父相依为命。尤葫芦嗜酒，一日在友人处借了十五贯钱，回家后戏其女说："我已经把你卖给别人作丫环了，这钱便是你的身价钱。"苏戌妹听了信以为真，夜里趁父醉睡，开门出逃。苏戌妹的邻居是一个赌徒，名叫娄阿鼠，夜半赌光了钱回家，见尤家门开着，便潜入摸索，摸得床头十五贯钱。窃之将行，被尤葫芦发觉。尤葫芦大呼有贼，娄阿鼠情急，便拔出刀来刺死了尤葫芦。邻居们听见尤葫芦喊叫，赶来一看，见尤葫芦已死，便分头四处追贼。恰遇苏戌妹与熊友惠同行，便抓回询问，又见熊友惠身上带着十五贯钱，与尤家被窃之数相合，于是扭送熊友惠、苏戌妹去了无锡官府。在官衙中二人熬不过酷刑，屈打成

招，遂定为铁案。到了秋天按院秋决，朝廷命苏州太守况钟监斩，况钟疑熊友兰、熊友惠之案不实，经一番明察暗访，才弄清案情，为熊友兰、冯氏儿媳、熊友惠、苏戌妹平反，严惩了娄阿鼠，沉沉冤案才得以昭雪。后二熊兄弟双双举进士第。

　　从朱素臣的《十五贯传奇》中，虽然还可以见到一些《错斩崔宁》故事的影子，但已是面目全非，不仅将时代由宋后移至明，而且主人公的名姓也均为重新设置，其结局也由原来的悲剧性结局变成了一个冤案昭雪的美满结局。我们今天从戏剧和影视中看到的《十五贯》，就是由朱素臣的传奇为底本改编成的。

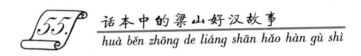

55. 话本中的梁山好汉故事
huà běn zhōng de liáng shān hǎo hàn gù shì

　　王安石变法失败后，北宋统治更加腐朽反动。宋徽宗时期，政权操纵在蔡京、童贯等几人手里，他们结党营私，荼毒生灵。当时，在蔡京等人的唆使下，宋朝在江南搜刮奇花异石、金银财富，用大批船只运往京都。这些运送花石的船队称为"花石纲"。梁山好汉的故事便从这"花石纲"引起。

　　在京东郓州（今山东东平）的西南有一座梁山，梁山附近有一个大湖泊名叫梁山泊。由于黄河长期泛滥，河水倾注入这个河泊，使河面扩大到方圆八百多里。当地劳动人民在梁山泊捕鱼、捉虾、采藕、割蒲，依靠这些水生动植物资源度过艰难的岁月。宋徽宗统治时期，官府看梁山泊有利可图，就强行收为"公有"。打鱼采藕的农民，都要按船纳税。郓州附近的农民，因缴不起沉重的渔税，他们结寨自保，与北宋政府展开了针锋相对的斗争。梁山农民起义的故事，在当时便有流传，河北山东一带形成了以宋江领导为主的起义队伍。大概是因为宋江起义曾经活动在山东一带，因而后来的文学作品中，就把宋江起义和梁山农民起义联系在一起了。

　　宋江起义确为史实。《宋史·张叔夜传》记："宋江起河朔，转略十郡，官军莫敢撄其锋。"就是说，宋江起义军队伍十分强大，朝廷军队都不敢与起义军进行正面交锋。其他史书也有不同程度的记载，宋江起义军在淮南各州的广大农村流动作战，在人民群众中产生了广泛的影响，当时便有许多传奇性的故事。宋江起义的英雄人物开始成为文学艺术的表现对象，大约在南宋中期。

南宋龚开《三十六人画赞》初次完整地记录了宋江等三十六人的姓名和绰号。罗烨的《醉翁谈录》在论述话本小说时，在"公案"类列有"石头孙立"，在"朴刀"类列有"青面兽"，在"杆棒"类列有"花和尚"、"武行者"等，青面兽、花和尚、武行者、石头孙立等显然就是《水浒传》中的杨志、鲁智深、武松、孙立等人物。这些说明，在当时，水浒英雄人物在民间艺人的话本中已成为独立的英雄故事，不仅为人民大众所喜爱，而且影响所及已经深入到士大夫中间了。

结集于南宋末期的《大宋宣和遗事》可以说是早期表现宋江起义故事较为详细的作品，该书属"讲史"话本。《大宋宣和遗事》所写内容较繁杂，是一个说话人的底本，其中叙梁山好汉故事则为明代《水浒传》的蓝本。例如，杨志卖刀、智取生辰纲、宋江杀阎婆惜等故事都已涉及，且出现了九天玄女的天书，末尾还提到张叔夜招安，宋江征方腊及封节度使等。这表明"水浒"故事从独立的短篇开始连缀成一体，从"小说"进入"讲史"的领域。

《宣和遗事》叙梁山好汉故事略如下：杨志等十二人接到往太湖送花石纲的任务，十二人结为兄弟。后杨志因等孙立不来，又赶上天降大雪，旅途贫困，便要将一口宝刀出市卖掉。遇一恶少要买宝刀，两人发生口舌，那后生被杨志挥刀杀死。杨志被判送往卫州交管。正行间，遇见孙立。孙立报与其他几位结义兄弟，于是，在黄河岸上将押送杨志的士兵杀死，与杨志等一同去太行山落草去了。紧接着便是智取生辰纲的故事：北京留守梁师宝将十万贯金银珠宝派人送至京师为蔡太师上寿。路上遇见晁盖等八个大汉，以卖酒为名，巧妙地把所有珠宝全都劫去了。官兵捉晁盖不得，将晁盖的父亲捉去，路上又被晁盖抢去。事后，晁盖等人便前往太行山梁山泺去落草为寇了，与杨志等十二人会合，共计二十人。然后是晁盖因思念郓州押司宋江救命之恩，派人送与宋江金钗，引出"宋江杀阎婆惜"的故事，宋江又带四人去晁盖处聚伙。宋江因杀了阎婆惜而被官府通缉，宋江在九天玄女庙里躲过官兵追寻，就在他要离开庙时，得到"天书"，上写三十六个姓名，又题着一首诗道："破国因山木，兵刀用水工。一朝充将领，海内耸威风。"宋江读后，心下思量这四句说的正是自己姓名，而且三十六姓名中，现太行山梁山泺已有二十四人。

然后写宋江又带雷横、李达等九人直奔梁山泺上去寻晁盖，正值晁盖已死。宋江把天书与吴加亮、李进义等说了，于是，大家推举宋江为梁山首领。但与天书所说三十六之数还差四人，除了晁盖已死外，还少三人。当时梁山起义军势力强大，威胁朝廷，于是朝廷派呼延绰为将，统兵收捕宋江。因难以取胜，朝廷规定的限期已过，呼延绰便带李横投降宋江了。那时又有僧人鲁智深反叛，也来投奔宋江。这样，梁山好汉恰好凑成三十六人数。

后来，宋江统率三十六员将领往东岳去烧香还愿。朝廷没有办法，便出榜招安。当时，一个名叫张叔夜的元帅，是世代将门之子，前来招降。宋江等三十六人便归顺了宋朝，各受封行赏。最后写宋江收方腊有功，封节度使。

总体上看，《宣和遗事》所记梁山好汉故事已粗具《水浒传》故事雏形。但因为《宣和遗事》只是说话人的底本，或是纲要式材料，因而写得极为简略，而且时有差错。但由此我们不难推断，在南宋时期，梁山好汉的故事已经具有较大的影响了，它已成为说话人的重要材料而存在了。最重要的是在故事情节和人物姓名方面都为《水浒传》提供了大量的材料，如上面叙及的"杨志卖刀"、"智取生辰纲"等故事情节，与《水浒传》中已大同小异。起义首领的姓名绰号也只是小有不同，如李进义就是后来的卢俊义，吴加亮便是吴用等。当然，像武松、鲁智深、林冲等重要人物在《宣和遗事》中并未展开，但联系《醉翁谈录》中提到的话本"武行者"、"花和尚"等，我们不难推断，梁山好汉的故事，在宋末已经广泛地流传在民间文艺中了，它为《水浒传》的成书，奠定了坚实的基础。

《快嘴李翠莲》：反叛的女性

kuài zuǐ lǐ cuì lián：fǎn pàn de nǚ xìng

　　《快嘴李翠莲》，是宋代话本小说中的优秀篇章之一。小说写少女李翠莲在出嫁前后短短几天的经历和不幸的遭遇。小说没有从常见的父母包办、门第差异等因素写李翠莲的爱情悲剧，而是让麻烦出现在我们意料不到的地方——李翠莲的"快嘴"上。李翠莲一出场便给我们一个聪明能干、才华出众的形象，小说有一首诗赞叹说："问一答十古来难，问十答百岂非凡。能言快语真奇异，莫作寻常当等闲。"但我们并未感觉到李翠莲快嘴有什么不好，精通书史百家，问一答十正是一个人难得的才干。可接下来就写翠莲父母为女儿"快嘴"担心了。李翠莲不理解婚前父母为何发愁，父母说出原委："因为你口快如刀，怕到人家多言多语，失了礼节，公婆人人不欢喜，被人耻笑。"李翠莲却充分自信，自己嘴快不会带来什么危害，胸有成竹地让父母放宽心。

　　但事实上，不管李翠莲怎样含辛茹苦地侍奉公婆，也无法讨得婆家人的欢心，甚至不得容身而被休弃，从中可以看出封建礼教对妇女的禁锢是何等的森严。李翠莲没有明白，自己的嘴快已犯了封建社会中约束女子的"七出之条"中"口舌条"。李翠莲正如她自己所说"不曾殴公婆，不曾骂亲眷，不曾欺丈夫，不曾打良善，不曾走东家，不曾西邻串，不曾偷人，不曾被人骗，不曾说张三，不与李四乱，不盗不妒也不淫，身无恶疾能书算……"仅因"嘴快"便被公婆休回了娘家。其实，她的嘴快并非真正原因，如果只是说话快捷，多说些甜言蜜语的话，伶牙俐齿地讨得公婆欢心，恐怕李翠莲绝不会被撵出家门。

　　首先，在婚礼场面中，李翠莲就对陈腐、繁杂的封建婚俗表示出强烈的不满和大胆的讽刺。在去婆家路上，媒婆告诉她"到公婆门首，千万莫要开口"。可是，在婆家门口，媒人拿着一碗饭，叫李翠莲接"冷饭"。李翠莲开口大骂媒人："老泼狗，叫我闭口又开口，正是媒人之口大如斗。"别人上前劝解，她又说："当门与我冷饭吃，这等富贵不如贫。可耐伊家忒恁愚，冷饭将来与我吞。"拜堂时，李翠莲对候相让她转身朝西又向东的吩咐大为不满，结果惹得在场的公婆十分生气地说："当初只说娶个良善人家女子，谁曾想娶了这么个没规矩、没家法、长舌顽皮的村妇。"

在进入洞房后，主持婚礼的先生又捧出五谷来撒在帐里，边撒边念念有词，当念到"从来夫唱妇相随，莫作河东狮子吼"时，李翠莲再也忍不住了，她摸起一条面杖，将先生夹腰打了两面杖，便骂道："撒甚帐？撒甚帐？东边撒了西边扬。豆儿米麦满床上，仔细思量像甚样？"，丈夫看不过去，说了她几句，她唱到："丈夫丈夫你休气，听奴说得是不是？多想那人没好气，故将豆麦撒满地。倒不叫人扫出去，反说奴家不贤惠。若还恼了我心儿，连你一顿赶出去。"弄得丈夫无可奈何。

紧接着便是在婆家的三天内发生的事儿。婆婆叫她早点起来收拾房间，她又是快言快语说了一大串话。等娘家人来时，婆婆将其打候相、骂媒人、触犯丈夫、说公婆坏话的前后，一一都说了。但李翠莲并没有认为自己做错了什么。后来，娘家亲人回去后，李翠莲又针对大伯、伯姆、小姑子等一家人的批评进行针锋相对的顶撞。当公公要她"温柔稳重，说话安详，方是做媳妇的道理"时，她表示宁肯被休，也不屈服，说自己"从小生来性刚直，话儿说了必无挂"，而且她还列举了张良、萧何等古代贤人，指出他们能言善辩、出口成章，可以"齐家治国平天下"，怎么单单妇女就不能多说话呢？最后，她毅然表示："公公要奴不说话，将我口儿缝住罢。"

当她被迫回娘家时，她起初并未感到是什么坏事，她对丈夫说："丈夫不必苦留恋，大家各自寻方便。快将纸墨和笔砚，写了休书随我便。"而且回到娘家后，对母亲说："生出许多情切话，就写离书休了奴。指望回家图自快，岂料爹娘也怪吾。夫家娘家着不得，剃了头发做师姑。"这可以说是李翠莲为了自己天生说话的权利进行的最后的反抗。

其实，李翠莲只是心直口快，她的不幸是由于封建婚姻家庭制度对妇女压抑的缘故。例如，她在婆婆叫她早起收拾家务时说："菜自菜，姜自姜，各样果子各样装；肉自肉，羊自羊，莫把鲜血搅白汤；酒自酒，汤自汤，腌鸡不要混腊獐。日下天色且是凉，便放五日也不妨。待我留些整齐的，三朝点茶请姨娘。"这些话，足以说明李翠莲是一个有着丰富生活经验，并且勤劳肯干的妇女。当公公叫她烧茶吃时，她也表现得尊敬老人，做事干净利落的性格，也曾使得公公表扬了她的孝敬。但往往只因为她说话过于直率而显得尖刻便惹得公婆大怒。如前面在收拾完饭菜后又说了一句："总然亲戚吃不了，剩与公婆慢慢尝。"这就使得婆婆"半晌无言，欲待要骂，恐怕人笑话，只得忍气吞声"。在给公婆送上茶水后，她说了一串顺口溜，最后说："二位大人慢慢吃，休得坏了你们牙！"这使得公公大怒，命儿子将她休弃。可见，李翠莲往往出于好心好意，或者是无意中说走了嘴，才遭致别人的误解。

这篇小说很少写李翠莲的行动细节，更多的是在李翠莲的能言快语上下功夫，但分寸感把握得不够，流露出小市民的一些庸俗思想，例如，小说有时过分夸大了李翠莲言语的锋芒，让她说了很多骂人的粗话，甚至说了"不上三年之内，死得一家干净，家财都是我掌管，那时翠莲快活几年"。这样的话则显得有些不近情理。但小说的这种让李翠莲的言语成为主要内容的特点，在话本小说中却是颇为可贵的，这些具有顺口溜特征的言语，使得讲说时的节奏感很强，容易吸引更多的听众。

57. 讲史话本：梁公九谏武则天
jiǎng shǐ huà běn：liáng gōng jiǔ jiàn wǔ zé tiān

《梁公九谏》是北宋时期的讲史话本，它原名叫《梁公九谏词》。这里"词"本是唐五代时期一种通俗叙事诗，这个话本全篇应由唱词组成，大概由宋人改写以后，才成为今天所见的这个样子，即以散体为主的作品，但其仍有说唱痕迹可寻。

这个话本写的是唐代武则天废掉太子为庐陵王，而想把王位传给自己的侄子武三思，经梁国公狄仁杰的九次进谏劝阻后，才改变了这个主意，又召庐陵王李显为太子的事情。书共九节，每一节写一次进谏情况，从内容上看，大体可分六个部分。

第一谏，叙述狄仁杰进谏之事的起因。武则天突然想立自己侄子武三思为太子，以此来夺得李唐王朝的天下，于是把原定太子李显贬为庐陵王。武则天把这个想法问及文武百官，百官为保住自己地位，都高呼："万岁圣明"。而只有宰相狄仁杰表示坚决反对。狄仁杰的理由是："陛下您是武家宗祖，唐家的国后，当初因为太子年纪小，所以才请您管理国政，现在太子已经成人，社稷江山应归还给唐家，您欲立武三思为太子，这是万万不可的。"

第二谏，写狄仁杰主动阐述立庐陵王为太子比立武三思为太子更好的理由：当年派武三思与北方单于交战，武三思战了十多个月后，所剩从人不满千百；而后来庐陵王代他去交战，不过半个月，兵足千万，单于不战自退。这足以说明庐陵王是拥有民众之心的。

第三、四谏，写狄仁杰对武则天"朕自为君以来，有什么圣明，有什么无道"的气势汹汹的责问，毫不示弱地回答："自从您执政以来，圣明的地方不少，但无道的地方也很多。"并列举事实加以说明。

第五、六、七三谏，写武则天勃然大怒，把狄仁杰逐出朝廷。后她做了三个梦，话本以解梦兆为题，把狄公的劝谏进一步揭示出来。先是武则天白天做一梦，梦见"湘轮水上流，车向壁上行"的怪现象，一些大臣认为是吉兆，于是得到许多奖赏。唯有狄仁杰认为是凶兆，他说："别人说此为吉梦，那是曲媚取容，苟图金宝，我看这个梦对国家不利。按常理，水是往低处流的，这是水的本性；车子是在路上行走的，这是车的正道。现在水却向上流，这是阴气上盛而逆天啊；车子在墙壁上行走，这是无道的表现啊。您现在贬庐陵王千里之外，立武三思为太子，这不是'无道'的表现吗？"后来武则天睡到半夜，又得一梦，梦见自己与天女下棋。棋局中有棋子，但自己总是输给天女，因而忽然惊醒。第二天问大臣其梦如何，狄仁杰奏说："我看这个梦兆，对国家也是不利的。这局中有子，总输与天女。这是棋子不得棋位，才总失其主帅啊！现在太子庐陵王被贬千里之外，不就是局中有子，不得其位吗？"第七谏写武则天生病，梁公狄仁杰去探望病情时，武则天问："我梦见鹦鹉双翅折，这是怎么回事啊！"狄仁杰说："这'鹉'者，便是陛下您的姓啊，相王和庐陵王便是您的双翅。现在二人都被远贬千里之外，所以才得鹦鹉双翅折断的梦兆。"当时，武三思正在场，他气得怒发上指，浑身发抖。武则天派人把狄仁杰赶出朝廷，问众大臣有什么计策能使狄仁杰改变自己的主张。有大臣说："狄仁杰家里贫困，我看多给他些钱财，也许会使他放弃主张的。"于是武则天赏赐给梁公色罗十车、珠金两床、御衣百箱。面对这样的利诱，狄仁杰一面直言先帝将爱子托给武则天的用意，一面指责武则天的违背先帝，坚决反对立武三思为太子。

第八谏，写武则天软的不成功，便来硬的。她派人在殿前摆上一个大油锅，然后宣狄相入朝，说："你若改变主意，则让你长保富贵；否则，这油锅便是你的死处。"狄仁杰说："我已经老了，死也无所谓了，但在我临死之前把话说完。"武则天说："你还有什么要说的？"狄仁杰说："自古以立太子为国家根本，而您一心想立侄子为太子。那么，您想想，姑姑与侄子近呢？还是母亲与儿子近？您若立武三思为太子，那么将来是武家的天下，您也不得享祭祀，因为您是皇帝的姑姑，而自古没有立姑姑为宗祀的；若立庐陵王为太子，您千世万世都享有宗祀之位，因为您是皇帝的母亲。您仔细考虑考虑吧！反正我说完了。"于是，狄仁杰撩起衣襟，大踏步欲跳进油锅。武则天连忙叫武士上前阻止狄仁杰跳油锅，说："从今日起，依你所说的办吧。"

第九谏，写武则天派人召回庐陵王为太子。全篇围绕"九谏"，具体描绘了狄仁杰的刚正不阿，赞扬了他为国家利益而宁死不屈的可贵精神。

这则话本因其年代较早，所以显得缺乏人物活动的场景和神态动作等的描写，而主要是通过人物的对话来表现人物个性的，这可能与话本由"词"改写而来有关。其实，由词改成散体的特征也很明显，例如第一谏中狄仁杰的奏章："观这八十二员大臣见解，似鹤鸠抱卵，岂知鸾凤之志；蝼蚁攻土，

岂知晦朔之朝。磨砖作镜，焉可鉴容；铅锡为刀，岂堪琢玉。狐狸似犬，愚者养之；苦荬似瓜，愚者食之。臣观诸臣，何以异于此。"这里连用六个比喻，且都是整齐的骈文，是说唱时的话语。另外，全篇多言语而少情节，因而情节缺少波澜起伏。但仍有一些，如第九谏中写武则天密招庐陵王返宫，庐陵王因在房州颇得民心，人民不愿让他走，于是他佯装放鹰，出城至于南山，然后换了服装才入城，因此外人没有知道这件事的。这就更加突出了庐陵王的深得民心，为狄仁杰的劝谏更增加了一层理由。

总之，狄公九谏的故事是宋代民间艺人的一个说话内容，它是唐五代说唱文学向宋元平话过渡的产物，是讲史话本的早期作品。

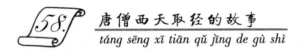

58. 唐僧西天取经的故事
táng sēng xī tiān qǔ jīng de gù shì

明朝吴承恩的著名小说《西游记》，描写孙悟空大闹天宫和唐僧取经的故事，为人们所喜爱。其实，唐僧取经的故事在唐代就有所流传，而在宋代文学作品中就有了取经故事的雏形，那就是宋代话本《大唐三藏法师取经诗话》，全篇由诗词与故事（故事在当时称作"话"）组成，有人说这是后世小说分章回之始。

唐僧取经的故事是确有其事的。唐僧就是玄奘，他本来叫陈祎，是唐初长安（今陕西西安）弘福寺的一位高僧。自幼聪颖过人，十三岁出家为僧，曾遍游各地，博览群经。他感到当时的汉文佛经译得不完全、不确切，决心亲自到天竺（今印度半岛）去学佛经。公元629年，玄奘从长安出发，经姑臧，出敦煌，经新疆、中亚诸地，历尽艰险，辗转来到中印度的摩揭陀国，受到当地人的欢迎。他潜心钻研各种佛家典籍。在公元645年返回长安。玄奘取经历时十七年，行程五万里，所经过的国家达一百三十八个之多，并著有《大唐西域记》一书，为发展中外文化交流做出了巨大贡献。后来玄奘的弟子慧立、彦宗撰写了《大唐兹恩寺三藏法师传》，叙述了玄奘取经的事迹。

　　玄奘克服困难、为理想献身的精神，深为后人景仰。许多民间艺人从其取经历险中获得不少启示，演绎和创作了不少文学作品。《大唐三藏取经诗话》（又称《大唐三藏法师取经记》）便是这些文学作品中最早的一部。其本意是用玄奘取经的事迹鼓励教徒要获得佛家真谛应不畏任何艰难险阻，要有坚强的意志。《诗话》艺术上虽很简单、粗糙，但全篇十七节文字已基本具备文学作品的要素，尤其是"猴行者"的出现，为这部"说经"话本增添了艺术的光彩。这位猴行者具有非凡的本领，他一路降妖伏魔，排难解危，保护唐僧胜利完成取经的使命。猴行者一出现便自称是"花果山紫云洞八万四千铜头铁额猕猴王"，一路西行遇险，有些故事虽与后来《西游记》不甚相同，但也十分生动有趣。

　　例如经过树人国一节。唐僧派从者出去买菜做饭，却久去不归，原来从者被主人做法吊在厅前，已变成一个驴儿。驴儿见猴行者便大叫。猴行者知道后大怒，随即将主人家一美貌媳妇，变成一束青草，放在驴子口边。主人大惊，只得将驴儿变为从者，猴行者也收回法术，把青草变为新媳妇送与主人。第六节写大蛇岭的白虎精故事也为《西游记》所改用。白虎精先变一白衣妇人，手拿白牡丹花，身穿白罗衣，面似白莲，十指如玉。当下被猴行者识破为白虎精，于是将其战退。白虎精却不肯服输，猴行者便道："你肚内有个老猕猴。"虎精不信，猴行者当下高叫猕猴，虎精肚内即有回应之声。一张口，果然吐出一猕猴，身长二丈，两眼火光。白虎精见猕猴已出，又不服输。猴行者说："你肚中还有一个猕猴。"于是，虎精张口又吐出一个猕猴。那虎精仍不服输，最后，猴行者说："你肚中有成千上万个老猕猴，今天吐到明天，今月吐到下月，今年吐到明年，今生吐到来生，你也吐不完。"白虎精听后很害怕，又很愤怒。猴行者化成一团大石，在虎精肚内渐渐增大，虎精开口吐不得，一会儿，肚皮裂破，七孔流血而死。

　　第十节和第十一节分别写唐僧取经路经女人国和西王母池的故事。女人国中众美女热情款待唐僧等七人，并希望他们留在女人国，但唐僧不肯，于是众女便泪流满面，愁眉不展地说："这一去不知何时再能见到你们。"并取夜明珠五颗、白马一匹赠与和尚使用。这与《西游记》中途经女人国颇不同。在西王母池见蟠桃时，猴行者被唐僧一再怂恿去偷蟠桃，于是偷得桃吃，后来唐僧等回到大唐，将桃核吐于西川，因此西川便有人参了。

最后一节最为奇异有趣。唐僧等回来后途经陕西河中府地，唐僧在此做一善事。书中写有一长者，平生好善，丧妻后又娶一孟氏为妻，生一子。孟氏为害丈夫前妻之子，连生毒计，但都未得逞。孟氏趁丈夫外出经商之机，先是与使女合谋将他放入铁箱中烧三日三夜，等到第四日打开铁盖，孩子却完好无损。孟氏怕他回来告诉父亲，便又生一计，骗孩子到园中吃樱桃，用铁甲钩断其舌根，欲使其不能言语，但第二天他仍旧完好无损。后孟氏又想把他锁在库房中，不给他饮食，想饿死他，但经过一个月，仍没有使孩子饿死。后孟氏又趁他登楼观水时，将他推至河中。他的父亲回来后，被孟氏骗说是孩子不慎坠水而死，父亲不胜悲哀。正巧此时唐僧路经此地。唐僧在主人准备斋饭时，要求不吃斋面而吃鱼，而且要吃大鱼。主人虽是惊讶，但仍然派人买回百斤重的大鱼。这时，唐僧法师说："此鱼前日吞掉了你的儿子，现在就在这鱼的腹中，还不曾死去。"于是将刀一劈，鱼分两段，儿从中出。父子惊喜万分，合掌拜谢法师。后来，唐僧为此事令今后众僧住斋时，将木槌打木鱼肚，以示警世。

最后，唐僧等回到东土，皇帝封为"三藏法师"，后师徒七人皆乘舡而升天了。《大唐三藏取经诗话》虽艺术较粗糙，但它使得唐僧取经的主要人物由历史真人向虚构人物发展转变，开拓了这则取经故事向后来神怪小说发展的方向。因此，可以说《大唐三藏取经诗话》是明代吴承恩《西游记》故事的源头，它为西游故事提供了丰富的养料。

59. 《张协状元》：现存最早的剧本
zhāng xié zhuàng yuán：xiàn cún zuì zǎo de jù běn

宋代的戏曲艺术主要有杂剧和南戏两种。宋杂剧没有完整的作品保存下来，而南戏则有幸保存一些，主要见于《永乐大典》中。《永乐大典》第一三九九一卷收存的《张协状元》，则可以看成是我国现存最早的一个戏曲剧本了。

《张协状元》的大体内容是写张协富后抛弃妻子的故事。有一书生叫张协，他经过十年的寒窗苦读，起早贪黑地勤奋努力，终于等到了考试的机会。为了出人头地，改换门庭，他便想进京赶考。在那天，他还做了一个梦，梦见两山之间有一老虎跳出，咬伤了他的大腿。他请人解释这个梦兆，那人说，两个山相叠为"出"字，说明应该出人头地，这就更加坚定了他进京考试的信心。于是，他就带了金银盘缠，辞别了父母，踏上进京的路程。

在他路过五鸡山时，在一个风雪交加的夜晚，他被假装老虎的强盗给打得死去活来，并抢走了他的财物。这时他在土地神的指引下来到一座古庙投宿。在这座破败不堪的古庙里，他遇见一位年轻女子。这女子姓王，不幸父母早逝，她一个人靠织麻为生，夜里便宿在庙中，成了这座破庙的主人。当她得知张协途中遇到强盗，并被打伤抢劫时，非常同情张协的遭遇，便收留了他，并且给他饭食，把自己的旧被也给了他。再说，这山下有一对老夫妇，姓李，他们经常照顾这个女子。一天，李老夫妇来给女子送米时，发现了张协，并且取出一些钱来帮助他们。经过女子的细心照料，张协身体渐渐好转。后来，他向女子提出结婚的要求。起初，女子很是生气，但经过李老夫妇的好言相劝，女子终于同意嫁给他。于是，他们结为夫妻，李老夫妇也来祝贺他们。

婚后两个月，张协一心要进京赶考，但他钱财不多了。妻子知道后，便主动将自己乌黑的头发剪下，送给了李婆婆。李婆婆给了她五两银子，硬要留她喝酒。她回家后，张协见她喝了酒，且回来得很晚，便不分青红皂白地举起柴棒打了她，并骂她："你这贱人，整天地出去，脸儿又红，到哪里吃了酒？"妻子一边解释，一边喊人来救她。李老夫妇来说明了情由，这场风波才算平息了。第二天，张协便启程了。临行前，妻子一再叮咛："富贵时不要忘了妻子。"张协也对神发下誓愿，表示绝不负恩。

　　张协终于考上了状元。当时宰相王德用有个女儿叫王胜花，正是青春少女。父母一心想找一个有才有貌的郎君，于是搭起彩楼投丝鞭择婿。正好投到骑马路过楼下的状元张协。谁知张协就是不接丝鞭。宰相质问他，张协却说自己只为功名不为求妻。这可使宰相大为恼怒，伺机想报复张协。再说，远在家里的张协之妻到处打听丈夫的消息。她买了一份登科记，发现丈夫中了头名状元，心里埋怨他连报个喜讯都没有，于是决定进京寻夫。

　　其实，张协心里早已忘记了前妻的恩情。如今当了官，他怕妻子来找他，便吩咐手下人，如果有村妇来找，不许让她进来。妻子来找张协，守门人开始不让进入，可听说是状元的妻子，便放进去了。但张协恼羞成怒，竟然将她乱棒打出。善良的妻子回来见到李老夫妇，只是说自己没找到丈夫。

　　不久，张协去梓州上任，正好必经五鸡山。在路上又遇到了在此采茶的妻子。妻子仍然希望他回心转意。但张协不但不念旧恩，反而诬陷她在京城骂了自己，拔剑将其砍伤。女子跌入深坑中。张协走后，女子被李老夫妇所救，但她谎称自己是不慎摔伤的。

　　也该张协倒霉。宰相王德用自从张协不肯娶自己女儿为妻后，怀恨在心，后来女儿又觉得受到侮辱，终于忧郁而死。王德用一心想报此仇。听说张协到梓州上任，便向皇上请求要到梓州做事，于是他与夫人来梓州。在路过五鸡山时，在古庙里发现一女子，相貌与死去的女儿很相似。老夫妻思女心切，便收此女为义女，并带她一同到梓州去了。到了梓州，文武官员都来迎接。张协也来求见，但宰相拒绝见张协。张协明白这是因为在京城发生的事情所致。考虑到自己的前途，他决定向王德用请罪。于是，张协请了一个人到宰相那儿，说自己将痛改前非，并表示愿娶宰相义女为妻。王德用夫妇这才同意见张协。结婚那天，张协揭开新娘的红盖头，发现竟是自己的前妻。女子当场痛说了张协的忘恩负义，不念旧情，并表示不愿与他结婚。但后来经王德用劝解却原谅了张协，于是两人和好如初。

　　这个《张协状元》在我国戏曲发展史上占有极其重要的地位。虽然，在早期的南戏中，描写这种负心男子的故事很多，但这个戏曲却别具一格。张协的利欲熏心、阴险狠毒的性格是通过剧情的发展逐渐展开的。开始，他赶考途中遇强盗，因得到女子的救助而向女子求婚，这给我们的印象似乎他还是很善良、至诚的。但两个月后，女子为了给他凑足钱财而卖掉自己乌黑的头发，他却因为女子回家晚了些而打了她。这就使张协的另一面显露出来了。张协考中状元后，宰相想招他为婿，没有同意，可见他仍然是有些良心的，但在女子进京寻夫时，张协则又一次暴露了忘恩负义的嘴脸，特别他还说出"我要不是在灾祸中，怎么能找你这样的贫贱女子为妻"的话，说明他已凶相毕露。在五鸡山他剑砍女子，真可谓可恶至极。

《张协状元》通过这些戏剧性的情节，渐次为我们刻画了张协的性格。同时，女子的善良、热诚、专一的性格也展现在读者面前，如她进京寻夫受辱而归，见到李老夫妇却谎称没有找到丈夫；在遭到毒打剑伤之后，她仍然说自己不慎摔入深坑等，都充分表现了她善良的性格。当然，在封建社会里，女子的地位是低贱的，这样地对待凶狠的男人，是不值得我们赞赏的。但戏剧往往以鲜明的美丑、善恶来对比刻画人物，因而这样更能显示出张协的无情无义的性格。《张协状元》作为早期南戏，仍有它的许多不足，从中可以看出叙述体说唱文学的痕迹，这也说明宋代的戏剧正在一步一步地走向成熟。